BASTEI
LÜBBE

Natasha Rostova

Die nackte Wahrheit

Erotischer Roman

Ins Deutsche übertragen
von Sandra Green

BASTEI LÜBBE

BASTEI LÜBBE TASCHENBUCH
Band 14 728

1. Auflage: Mai 2002

Vollständige Taschenbuchausgabe

Bastei Lübbe Taschenbücher
ist ein Imprint der
Verlagsgruppe Lübbe

Deutsche Erstveröffentlichung
Titel der englischen Originalausgabe: The Naked Truth

Titelillustration: Mauritius
Umschlaggestaltung: Tanja Østlyngen
Satz: QuadroPrintService, Bensberg
Druck und Verarbeitung:
Brodard & Taupin, La Flèche, Frankreich
Printed in France

ISBN 3-404-14728-6

Erstes Kapitel

»Du siehst ziemlich nuttig aus.«

Callie Waterford drehte ruckartig den Kopf. »Wie bitte?«

Logans Blicke richteten sich wieder auf das figurbetonte Seidenkleid, das Callie trug. »Woher hast du dieses Kleid? Ich habe es dir ganz bestimmt nicht gekauft.«

Callies Finger waren mit ihrem Armring beschäftigt. »Nein, hast du auch nicht. Gloria hat es mir vor ein paar Monaten gegeben.«

»Ah, das erklärt alles. Deine Schwester hat noch nie etwas von Anständigkeit gehört. Das Kleid ist zu kurz.«

Callie wollte einen Augenblick lang glauben, dass er Witze machte, aber sie wusste, dass Logan nie scherzte. Sie betrachtete sich in dem ärmellosen Kleid, das bis zur Mitte ihrer Oberschenkel reichte. Die schwarze Seide schmiegte sich weich um jede Erhebung. Der großzügige Ausschnitt ließ etwas mehr als den Ansatz ihrer Brüste erkennen. Gut, es mochte kein Kleid sein, das Callie sich selbst gekauft hätte, aber Gloria wusste immer, was chic war.

»Das Kleid ist anständig«, gab sie zurück. »Nur weil du es nicht für mich ausgesucht hast, sehe ich darin noch nicht wie eine Hure aus.«

»Beuge dich mal vornüber.«

»Was?«

»Beuge dich mal vornüber«, wiederholte Logan. »Ich hoffe, du trägst wenigstens einen Büstenhalter. Sonst kann man vom Ausschnitt bis nach ganz unten sehen.«

»Nun, dann trifft es sich ja gut, dass ich normalerweise aufrecht stehe und nicht gebückt.«

Logans Lippen wurden zu einem dünnen Strich.

»Callie, du weißt, dass du dich meinen Geschäftspartnern gegenüber entsprechend verhalten musst.«

Callie war bemüht, sich von seiner aufgeblasenen Art nicht ärgern zu lassen, aber dieses Bemühen scheiterte kläglich. »Entschuldigung, Mister Proper, aber mir reicht es schon, dass ich mich überhaupt bei deinen stocksteifen Geschäftspartnern zeigen muss.«

Logan seufzte. »Was soll das denn schon wieder heißen?«

»Deine Freunde sind langweiliger als ein Vortrag über Quantenmechanik. Es ist gut, dass ich ein bisschen Bein zeige, sonst würde Harold Winningham sich ins Koma legen, während er über seinen letzten Fall erzählt.«

»Kein Grund, melodramatisch zu werden.« Logan stellte sich vor den Spiegel und band seine Krawatte.

Callie stieß verächtlich die Luft aus. »Ich und melodramatisch? Du bist es, der mich am liebsten in eine Nonnentracht stecken würde.«

»Das habe ich nicht gesagt. Ich erwarte nur, dass du nicht wie ein Flittchen aussiehst.«

»Himmel, Logan, ich hoffe, du lässt dich bald operieren.«

»Wovon redest du?«

»Sie haben dir wahrscheinlich gleich nach der Geburt einen Stock in den Arsch gesteckt, der dich aufrechter gehen lässt, als es mit normaler Wirbelsäule möglich wäre. Daher deine spießigen Ansichten.«

»Sei nicht so kindisch, Callie.«

»Dann hör auf, mich so rüde zu kritisieren«, antwortete sie, wobei ihr der scharfe Ton in ihrer Stimme nicht behagte. Sie hasste es inzwischen, ihre eigenen Emotionen zu zeigen, es kam ihr fast wie eine Kapitulation vor. In ihren kämpferischen Gesprächen ging der imaginäre Preis an denjenigen, der seine Emotionen zurückhalten konnte. Unglücklicherweise gewann Logan immer. »Ich bin deine Frau, nicht irgendein Gerät, das man nach Belieben einstellen kann.«

Logan starrte sie an. »Das ist mir bewusst. Aber mir ist auch bewusst, dass du einen ganz anderen Hintergrund hast als ich.«

Callie stemmte die Fäuste in die Hüften. Sie konnte es nicht ertragen, dass er sie an seine Herkunft mit Seidenbindern, Mahagonimöbeln und feudalen Clubs erinnerte, während sie nur öffentliche Schulen besucht, Gebrauchtkleider getragen und Fast Food gegessen hatte. Sein Vorwurf erinnerte sie auch daran, dass sie in der Gesellschaft von Savannah nur wegen der Verbindung zu ihrer Halbschwester akzeptiert worden war.

Gloria hatte sich in den obersten Rängen dieser Gesellschaft etabliert, der Familie ihrer Mutter sei Dank, denn deren Geld ging bis in die Tage des Bürgerkriegs zurück. Callies Mutter hingegen hatte in einem Gemüseladen gearbeitet.

Die Verbindung mit der Arbeiterklasse hatte immer schon an Callie genagt – nicht, weil sie sich ihrer Wurzeln schämte, sondern weil sie Logan Futter für seine spöttische Überheblichkeit lieferte.

»Ja, Logan, du warst reich, ich war arm«, fauchte sie. »Was versprichst du dir davon, das wieder hochzubringen?«

»Nichts. Ich habe nur gedacht, du hättest inzwischen was gelernt.«

»Was soll ich gelernt haben? Alles zu tun, was du willst und wie du es willst? Vergib mir, aber das ist eine Lektion, die ich aus meinem Lehrplan gestrichen habe.«

»Das beginne ich zu begreifen.« Logan fuhr sich mit einem Kamm durch die schwarzen Haare. »Weißt du, ich glaube, du solltest deine Schwester nicht so oft sehen.«

»Das hat nichts mit Gloria zu tun!» Wut schlich sich

in Callies Blutbahnen. »Außerdem hat sie uns miteinander bekannt gemacht, wenn du dich erinnerst. Wenn sie nicht gewesen wäre, hätte ich in deiner Gesellschaft nie eine Chance gehabt.«

»Deine Schwester könnte Meryl Streep Konkurrenz machen, was ihre schauspielerischen Fähigkeiten angeht«, behauptete Logan. »Ich wünschte nur, dass die Damen der Gesellschaft von Savannah hinter ihre Fassade sehen würden.«

»Hör mal, du hast mich und meine Familie gekannt, als du beschlossen hast, mich zu heiraten«, erinnerte Callie ihn. »Du hattest genug Auswahl aus den anständigen Familien der Stadt. Wenn du jetzt deine Entscheidung bereust, kannst du mich dafür nicht verantwortlich machen.«

Sie wandte ihm den Rücken zu und ließ sich vorm Frisiertisch nieder. Mit zitternder Hand trug sie Mascara auf. Er glaubte also, sie sähe wie eine Hure aus? Fein, sie würde ihm zeigen, wie eine Hure wirken konnte. Dieser eingebildete Affe.

Um ehrlich zu sein, so wenig sie das auch zugeben mochte – sie hatte sich oft gefragt, was Logan in ihr gesehen hatte, als er ihr vor drei Jahren einen Heiratsantrag gemacht hatte. Damals hatten sie sich erst vier Wochen gekannt. Callie war in seine beeindruckende Persönlichkeit sofort verliebt gewesen, aber er war nicht nur zehn Jahre älter, sondern befand sich gesellschaftlich auch zehn Lichtjahre von ihr entfernt. Sie hatte nicht einmal eine Beziehung mit ihm erwartet, von einem Heiratsantrag ganz zu schweigen.

Callie schüttelte den Kopf, als sie ihr Spiegelbild betrachtete. Sie trug genug Mascara auf, um die Augen so zu schminken, dass sie wie Liza Minelli aussah. Sie trug Rouge auf die Wangen auf und entschied sich für den knalligsten Lippenstift in ihrem Sortiment. Sie unterstrich den Effekt mit großen silbernen Ohrringen und den höchsten schwarzen Absätzen, die sie besaß.

Logans Augen verengten sich und betrachteten sie missbilligend. »Callie, du weißt, dass ich dich in diesem Aufzug nicht mag.«

»Ach?« Callie fasste die schulterlangen braunen Haare zusammen und band sie hoch. »Nun, ich mag es nicht, wenn du mich wie Müll behandelst.«

»Das tue ich doch nicht.« Logan stand auf und ging zur Tür. »Unsere Gäste treffen jede Minute ein. Ich möchte, dass du dir was Anständiges anziehst.«

»Anständiger als das bin ich nicht zu haben«, gab Callie zurück.

»Wie du willst. Dann ist die Unterhaltung beendet.«

»Das glaubst auch nur du«, murmelte Callie, als sie ihm folgte und nach unten ging.

Eleganz dominierte in der Südstaatenvilla. Alte Stilmöbel, natürlich Mahagoni, und Ölgemälde, die belegten, wie weit die Geschichte der Familie zurückreichte. Callie betrachtete das Haus, wie sie auch ein Museum betrachtete, aber zu Hause hatte sie sich hier nie gefühlt.

Sie warf Logan einen Blick von der Seite zu, als sie den Salon betraten, um auf ihre Gäste zu warten. Logan sah in seinem dunklen Anzug und dem kantigen Gesicht aristokratisch aus; man sah ihm an, dass er in diesen Reichtum hinein geboren worden war.

»Möchtest du etwas trinken?«, fragte Logan freundlich, als er an den Barschrank trat.

Der Mann änderte seine Stimmungen wie ein Chamäleon seine Farben, dachte Callie verwundert. Aber es war nicht wirklich ein Stimmungswechsel, eher eine Variation seiner schlechten Laune.

»Ein Glas Rotwein, bitte.« Sie ließ sich in einen Ledersessel nieder und kam sich wie eine Fremde im eigenen Haus vor.

Ein orientalischer Teppich bedeckte den Boden. Sessel, Stühle und Chaiselongue waren mit einem Seidenstoff überzogen. Über dem Kamin hing ein

Ölgemälde von Logans Vater. Aus der Küche drang der köstliche Duft von gebratenem Lachs und wildem Reis.

Callie sah das Porträt von Logan Vater an und stellte voller Unbehagen die auffällige Ähnlichkeit von Vater und Sohn fest. Edward Waterford saß in einem breiten Ohrensessel und sah sie mit kalten Augen an. Callie hätte gern gewusst, was für ein Mensch er gewesen war. Sie hatte ihren Schwiegervater nie kennen gelernt; er war vor zehn Jahren gestorben, aber sie hatte immer gespürt, dass seine Anwesenheit wie ein schwerer dunkler Vorhang in diesem Haus hing.

»Logan, welches Verhältnis hast du zu deinem Vater gehabt?«

Er sah sie nur kurz an, dann wandte er den Blick ab. »Zu meinem Vater?«

»Ja. Du hast mir nie von ihm erzählt.«

Logan hob die Schultern. »Da gibt es nichts zu erzählen. Er war mein Vater.«

»Ja, aber du musst doch irgendein Verhältnis zu ihm gehabt haben.«

»Nein, eigentlich nicht.«

»Habt ihr irgendwas gemeinsam unternommen?«, fragte Callie. »Angeln, Sport, Ferien?«

»Manchmal.«

»Hat er dir beigebracht, aus aneinander gereimte Worten ganze Sätze zu bilden?«

Er bedachte sie mit einem höhnischen Blick. Dann erklang der Türgong. Callie erhob sich und begrüßte die ersten sechs Gäste. Die drei Paare waren alle mit Logans Kanzlei verbunden und gehörten zu Savannahs bester Gesellschaft.

»Callie, Liebling, Sie sehen wunderbar aus.« Anna Winninghams eisblaue Augen musterten Callies Figur und lächelte dünn. »Was für ein originelles Kleid.«

In ihrer Stimme klang nur ein Hauch von Missbilligung mit. Callie musste lächeln. Sie schaute zu Logan und bemerkte, dass auch ihm Annas Unterton nicht entgangen war.

»Callies Schwester hat es für sie gekauft«, sagte er, als erklärte das alles.

»Ich verstehe. Gloria hat immer einen eigenen Geschmack.«

»Guten Abend, Callie.« Annas Mann Harold beugte sich vor und küsste Callies Wange. Dabei legte er einen Arm um ihre Taille.

Um Logan zu provozieren, erwiderte Callie die Begrüßung Harolds mit mehr Begeisterung, als nötig gewesen wäre.

»Harold, wir sind ja so froh, dass Sie kommen konnten«, säuselte sie und schmiegte ihren Körper an seinen. Sie verzog das Gesicht, als sie den Druck seiner Hüfte spürte. »Was möchten Sie trinken?«

Logan warf Callie einen nachsichtigen Blick zu, dann drehte er sich um und ging zur Bar. Nachdem alle Gäste mit einem Glas ihres bevorzugten Getränks ausgestattet waren, rief Callie den Service, damit die Hors d'œuvres gereicht werden konnten. Sie nahm ihr Weinglas und setzte sich neben Stan Gerome. Ihr kurzer Rock rutschte die Schenkel hoch, als sie die Beine übereinander schlug.

»Oh, Stan«, sagte sie und legte eine Hand auf seinen Arm. »Logan hat mir erzählt, dass Sie einen Mordprozess gewonnen haben. Das muss faszinierend gewesen sein.«

»Ja, Mord in Tateinheit mit Raub.« Stan blinzelte sie durch seine Hornbrille an und zupfte an seinem Krawattenknoten, als säße er zu eng am Hals.

»Ach? Erzählen Sie!«

Sie musste ein Gähnen unterdrücken, als Stan den Fall darlegte. Sie blickte hinüber zu Logan und war nicht überrascht, dass er sie mit einiger Verachtung musterte.

»Callie, einige unserer Gäste haben ihre Hors d'œuvres noch nicht«, sagte er.

»Das tut mir sehr leid.« Callie wandte sich an Stan und legte eine Hand auf seinen Oberschenkel. »Entschuldigen Sie mich für einen Moment, bitte. Der Hausherr verlangt meine Aufmerksamkeit.«

Sie lächelte und streifte seinen Arm mit ihren Brüsten, als sie aufstand.

Sie nahm einen Teller mit Vorspeisen und ging hinüber zu Michael Richmond, und auch ihn lächelte sie freundlich an. Ihr Gesicht begann zu schmerzen, aber wenn es sein musste, würde sie den ganzen Abend lächeln.

»Michael, bitte, kosten Sie von diesem Kaviar. Er ist einfach deliziös.« Sie beugte sich vornüber, um seinen Platzteller zu erreichen, und dabei klaffte der Ausschnitt auseinander, so dass Michael einen verlockenden Blick auf ihre kleinen von Spitze umrahmten Brüste hatte.

Callie hatte beinahe laut gegluckst, als sie sah, wie Michaels Augen immer größer wurden. Sie hatte nun wirklich keine gewaltigen Hügel, aber offenbar starrten Männer auf Brüste – ganz egal, ob sie klein oder groß waren. Besonders, wenn sie wussten, dass die Besitzerin der Brüste tabu war.

»Darf ich Ihnen auch noch einen Drink bringen?« Sie nahm ihm das Glas aus der Hand und berührte seine Haut mit ihren schlanken Fingern. »Scotch on the rocks – sofort.«

Logan traf sie an der Bar und grub seine Finger in ihren Arm. Alarmiert sah sie ihn an. Vielleicht trieb sie ihr Spiel doch zu weit. Aber sie würde nicht zulassen, von ihm als ausgehaltene Frau und nicht als Ehefrau behandelt zu werden.

»Hör sofort mit diesem Benehmen auf«, forderte Logan leise. »Du benimmst dich wie die perfekte …«

Callie sah ihn herausfordernd an. »Wie die perfekte

was?«, unterbrach sie ihn. »Schlampe? Nun, wenn ich so aussehe, kann ich meine Rolle doch auch spielen.«

Sie riss ihren Arm aus seinem Griff und ging zurück zu Michael. Den Rest des Abends flirtete sie mit den Männern, wohl wissend, dass sie ihren Mann irritierte. Das kleine harmlose Spiel hatte was Erregendes für sie. Dieser Männer begehrten sie. Wärme breitete sich zwischen ihren Schenkeln aus, und instinktiv presste sie die Beine unterm Tisch zusammen. Sie wünschte, sie hätte einen Ehemann, der sich auf seiner Party mal kurz zu einem schnellen Fick verdrücken würde.

Sie sah hinüber zu Logan und hätte fast gelacht, als sie ihn mit diesem letzten Gedanken in Verbindung brachte. Er hätte sich nicht einmal zu einem leidenschaftlichen Händedruck hinreißen lassen, weder auf Partys noch sonst.

Als sie später zum Kaffee in den Salon zurückkehrten, setzte sie sich wieder zu Stan. Ihre Schenkel berührten sich. Doch als die Gäste aufbrachen, wurde sie leicht nervös. Logan konnte nicht viel unternehmen, solange die Gäste da waren, aber was er tun würde, wenn sie allein waren, war eine ganz andere Geschichte.

Er schloss die Tür hinter den Winninghams und ging die Treppe hoch. Callie sah in der Küche nach. Die Mitarbeiter der Catererfirma waren gerade mit dem Abwasch fertig. »Schicken Sie uns die Rechnung, Anita«, sagte sie der Chefin. »Und vielen Dank. Alles war wunderbar.«

Anita lächelte glücklich. »Danke, Mrs. Waterford. Denken Sie bitte bei Ihrer nächsten Party wieder an uns.«

»Darauf können Sie sich verlassen.« Callie brachte die Frauen zur Tür und schloss ab.

Langsam ging sie hinauf ins Schlafzimmer und ärgerte sich über ihre Nervosität, ihrem Mann gegenüber zu treten. Schließlich war er nur Logan, ihr unbiegsamer, kontrollierter, starrköpfiger Ehemann mit der Eisenstange im Rücken.

Sie betrat das Schlafzimmer und blickte unsicher hinüber zu Logan. Er hatte Jackett und Krawatte abgelegt und löste gerade die Manschettenknöpfe.

Callie betrachtete ihn eine Weile und spürte einen unerwarteten Stich des Bedauerns. Logan arbeitete hart, er sah gut aus und war erfolgreich. Ja, er war festgefahren in seinen Ansichten, aber er war ihr auch noch nie untreu gewesen. Warum also hatte sie das Gefühl, mit einem Fremden zu leben?

Seufzend streifte sie sich die Schuhe mit den hohen Absätzen ab und ließ die schmerzenden Zehen spielen. Sie schminkte sich ab, duschte, schlüpfte in ein leichtes Baumwollhemd und ging ins Schlafzimmer zurück.

Logan lag schon im Bett und las in einem neuen Buch. Callie schlüpfte unter die Decke und war irgendwie genervt, dass er sie zu ignorieren schien.

»Warum schreist du mich nicht an?«

Er blickte über den Rand seiner Brille. »Warum sollte ich? Weil es dir gefallen hat, dich zur Närrin zu machen?«

»Habe ich das getan?«, fragte Callie. »Komisch, deine Geschäftspartner haben nichts Närrisches an mir gesehen. Ganz im Gegenteil, glaube ich.«

Nur das vorgereckte Kinn verriet Logans Verärgerung. »Meine Geschäftspartner wissen sehr wohl von deiner Herkunft. Du hast lediglich ihre schlimmsten Befürchtungen bestätigt.«

Wut wallte in Callie auf. Sie hob eine Hand, um ihn am Weiterreden zu hindern.

»Tu's nicht, Logan. Wage bloß nicht, meine Herkunft als Entschuldigung vorzubringen. Ja, ich bin in Armut aufgewachsen, aber nur, weil mein Vater meine Mutter belogen hat.«

Er schien genau zu wissen, womit er sie bis zur Weißglut reizen konnte. Ihr Vater hatte ihrer Mutter nicht nur nicht gesagt, dass er verheiratet gewesen war und ein Kind hatte, er war auch zunächst nicht bereit gewesen, Callie als sein Kind anzuerkennen.

»Du wärst vielleicht besser dran, wenn dein Vater dir nie die Wahrheit gesagt hätte«, meinte Logan. »Dann hättest du nichts mit Gloria zu tun.«

»Aber sie ist meine Schwester! Als ihre Mutter von mir und meiner Mutter erfuhr, war sie es, die ihren Mann zwang, Verantwortung zu übernehmen. Glorias Mutter ist der einzige Mensch, der sich nicht darum scherte, was die Leute dachten. Sie wusste, dass mich keine Schuld traf. Sie hat mich in ihr Haus aufgenommen, damit ich mit meiner Schwester zusammen aufwachsen konnte. Dafür werde ich ihr ewig dankbar sein. Aber meine Herkunft werde ich nie vergessen. Und deine Verachtung ist absolut nicht angebracht.«

Logan nahm die Lesebrille ab. »Dein Verhalten heute Abend war schändlich. Ich hoffe, dir ist klar, dass ich das ein zweites Mal nicht dulde.«

»Wieso hast du es denn das erste Mal hingenommen?«, fragte Callie herausfordernd.

»Ich hoffe, du hast eingesehen, wie albern du dich verhalten hast.«

Völlig frustriert rutschte Callie durchs Bett, auf Logan zu. Sie langte unter die Decke und streichelte über seine Schenkel. Die feinen Härchen elektrisierten ihre Haut. Sie hatte immer geil auf Logans Körper reagiert. Schade, dass er das nicht häufiger ausnutzte, dachte sie. »Es hat dir also nicht gefallen?«, fragte sie und rieb über seine Boxershorts und über die wachsende Schwellung. »Du hast zugeschaut, wie die Männer mich beäugt, wie sie sich aufgegeilt haben ...«

»Callie, hör auf.«

Aber sie spürte, wie sein Penis unter ihren streichelnden Fingern wuchs.

Callie kitzelte sein Ohrläppchen mit der Zungenspitze. Ihre Erregung stieg wahnsinnig schnell und breitete sich wie mit langen Fingern im Bauch aus. Die Partyflirts hatten sie angemacht, und nun hoffte sie, ihren Mann zu überzeugen, die Spannungen abzubauen.

»Komm schon, Logan!«, raunte sie heiser. »Willst du mich nicht vögeln?«

»Sprich nicht so.«

»Du hast was gegen Vögeln?« Callie schob eine Hand unter seine Shorts und umklammerte die harte Wärme seines Schafts. Die bloße Berührung löste in ihrem Schoß ein heftiges Zucken aus. »Aber eine Hure redet so.«

Mit der anderen Hand fuhr sie über die Matte dunkler Haare auf seiner Brust, dann zupfte sie behutsam an den flachen kleinen Brustwarzen. Sie konnte sich an seinem Körper nicht satt sehen, er erregte und faszinierte sie, aber Logan folgte ihr nur selten auf ein höheres Plateau der Leidenschaft.

»Hör zu, wenn du Sex haben willst, ist das okay, aber nicht dieses schmutzige Geschwätz.«

Callie konnte sich ein Grinsen nicht verkneifen. »Du bist ein spießiger Esel, weißt du das?«

»Ich nehme das als Kompliment.«

»Das trifft sich gut, denn ein anderes wirst du von mir nicht hören.«

Sie glaubte immer noch, dass sie ihn animieren konnte und schob ein Bein zwischen seine Schenkel. Sie drückte flüchtige Küsse auf Hals und Schultern. Er duftete herrlich, warm und männlich mit dem Hauch eines kernigen Rasierwassers. Callie drückte sein Glied und fuhr mit zwei Fingern an der Unterseite entlang.

Sie rutschte an ihm hinunter und fing einen Nippel mit den Zähnen ein. Sie rieb ihre Brüste an seinem Bauch. Sie leckte und küsste einen Pfad vom Bauch zum Schoß und hungerte danach, seinen harten Fleischstab in den Mund zu nehmen und ihn trocken zu saugen.

Logan hatte während der letzten Minuten immer kürzer geatmet, aber jetzt legte er eine Hand in ihren Nacken. »Was tust du da?«

Callie schaute blinzelnd zu ihm hoch. »Ich will dir einen blasen, aber das kann ich erst, wenn du die Hand aus meinem Nacken nimmst.«

Logan sagte stirnrunzelnd: »Jetzt nicht, Callie.«

Sie stieß empört den Atem aus. »Was meinst du – jetzt nicht? Du hast es mich noch nie machen lassen.«

»Warum also jetzt damit anfangen?«

Mit einem frustrierten Stöhnen richtete Callie sich auf und rutschte von ihm weg. »Das ist was ganz Normales, Logan.«

»Das ist mir bewusst.« Logan legte sein Buch auf den Nachttisch, wandte sich ihr zu und zog sie an den Schultern zu sich. Ihre Münder fanden sich zu einem vertrauten Kuss. Seine Zunge glitt über ihre Unterlippe, dann schob er sie zurück auf die Kissen und packte ihr Nachthemd. Callie sah zu, wie er es über ihre Hüften schob und fragte sich, ob der Mann jemals etwas fühlte. Sein Ausdruck war ohne jede Leidenschaft. Wie schmeichelhaft, dass sie solche Emotionen in einem Mann auslösen konnte.

Callie seufzte. Logans Hand schlüpfte zwischen ihre Schenkel und schob sie auseinander. Vorsichtig drang er mit einem Finger ein.

»Ah, du bist schon bereit.«

»Es hat mich angemacht«, sagte Callie und fuhr mit einer Hand über seine Brust. »Ich wusste, dass deine Männer mich begehren.«

»Ich wünschte, du würdest einen anderen Weg finden, dich anzumachen. Das war sehr anstößig. Du musst auch an meinen guten Ruf denken.«

»Ja, ich weiß«, murmelte Callie und schlängelte

unter ihn. Sie wünschte, er würde ihr das Nachthemd ganz ausziehen und ihre Brüste streicheln. »Logan …«

»Pst …«

Callie biss sich verärgert auf die Lippe. Er sprach nie, wenn sie Liebe machten, er sagte nie ein Wort, er berührte sie nur auf seine stille, reservierte Weise, als ob sie zerbrechlich wäre. Er richtete sich zwischen ihren Schenkeln auf, langte hinunter und führte seinen Penis ein, als ob er einen Faden ins Nadelöhr einzufädeln hätte. Sein Atem kam hektischer, und Callie spürte ihn auf ihrer Haut. Dann folgte sein stets behutsames Eindringen.

Callie griff an den Saum ihres Nachthemds und zog es über den Kopf. Sie schlang die Arme um Logans Rücken und ertastete das Spiel seiner Muskeln. Ihre Nippel rieben sich an seinem Brustkorb und stimulierten sie noch mehr. Sie packte seine Pobacken und wollte ihn noch mehr in sich hineinziehen.

»Härter«, flüsterte sie, als er mit gleichmäßigen Stößen begann. Sie wollte seine ganze Wucht spüren, wollte ihn so tief haben wie noch nie.

»Pst.« Logan fuhr mit einem Finger über ihre Klitoris und streichelte sie sanft.

Callie stöhnte frustriert über seinen Mangel an Leidenschaft. Offenbar war es für Logan fast eine Sünde, den Sexualakt zu genießen.

Sie wollte ihn anflehen, wollte ihn anschreien, wollte wie ein Derwisch heulen. Er sollte sie ficken, hart, heftig, geil. Aber sie wusste, dass er sich von ihrem Flehen nicht verleiten lassen würde.

Sie schloss die Augen, damit sie seinen ausdruckslosen Blick nicht mehr ertragen musste. Ihr Kopf füllte sich mit Bildern einer lüsternen Art. Sie wollte ein orgiastisches Fest, in dem sie der Hauptgang war, während die anderen Gäste – alle männlich – ihre Penisse zeigten und einsatzbereit rieben. Der Wein floss üppig, er schmierte ihre Sinne und lupfte ihre

Hemmungen. Sie sah sich nackt auf dem Tisch liegen, zur Penetration bereit, die Haut verschwitzt, die Luft gewürzt vom Geruch ihres dampfenden Geschlechts.

Die Männer ließen Wein aus ihrem Mund in Callies laufen, einige träufelten auch ihren Nabel voll. Die Männer beugten sich über sie und leckten den Wein mit durstigen Zungen auf. Sie schütteten Wein in ihre Pussy und tranken daraus, als wäre sie die einzige Oase in der Einöde, und sie schleckten und schlürften, bis Callie bettelte, dass sie aufhörten.

Schwielige Hände packten ihre Brüste und zwickten ihre Nippel, dann spreizten sie ihre Beine, und die Männer drangen nacheinander in sie ein. Keuchend und ungestüm benutzten sie Callie, als hätten sie seit Jahren keine Frau mehr gehabt, sie pumpten in sie hinein und nahmen sie in jeder erdenklichen Position.

Logan flüsterte etwas, und sie öffnete widerstrebend die Augen, sah ihn an und schlang die Beine fester um seinen Rücken. Logans Hüften schoben sich gegen die Innenseiten ihrer Schenkel, sein Brustkorb rieb gegen ihre Brüste, und sein Penis glitt sanft in sie hinein. Er war so reserviert, so kontrolliert, dass selbst der Orgasmus seinen Körper kaum zum Schwingen brachte. Seine gedämpft gestöhnten Laute passten zu Callies leisem Wimmern.

Es waren ihre Phantasien, die sie zum Höhepunkt brachten und ihren Körper schüttelten, aber die Erlösung, die sie erhofft hatte, war es nicht. Sobald sich ihr Atem normalisiert hatte, rollte er von ihr und legte sich auf seine Seite des Betts.

Callie fand ihr Nachthemd und schlüpfte hinein. Die Nacktheit war ihr plötzlich unbehaglich gewesen. Ihre Blicke streiften für einen kurzen Moment den Mann an ihrer Seite. Sie sah die Schatten auf seinen harten Zügen, die oft so undurchdringlich schienen. Die Wimpern lagen wie winzige Federn auf seinen Wangen. Sie wollte ihn berühren, ihn anfassen, mit den Fingerspitzen sein Gesicht erkunden, aber dann begann er zu reden.

»Schlaf gut, calla lily«, sagte er, die Stimme schwer vor Schläfrigkeit.

»Hast du eine Affäre?«

Logan schlug die Augen auf und sah sie entgeistert an. »Wie, zum Teufel, kommst du denn darauf?«

Der Knoten in Callies Brust zog sich fester zu. »Ich vermisse deine Leidenschaft. Deshalb dachte ich, du hast vielleicht eine andere Frau.«

»Sei nicht albern. Ich bin dir nie untreu gewesen.«

»Dann möchte ich wissen, was mit dir los ist.«

»Was los ist?« Er schloss wieder die Augen. »Callie, dreh dich um und schlaf ein.«

Ohne nach ihm zu greifen, drehte sie sich auf ihre Seite, Logan den Rücken zugewandt, und zog das Laken hoch.

»Ladys, Ladys!« Marcia Garrett stellte sich vor die Frauengruppe und klatschte laut in die Hände. »Darf ich um Aufmerksamkeit bitten? Wir müssen Ordnung in unser Treffen bringen.«

Die fünfzig Frauen brachen ihre Gespräche ab und wandten sich Marcia zu, einer großen, schlanken, blonden Frau, piekfein gekleidet in einem pfirsichfarbenen Leinenkostüm und darauf abgestimmtem Nagellack. Eine Perlenkette zierte ihren schlanken Hals.

»Wir haben entschieden, dass unser Wohltätigkeitsprojekt des Sommers ein Kochbuch sein wird«, verkündete Marcia. »Jede von uns soll ihr Lieblingsrezept beisteuern.«

Callie saß ganz hinten, wischte einen Fusel vom Rock und fragte sich, wie viel Zeit Marcia Garrett benötigte, ehe sie sich morgens der Welt zeigte.

»Hast du schon gehört?«, flüsterte eine Stimme in Callies Ohr. »Ihr Mann bumst ihre Nichte.«

Callie starrte ihre Schwester ungläubig an. »Du machst Witze.«

Gloria Harper schüttelte den Kopf. Ein Lächeln umspielte ihre Lippen. Ihr von dunklen Strähnen durchzogenes blondes Haar war auf der einen Seite zu einer Art Haube geföhnt worden. Ihrem Gesicht war kosmetisch nachgeholfen worden. Wie die meisten anderen Frauen des Treffens trug sie ein Designerkostüm, aber ihres zeigte den tiefsten Ausschnitt.

»Natürlich nicht«, raunte Gloria. »Das Mädchen ist gerade mal achtzehn. Ist das zu glauben? Ihre Pussy muss so eng wie ein Schraubstock sein.«

Callie unterdrückte ein Kichern. Es war immer eine Lust, Gloria so unverblümt reden zu hören – und das mit ihrer honigsüßen Stimme. »Weiß Marcia Bescheid?«

»Sie ahnt es, aber natürlich wird sie Roger nicht verlassen«, flüsterte Gloria. »Sie hat es mir letzten Monat gesagt. Er hat eine Menge Geld, und sie haben einen Ehevertrag. Wenn sie ihn verlässt, ist sie gesellschaftlich ruiniert.«

Callies Lächeln erstarb auf ihren Lippen, als sie an Marcias Position dachte, die sie mit so vielen anderen Ehefrauen teilte. Logan hatte sie wenigstens nicht zu einem Ehevertrag gezwungen, auch wenn sie von seinem Geld nichts haben wollte.

»Es ist traurig«, murmelte sie.

»Es gibt keinen Grund, Marcia zu bedauern, meine Süße«, raunte Gloria. »Sie selbst hat auch das eine oder andere Geheimnis.«

»Callie und Gloria, meldet ihr euch freiwillig, die Rezepte einzusammeln?«, rief Marcia.

»Ja, Marcia, sehr gern«, antwortete Gloria fröhlich. »Was für eine großartige Idee.«

Die übrigen Frauen klatschten Beifall, und Marcia strahlte. Die Vorsitzende der Frauenliga redete über weitere Projekte, ehe die Sitzung geschlossen wurde.

Der inoffizielle Teil des Treffens wurde mit Kaffee und Kuchen eingeleitet.

»Callie, danke für den wunderbaren Abend bei Ihnen.« Eine Hand mit korallenroten Nägeln legte sich auf Callies Arm. Sie wandte sich um und sah in das Gesicht von Anna Winningham. »Harold und ich waren begeistert.«

»Danke, dass Sie da waren«, antwortete Callie und befreite ihren Arm aus dem Griff der Frau. »Sie kennen meine Schwester Gloria?«

»Natürlich.« Die beiden Frauen bliesen sich Küsse zu.

»Harold hat mir nachher gesagt, was für ein glücklicher Mann Logan ist, eine Ehefrau wie Sie zu haben«, fuhr Anna fort.

»Wie freundlich.«

»So eine hübsche Figur, auch wenn Sie natürlich kein Playboy-Häschen sind, stimmt's?«

Callie spürte, wie Gloria sich neben ihr auf die Zehenspitzen stellte. Mit ihren fünfunddreißig Jahren war Gloria acht Jahre älter als Callie, deshalb ging sie sofort in den Angriff über, wenn die kleine Schwester beleidigt wurde.

»Aber das scheint Ihren Mann überhaupt nicht gestört zu haben, nicht wahr, Anna?«, gab Gloria kratzbürstig zurück.

Annas schmale Lippen pressten sich aufeinander, bis sie eine dünne Linie waren. »Woher wissen Sie das, Gloria?«

»Ach, ich bitte Sie.« Gloria machte eine wegwerfende Handbewegung. »Alle wissen doch, dass Ihr Mann auf alle Frauen der Stadt scharf ist. Nur auf Sie nicht.«

»Wie können Sie es wagen … ?« Anna keuchte vor Empörung. Röte brach auf ihren bleichen Wangen durch. »Sie waren doch überhaupt nicht auf der Party! Aber ich will Ihnen sagen, dass Ihre Schwester auf Teufel-komm-raus geflirtet hat.«

»Na, endlich«, sagte Gloria und seufzte erleichtert. »Und bei Ihrem Mann scheint es gewirkt zu haben.«

Annas Augen verengten sich zu Schlitzen. Sie wandte sich wieder an Callie. »Schlafen Sie mit meinem Mann? Ich meine, wenn ich es wüsste, würde ich Ihren Namen durch den Schmutz ziehen, darauf können Sie sich verlassen. Man hat ganz schnell einen Ruf weg, es geht so schnell, dass Sie gar nicht wissen, wo Ihnen der Kopf steht.«

»Anna, ich würde nicht mit Ihrem Mann schlafen, selbst wenn er der Einzige in der Stadt wäre.«

»Sehr gut«, kommentierte Gloria. »Und nun hören Sie auf, meine Schwester zu beleidigen. Glauben Sie wirklich, dass sie auf Ihren Mann fliegt, wenn sie mit einem Mann wie Logan verheiratet ist? Ich bitte Sie, Anna.«

»Sie haben nicht gesehen, wie sie sich an meinem Mann gerieben hat«, sagte Anna und sah Callie misstrauisch an. »Wenn ich erfahre, dass Sie sich an Harold ranwerfen, werden Sie es bereuen.«

»Keine Sorge«, antwortete Gloria. »Richten Sie Harold aus, dass er sich damit begnügen muss, über Callie zu fantasieren, während er Sie bumst.«

Einige Frauen sahen in ihre Richtung. Anna war knallrot geworden, dann drehte sie sich auf dem Absatz um und verschwand.

»Schlampe«, sagte Gloria fröhlich. Sie griff nach einem Stück Kuchen und steckte es sich in den Mund. »Aber hatte sie Recht? Hast du mit ihrem Mann geflirtet? Das klingt so gar nicht nach dir, kleine Schwester.«

»Nun, ich bin nicht die Unschuld vom Lande«, antwortete Callie. Glorias Staunen ärgerte sie.

»Das habe ich auch nie behauptet«, verteidigte sich Gloria. »Trotzdem bist du nie der Typ zum Flirten gewesen.«

»Nun, Logan und ich hatten einen Streit, und ich

glaube, ich bin übers Ziel hinaus geschossen«, gab Callie zu. »Ich habe mich albern benommen, aber ich wollte sehen, wie er reagierte.«

»Und wie hat er reagiert?«

»Tadelnd wie immer. Ich weiß gar nicht, warum ich etwas anderes erwartet habe.«

Gloria sah sich um und fasste Callie am Arm. »Gehen wir raus. Die Wände haben hier nicht nur große Ohren, sie haben auch große Mäuler. Ich könnte gut einen Drink gebrauchen.«

Callie verbiss sich einen Kommentar über Glorias Lust auf Alkohol am Nachmittag. Sie griff nach ihrer Handtasche und folgte ihrer Schwester nach draußen. Die Luft war feucht und heiß. Die Sonne brannte sich durch den Flussnebel.

Callie atmete kräftig durch. Sie genoss die frische Luft und den historischen Teil der Stadt. Das alte Savannah war eine Mischung aus verfallenden viktorianischen Häusern, neuen Stadthäusern mit Balkonen auf verzierten Säulen und einer Reihe von Läden und Märkten.

»Gehen wir nicht in die 45 South?«, fragte Callie überrascht, als sie erkannte, dass ihre Schwester sie in eine Nebenstraße des Martin Luther King Boulevards führte.

»Ich will da nicht hin«, antwortete Gloria. »Ich habe den Geruch von Parfums und Haarsprays satt. Komm.«

Sie fasste mit einer Hand unter Callies Arm und zog sie auf eine Steintreppe, die zu einer klammen, schmierigen Kneipe mit einem zuckenden Neonlicht im Fenster führte. Callie blinzelte, als sie das Lokal betraten. Sie blieb stehen und wartete, bis sich die Augen an das trübe Licht gewöhnt hatten.

Ein langer Tresen beherrschte den Raum, dann gab es noch ein paar Tische mit Stühlen. Einige Hafenarbeiter in verschlissenen Jeans und T-Shirts standen herum, tranken Bier und spielten Billard. Ein paar

Pfiffe wurden hörbar, als Callie und Gloria zum Tresen gingen.

»Was tun wir hier?«, zischte Callie. In ihrem blassblauen Kostüm kam sie sich mehr als nur ein wenig deplaziert vor.

»Manchmal will ich mal raus, meine Liebe.« Gloria schwang sich auf einen Barhocker. Dabei rutschte der Rock die Schenkel hoch. Sie lächelte dem Barmann zu. »Hallo, Roger. Wodka Martini, kein Eis, zwei Oliven. Geschüttelt, nicht gerührt.«

»Schön, dich wieder zu sehen, Gloria.« Roger zwang seinen Blick lange genug von Glorias Ausschnitt weg, um Callie zuzuwinken. »Und was darf's für Sie sein?«

»Nur ein Glas Eistee, bitte.«

»Himmel, Callie, du bist nicht mehr auf der Sitzung der Frauenliga«, wandte Gloria tadelnd ein. Sie zwinkerte Roger zu. »Sie nimmt auch einen Martini.«

Nachdem der Barmann die beiden Gläser vor sie gestellt hatte, sah Gloria die Schwester von der Seite an. »Ich hoffe, du und Logan kommt nächsten Monat zu meinem Wohltätigkeitsball.«

»Ich weiß nicht, Gloria. Logan und ich haben Zoff.«

»Ach, so eine kleine Auseinandersetzung hat doch nichts zu bedeuten.«

»Es ist mehr als das. Wir kommen einfach nicht mehr miteinander aus.«

»Wovon redest du? Ihr seid doch immer ein Herz und eine Seele.«

»Ja, sicher, wenn wir in der Öffentlichkeit sind. Aber zu Hause sieht es ganz anders aus.«

Gloria runzelte die Stirn. »Er schlägt dich doch nicht?«

»Natürlich nicht.« Callie nippte am starken Martini. Es war ihr bewusst, dass alle Männer im Lokal zu ihnen starrten. »Dann müsste er ja eine andere Emotion als Missbilligung zeigen. Das schafft er nicht.«

»Nun ja, es ist ja nicht so, dass du darben oder auch nur was entbehren musst«, meinte Gloria. Sie versenkte die Hälfte des Martini und seufzte fröhlich. »Du bist mit einem der respektiertesten Bürger der Stadt verheiratet, der auch noch unglaublich sexy ist, du lebst in einer herrlichen Villa und kannst kommen und gehen, wann du willst. Du musst zugeben, du führst ein Leben, das du dir nie hast erträumen können.«

»Stimmt«, gab Callie zu. »Aber das bedeutet noch nicht, dass es mir auch gefallen muss.«

»Verdammt, Callie, du wirst dich daran gewöhnen.«

»Ich hatte schon drei Jahre Zeit, mich daran zu gewöhnen.«

»Also gut. Was willst du tun? Ihn verlassen?« Gloria schüttelte den Kopf. »Vergiss es, meine Liebe.«

»Warum?«, fragte Callie trotzig. »Viele Frauen verlassen ihre Männer.«

Gloria schaute Callie ungläubig an. »Aber sie verlassen nicht Männer wie Logan Waterford. Sage mir bloß nicht, dass du ernsthaft darüber nachdenkst. Ich wäre verdammt wütend auf dich.«

»Ich mag ihn nicht einmal«, sagte Callie, »wie soll ich mich da freuen können, mit ihm verheiratet zu sein?«

Gloria fischte eine Olive aus dem Glas und lutschte daran. »Du brauchst dich nicht zu freuen«, schalt sie. »Du sollst nur begreifen, dass er dir Status und Geld bringt. Für die meisten Frauen ist das genug.«

»Ich bin nicht wie die meisten Frauen«, entgegnete Callie scharf.

Gloria verdrehte die Augen. »Erzähle mir mehr, Süße.«

»Kommst du oft hierhin, Darling?«, fragte eine tiefe männliche Stimme.

Gloria und Callie blickten auf und sahen einen untersetzten bärtigen Mann neben Glorias Hocker stehen. Er machte keinen Hehl daraus, dass er ihren Ausschnitt bewunderte. Im Mundwinkel baumelte eine Zigarette, und in einer Hand hielt er eine Flasche Bier.

Gloria lächelte ihn an. »Offenbar nicht oft genug«, sagte sie lächelnd.

»Schade für uns beide.« Er stützte sich mit einer Backe auf dem Nachbarhocker ab. Callie starrte ihn an. Seine Muskeln quollen sein T-Shirt auf, und sein stämmiger Brustkorb sah hart wie eine Mauer aus.

Der Mann hatte den Blick auf Glorias bloße Schenkel gesenkt. Der Rock war noch ein wenig höher gerutscht und bedeckte fast nichts mehr. »Hübsches Outfit«, sagte er,

»Wir kommen gerade von einer Sitzung der Frauenliga«, sagte Gloria. »Schrecklich spießig.«

»Was ich sehe, ist alles andere als spießig«, antwortete er. »Ich heiße Hank.«

»Hank.« Gloria ließ seinen Namen auf der Zunge zergehen, als ob sie ihn schmecken wollte. »Was für ein entzückender Name.«

»Nicht so entzückend, wie du aussiehst.« Er legte eine schwere, schwielige Hand auf ihre Knie und rieb seine Finger über ihre Haut.

»Gloria«, zischte Callie. Sie wusste von den Abenteuern ihrer Schwester, aber sie wollte nicht Zeugin davon sein.

Gloria lächelte sie an. »Entspanne dich, Callie. Genieße das Leben.«

Hanks Finger schoben sich hoch, und Gloria gebot ihm keinen Einhalt. Im Gegenteil – sie spreizte die Schenkel ein wenig mehr, und Hank grinste sie gierig an.

»Tanzen?«, fragte er.

»Sehr gern.«

Gloria versenkte den Rest ihres Martinis und folgte Hank auf die kleine, leere Tanzfläche.

Aus der Musicbox klang ein Elvis-Presley-Song. Jeder im Lokal beobachtete Gloria, wie sie sich an Hanks massigen Körper schmiegte. Es war, als hätten sie schon tausendmal miteinander getanzt. Sie drückte die Brüste gegen ihn, während seine Hände genüsslich über ihren Hintern rieben. Callie schämte sich für das Verhalten ihrer Schwester, besonders, als Gloria und Hank sich mit pornographischem Enthusiasmus zu küssen begannen.

Roger hörte auf, den Tresen zu polieren, und schaute Callie an. »Sind Sie eine Freundin von ihr?«

»Ich bin ihre Schwester. Kommt sie oft hierhin?«

»Ja, etwa einmal die Woche.« Er grinste. »Ihr gefällt unser Hinterzimmer.«

Callie nippte wieder an ihrem Martini. Sie war nicht sicher, ob sie die Antwort auf ihre nächste Frage wissen wollte.

»Und was gibt es im Hinterzimmer?«

»Nun ja, da vögeln die Pärchen«, erklärte Roger ohne Umschweife.

»Sie haben ein Zimmer, in dem man ungestört vögeln kann?«

»Ja, klar. Obwohl wir das nicht an die große Glocke hängen. Es ist ein Dienst am Kunden.«

»Willst du tanzen?«, hörte sie eine Männerstimme.

Callie blickte auf und schaute in das Gesicht eines dürren pickelgesichtigen Jungen, der einen Billardqueue in der Hand hielt. »Nein, danke.«

Er blickte hinüber zu Gloria und Hank. »Warum gehst du denn nicht so ran wie sie?«

»Nein, tue ich nicht.«

»He, Gary, hau ab«, befahl Roger.

Knurrend schlenderte Gary zum Billardtisch zurück. Callie warf Roger einen dankbaren Blick zu und schaute wieder hinüber zu Gloria und Hank. Es überraschte sie nicht, dass Hank eine fleischige Hand ins Oberteil von Glorias Kostüm gesteckt hatte. Seine Finger drückten ihre Nippel, während er mit der anderen Hand weiter ihr Gesäß knetete.

Gloria schien diese obszöne Zuwendung sehr zu genießen. Ihre Haut hatte sich rosig gefärbt, und ihre Augen waren halb geschlossen, gefangen in ihrer Sinnlichkeit. Sie stellte sich auf die Zehenspitzen und flüsterte etwas in sein Ohr. Unter den neidischen Blicken der Männer verließen Gloria und Hank die Tanzfläche und gingen durch einen Rundbogen, der offenbar in das Hinterzimmer führte.

Callie schüttelte den Kopf und seufzte. Sie hatte immer gewusst, dass Gloria locker drauf war, aber es war das erste Mal, dass sie nicht genau wusste, ob sie entsetzt oder eifersüchtig sein sollte.

Zweites Kapitel

Callie wachte auf, als die Sonne durch einen Spalt in den Vorhängen und auf ihre Lider fiel. Sie streckte sich, gähnte und wandte sich Logans Bettseite zu. Er war schon aufgestanden, sein Kissen geglättet, das Laken ohne Falten. Callie schüttelte den Kopf und stand langsam auf. Sie putzte die Zähne und schlüpfte in einen Seidenmantel, ehe sie nach unten ging.

Logan saß im Esszimmer beim Frühstück und las die Zeitung. Er trug einen marineblauen Nadelstreifenanzug mit Krawatte. Seine Haare waren – wie immer – makellose gekämmt. Callie kam sich neben ihm oft zerzaust und unordentlich vor, besonders morgens.

»Morgen«, murmelte sie.

»Guten Morgen, calla lily.«

Callie schenkte sich aus einer silbernen Kanne Kaffee ein und setzte sich neben Logan. Das Dienstmädchen hatte einen Korb mit Croissants gebracht, Obst und Käse, aber Logan griff nur nach zwei Toastscheiben, einem gekochten Ei und schwarzem Kaffee. Callie hatte noch nie erlebt, dass er morgens etwas anderes aß.

Während sie den Zucker im Kaffee umrührte, fragte sie: »Was hast du heute vor?«

»Ich habe einige Termine und eine Besprechung als Vorbereitung auf den Prozesstag am Donnerstag.«

»Interessante Fälle?«

»Eigentlich nicht. Raubüberfälle.«

Callie brach ein Croissant. Ihr Magen rumorte schon in Erwartung des gebutterten warmen Croissants. Sie ließ den Blätterteig auf der Zunge zergehen, ehe sie Logan wieder betrachtete.

»Logan?«

»Ja?«

»Warum hast du mich geheiratet?«

Logan starrte sie mit großen Augen an. »Wie, bitte?«

»Warum hast du mich geheiratet?«, wiederholte sie. »Wir haben uns erst einen Monat gekannt. Das reicht nicht, um sich in jemanden zu verlieben.«

»Ich weiß nicht, Callie.« Seine Stimme hörte sich irritiert an. »Muss du jetzt damit anfangen?«

Callie hob die Augenbrauen. »Du weißt also nicht, warum du mich geheiratet hast?«

»Ich habe dich geheiratet, weil ich glaubte, du würdest mir eine gute Ehefrau sein.«

»Oh, danke.« Callie nippte am Kaffee. »Vorsicht, verausgabe dich nicht mit deinen Gefühlen.«

»Ich habe keine Zeit für diese Plattheiten.«

»Das überrascht mich nicht.«

»Vor mir liegt ein langer Arbeitstag.«

»Du würdest auch nicht darüber reden wollen, wenn heute Sonnabend wäre.«

»Worüber denn reden? Warum ich dich geheiratet habe? Das ist eine alberne Frage.«

»Für eine alberne Frage hast du genug gedankliche Klimmzüge gemacht und sie dann immer noch nicht ordentlich beantwortet.«

Logan seufzte. »Callie, du weißt, es gefällt mir nicht, wenn du gereizt bist. Ich habe noch genug von der Nacht neulich.«

Callies Nerven waren bis zum Bersten gespannt. Sie zwang sich, die Stimme flach zu halten. »Ich bin nicht gereizt, und ich wünschte, du würdest mit mir nicht reden wie mit einem kleinen Kind.«

»Wenn du dich wie ein Kind aufführst, bleibt mir nichts anderes übrig.«

»Ich hatte dir eine Frage über unsere Ehe gestellt«, sagte Callie. »Es gibt wohl kaum ein Thema, das weniger kindisch ist, oder?«

Logan antwortete nicht. Er stand auf und ging zum Sideboard. »Wenn du heute ausgehst, kannst du mir dann die Hemden aus der Reinigung holen, bitte?«

Callie kämpfte gegen die Versuchung einer schnippischen Antwort. »Ja.«

Sie musste heute zur Arbeit, da konnte sie seine Hemden in der Mittagspause abholen. Sie hatte Logan noch nichts von ihrem Job erzählt, sie hatte es auch nicht vor. Seit ein paar Monaten arbeitete sie in einem Geschäft am City Market, um ein paar Stunden der niederdrückenden Atmosphäre von Logans Welt zu entfliehen.

Erst jetzt wurde ihr klar, dass es ihr auch um etwas anderes ging: Sie wollte ihr eigenes Geld verdienen. Logan kontrollierte nie, wofür sie Geld ausgab, aber sie wollte nicht länger von ihm abhängig sein.

Wenn er von ihrem Job gewusst hätte, wäre er vielleicht einverstanden gewesen, nicht aber mit dem Laden, in dem sie arbeitete: Das ›Nebula Arcana‹ war ein Alternativladen, der sich auf wundersame Kerzen, Weihrauch, selbst gefärbte Kleider und handgemachten Schmuck spezialisierte, und dafür hatte Logan nichts übrig; es passte nicht zum Waterford-Image. Logan wäre auch nicht begeistert gewesen, dass die Kunden sich aus Hippies und bizarren Anhängern der Esoterik rekrutierten.

»Reichst du mir die Sahne, bitte?«

Logan schenkte sich noch einen Kaffee ein. »Welche Pläne hast du für diese Woche?«

Callie knabberte an ihrem Croissant. »Ich beteilige mich an einer Sammlung für das Museum, und dann bin ich mit meiner Schwester zum Essen verabredet.«

Logans Mund wurde schmal, aber er reichte ihr die Sahne. Ihre Finger berührten sich, und er zog seine Hand sofort zurück, als störte ihn der Hautkontakt.

»Gibt's was Neues von deiner Schwester?«

»Sie engagiert sich beim Konservator zur Erhaltung

historischer Stätten.« Callie goss Sahne in ihren Kaffee und rührte. »Sie will mich als Mitglied werben.«

»Wie sieht dieses Engagement aus?«, fragte Logan. »Sammelt ihr Geld für alte Relikte wie Gloria?« Seine Mundwinkel hoben sich zu einem amüsierten Grinsen.

Callie ignorierte seine spöttische Replik. »Die Spenden werden dafür verwendet, alte Gebäude in ganz Georgia zu erhalten, statt sie von gierigen Stadtplanern abreißen zu lassen.«

»Gut. Dann bist du ja beschäftigt.«

Callies Hand verkrampfte sich um ihre Tasse. »Logan, hast du nie das Gefühl, dass etwas nicht stimmt?«

»Nicht stimmt? Geht es dir nicht gut?«

»Nein, es geht mir gut.« Callie schüttelte den Kopf. »Ich meine, dass mit uns etwas nicht stimmt. Mit unserer Ehe.«

»Wovon redest du? Es stimmt alles, Callie.«

»Bist du sicher?« Sie wusste vorher, was er antworten würde. In den vergangenen drei Jahren hatten sie einige Male dieses Thema behandelt. Das Ergebnis war immer gleich gewesen.

»Natürlich«, sagte Logan und bedachte Callie mit einem irritierten Blick. Seine Selbstbeherrschung passte ihm wie ein maßgeschneiderter Anzug. »Was ist in letzter Zeit mit dir los? Du bist oft gereizt.«

»Vielleicht bin ich gereizt, weil ich dich dazu bringen will, mit mir zu reden, Logan.«

»Aber wir reden doch jetzt.«

»Ja, aber … ach, ist ja auch egal.« Callie griff nach einem Apfel und teilte ihn mit dem Messer.

»Ich werde nächste Woche ein paar Tage nach Boston gehen«, sagte Logan. »Ich glaube, du hast ein Abendessen mit den Andersons verabredet. Das werde ich verpassen.«

»Dann sage ich ab.«

»Aber es gibt keinen Grund, warum du nicht ohne mich hingehen solltest.«

»Ich sage ab. Ich kann die Andersons nicht ausstehen.«

»In letzter Zeit lässt du an niemandem ein gutes Haar, fällt dir das auf?«

Wut kochte in ihr hoch. »Hast du schon mal darüber nachgedacht, warum das so ist?«, fauchte sie ihn an. »Dass es vielleicht damit zu tun hast, dass du mir nie zuhörst? Oder damit, dass du mit mir Liebe machst, als wäre ich eine Statue?«

Logan sah sie starr an. »Das ist neu für mich.«

»Logan, ich möchte nur, dass du mit mir sprichst. Dass ich erfahre, was du denkst, was dich bewegt …«

»Was immer deine Schwester dir gesagt hat, ich wünschte, du würdest ihr nicht so viel Aufmerksamkeit schenken.«

»Das hat nichts mit Gloria zu tun!«, rief Callie wütend. »Warum schiebst du immer alles auf sie? Manchmal kannst du wirklich ein Arschloch sein, Logan. Dies hat mit dir und mir zu tun. Mit niemandem sonst.«

»Callie, ich mag keine Szenen. Ich wünschte, du würdest dich wieder beruhigen.«

»Vielleicht will ich mich nicht beruhigen«, fauchte Callie. »Wir reden einfach zu wenig miteinander.«

»Gibt es etwas, was du willst und nicht hast?«

»Darauf habe ich schon mit Nein geantwortet. Ich will nur, dass unsere Ehe funktioniert.«

»Bist du unglücklich?«

»Du hast mir alles gegeben, was ich mir erträumt habe – nur eines nicht.«

»Und was ist das?«

»Du, Logan. Verstehst du mich nicht?«

Logans Ausdruck verhärtete sich. »Callie, ich mag diese kindischen Argumente nicht.«

Callies Frust explodierte. Sie klatschte ihm eine

Hand ins Gesicht und konnte nicht verhindern, dass ihre Gefühle in diese körperliche Reaktion mündeten. Logans Gesicht ruckte herum, dann stand er auf und ging, die Augen so kalt wie immer. Die Atmosphäre zwischen ihnen wurde dick wie giftiger Qualm. Callie wusste in diesem Augenblick, sie würde gehen müssen oder ersticken.

Als Callie den Kofferdeckel zudrückte und abschloss, konnte sie kaum glauben, dass sie es wirklich tat, dass sie Logan Waterford verließ. Aber zugleich wusste sie auch, dass es keine andere Lösung gab. Der eingeengte Raum im Leben ihres Mannes zerquetschte sie.

Sie nahm den Koffer und trug ihn die Treppe hinunter. Sie hasste die Grabesstille im Haus, die gespenstischen Schatten. Sie hatte keine Ahnung, wie Logan auf ihren Auszug reagieren würde. Sie hatte seine Reaktionen nie einschätzen können. Heute wusste sie von ihm nicht mehr als bei ihrer Hochzeit.

Callie rief ein Taxi und ging hinaus. Die Nachtluft war heiß und schwül, feucht vom nahen Fluss Savannah. Als sie das Tor hinter sich zuzog, flatterten die Nerven in ihrem Bauch. Sie stand auf der Straße und wartete aufs Taxi. Obwohl Logan hunderte von Kilometern entfernt war, fürchtete sie, er könnte jeden Moment um die Ecke biegen.

»Wohin, Miss?«

Callie hievte den Koffer auf den Rücksitz und setzte sich daneben. »Taylor, bitte.«

Der Fahrer nickte und fuhr durch die historische Altstadt, Glorias Haus entgegen. Callie starrte aus dem Seitenfenster auf die dunklen Straßen, ab und zu beschienen von einer gespenstisch gelben Laterne.

Der Fahrer hielt vor Glorias renoviertem Edwardian Haus an. Obwohl Mitternacht vorbei war, strahlte es hinter vielen Fenstern noch hell. Callie fragte sich, wie Gloria reagieren würde. Sie hatte sich für die jüngere Schwester immer verantwortlich gefühlt.

Callie bezahlte den Fahrer und ließ sich mit ihrem Schlüssel ins Haus, denn sie wollte vermeiden, dass Gloria ihr schon auf der Türschwelle eine Szene machte. Und Callie ahnte, dass eine Szene unvermeidbar war.

Sie fand ihre Schwester im Arbeitszimmer. Sie lag in einem zerknautschten Seidenmantel auf der Couch, eine Schachtel Pralinen neben sich, einen Martini in der Hand, Während sie sich einen James-Bond-Film anschaute, schlüpfte die freie Hand unter den dünnen Stoff und strich über die Innenseiten ihrer Schenkel.

Callie räusperte sich, sie wollte nicht erfahren, wie weit die Besessenheit ihrer Schwester für James Bond ging. »Hallo, Gloria.«

Gloria blinzelte und schob den Mantel rasch über ihre Beine. »Callie! Was tust du denn hier?«

»Ich habe Logan verlassen.« Callie stellte den Koffer ab und ging auf ihre Schwester zu. Nachdem sie die Worte ausgesprochen hatte, schienen sie erst Realität zu werden.

Gloria setzte sich auf, die gezupften Brauen fast so hoch wie der Haaransatz. »Du machst Witze.«

»Nein.« Callie setzte sich, die Hände im Schoß. Adrenalin schoss durch ihren Körper, als sie daran dachte, was Logan unternehmen würde, wenn er bemerkte, dass sie ihn verlassen hatte. »Er ist für einige Tage verreist. Ich bin nicht tagsüber gegangen, sonst hätte das Dienstmädchen was bemerkt.«

Gloria schüttelte den Kopf und schenkte sich noch einen Martini ein. »Ich habe dich nicht ernst genommen, als du vor ein paar Tagen darüber gesprochen hast. Ich meine, mir ist klar, dass ihr zwei sehr verschieden seid – aber du kannst ihn unmöglich verlassen.«

»Gloria, ich habe ihn schon verlassen«, sagte Callie. »Ich kann mit ihm nicht mehr leben.«

»Habt ihr euch gestritten?«

»Logan streitet sich nicht. Er diktiert nur.«

»Wie meinst du das?« Gloria leerte ihr Martiniglas und pickte die Olive heraus.

Callie seufzte theatralisch. »Du kennst doch Logan, Gloria. Er ist so diszipliniert. Ich weiß nie, was er denkt.«

»Und deshalb verlässt du ihn?« Gloria kaute auf der Olive, stand auf und ging im Zimmer auf und ab. »Weil ihr euch nie streitet?«

»Nein.« Callie hatte keine Ahnung, wie sie ihrer Schwester die Gründe erklären konnte.

Gloria blieb stehen und legte die Hände auf die breiten Hüften. Ihre Lippen bogen sich nach oben. »Erzähle mir bloß nicht, dass er dir nicht leidenschaftlich genug ist. Ich wette, bei dem Mann käme ich schon, wenn er mich auf die richtige Art anschaut.«

»Nun, abenteuerlich ist er nicht. Sex ist immer dasselbe. Er fasst mich an, als wäre ich aus Glas.«

»Hast du mit ihm darüber geredet?«

»Ich habe es versucht, aber über solche Dinge kannst du mit Logan nicht diskutieren.«

»Das ist das Lächerlichste, was ich je gehört habe«, sagte Gloria. »Du machst wahrscheinlich eine schlimme Phase durch. Du brauchst einen Drink.«

»Ich brauche keinen Drink.«

»Du kannst deinen Mann doch nicht verlassen, Callie! Was werden die Leute dazu sagen?«

»Wahrscheinlich werden sie sagen: Gott sei Dank, dass sie weg ist, damit ich ihn mir schnappen kann«, antwortete Callie trocken.

»Und das lässt du zu?«, kreischte Gloria.

»Die Leute sind mir egal«, gab Callie zurück. »Ich bin in der Gesellschaft doch nur wegen meiner Verbindung zu dir akzeptiert. Alle haben von Anfang an gesagt, dass ich nicht die Richtige für Logan bin. Er hätte jede Frau haben können.«

»Aber das ist doch meine Rede«, rief Gloria. »Und dich hat er geheiratet! Deshalb kannst du jetzt nicht einfach abhauen!»

Callie stieß einen tiefen Seufzer aus. »Ich weiß, dass ich das Richtige tue.«

»Das Richtige? Für wen?«

»Für mich natürlich. Für wen denn sonst?«

Glorias Lippen spannten sich. »Das ist aber sehr eigensüchtig, findest du nicht auch?«

»Gloria, ich kenne den Mann nicht, mit dem ich verheiratet bin!«, rief Callie aufgebracht. »Ich mag ihn nicht einmal!«

»Und du denkst gar nicht an mich?«

»An dich?«

»Nun, es spricht nicht für mich«, sagte Gloria. »Schließlich gehöre ich zur Familie. Ich war es, der dich Logan vorgestellt hat.«

»Gut, dann kannst du ihn ja heiraten!«

Gloria schüttelte den Kopf. »Was willst du denn jetzt tun?«

»Ich weiß es nicht«, gestand Callie. »Ich habe nicht darüber nachgedacht. Ich weiß nur, ich muss gehen.«

»Wann hast du diese Entscheidung getroffen?«

»Vergangene Woche. Aber ich habe schon länger mit dem Gedanken gespielt. Ich schwöre dir, Gloria, wenn ich bei ihm bliebe, würde ich ersticken.«

»Oh, sei nicht so dramatisch, Callie«, rief Gloria. »Im Augenblick tust du dir selbst leid. Bald wirst du begreifen, dass du Logan nicht verlassen kannst. Deine Reputation wird leiden, nicht seine. Jeder wird ihn bedauern, und man wird dich für verrückt oder für eine Schlampe halten.«

»Mir ist egal, was die Leute sagen und glauben. Ich muss zur Abwechslung mal an mich denken.«

Gloria schüttelte wieder den Kopf und biss sich auf

die lavendelfarbenen Fingernägel. »Ich kann's nicht glauben.«

Müdigkeit drang wie winzige Staubkörner in Callies Knochen ein. »Gloria, kann ich die Nacht bei dir bleiben?«

Gloria seufzte. »Du kannst hier bleiben, bis du deine Sinne wieder zusammen hast.«

»Nein, eine Nacht wird genügen.« Callie hatte schon geregelt, dass sie in der kleinen Wohnung über dem Nebula Arcana einziehen konnte. Niemand wusste etwas von ihrem Job, und niemand würde sie da finden. Selbst Gloria sollte nichts davon wissen, denn Logan würde zuerst zu ihrer Schwester gehen.

»Und wohin willst du danach gehen?«

»Ich weiß es noch nicht.«

»Callie, ich lasse dich nicht weg, ehe du eine Bleibe gefunden hast.«

»Gloria, morgen erkläre ich dir alles, aber jetzt bin ich zu müde.«

Gloria zog ihren fast durchsichtigen Mantel über die großen Brüste. »Also gut, komm mit nach oben. Du kannst in unserem Gästezimmer schlafen. Wenn du dich morgen besser fühlst, reden wir weiter.«

Callie folgte der Schwester die Treppe hinauf und ins Gästezimmer. »Wo ist Ted?«

»Er schläft in unserem Zimmer.« Gloria schlug die Decke zurück und öffnete ein Fenster. Sie sah Callie grinsend an. »Ich habe ihn geschafft.«

Callie grinste zurück, zu müde, um zu fragen, wie und womit sie ihn geschafft hatte. »Ich bin dir wirklich dankbar«, sagte sie.

»Ich helfe dir natürlich, du bist doch meine Schwester. Aber ich billige nicht, was du getan hast. Ich hoffe, du kommst bald wieder zu Verstand.«

»Gute Nacht, Gloria.«

Mit einem leisen Schniefen drehte Gloria sich um und ging hinaus.

Callie trat ans Fenster und blickte hinaus in die mondhelle Nacht. Im Garten stand eine knorrige Eiche, ein Baum, der aus der Mitte der Erde zu wachsen schien. Beständig, unbewegt, unveränderbar.

Wie jemand, den sie kannte.

Gloria schloss die Tür des Schlafzimmers hinter sich, drückte das Licht an und ignorierte das schläfrige Nörgeln ihres Mannes. Er wälzte sich auf den Rücken und legte eine Hand über die Augen.

»Was ist denn los?«

»Callie ist hier.«

»Callie?« Ted gähnte und rieb sich die Augen. »Was tut sie denn hier?«

»Sie hat Logan verlassen.« Mit einem Knurrlaut setzte Gloria sich aufs Bett. »Ehrlich, Ted, manchmal schlägt dieses Mädchen ganz irrsinnige Kapriolen.«

»Warum hat sie Logan verlassen?«

Gloria wedelte mit einer Hand in der Luft. »Wer weiß das schon? Sie hat was davon gemurmelt, dass er zu dominant sei.« Aber auch nicht dominant genug, dachte sie und gluckste vor sich hin. »Es ist zum Verrücktwerden. Sie ist mit einem der bedeutendsten Männer Savannahs verheiratet, und sie kann keinen gescheiten Grund nennen, warum sie ihn verlässt.«

»Was heißt schon bedeutend?«, murmelte Ted. »Für mich ist das hier im Augenblick viel bedeutender.«

Gloria sah ihren Mann an. Ihre Augenbrauen hoben sich, als sie das Zelt sah, dass sein Phallus unter dem Laken spannte. »Himmel«, rief sie aus, »und ich dachte, ich hätte dich geschafft.«

Sie streckte eine Hand aus, lächelte ihn an und rieb leicht über den Schaft. Er war ein netter Mann, ihr Ted. Er sah gut aus, war groß und schlank, hatte braune Haare und blaue Augen. Dass er keine Ähnlichkeit mit Sean Connery in dessen James-Bond-Tagen besaß, war ein entsetzlicher Mangel, aber schließlich verfügte Gloria über eine Menge Phantasie. Ted gelang es immer wieder, sie im Bett zu befriedigen. Er neigte ein wenig zur demütigen Seite, wie sie kürzlich herausgefunden hatte, und sie hatte nichts dagegen, diese Vorliebe mit ihm auszuleben.

Sie beugte sich über ihn und küsste seinen Hals, während sie das Laken nach unten schob, bis sie seinen Schwanz sehen konnte. Sie schlang die Finger um den Schaft und streichelte ihn zur vollen Größe. Seine Haut roch noch nach den vermischten Sekreten ihrer vorangegangenen Akte. Gloria nahm ihn in den Mund, wölbte die Lippen und umschloss ihn fest, bis er ihren Mund ganz ausfüllte.

Ted stöhnte voller Lust und spreizte die Beine als stumme Aufforderung, dass sie seine Hoden drücken sollte. Glorias Finger streckten sich nach den behaarten Bällen.

»Ja, Baby«, stöhnte er.

Gloria hob sich kurz an, um den Mantel abzustreifen, dann legte sie sich über ihn. Ihre Brüste drückten sich gegen seine Lenden, während sie wieder seinen Penis schluckte. Gleichzeitig spreizte sie ihre Schenkel, um ihm Zugang zu ihrer Spalte zu ermöglichen. Ihr Körper zuckte, als sie seine forsche, forschende Zunge spürte. Er kannte sie in- und auswendig und wusste genau, wo er sie mit der Zunge berühren musste. Stöhnend ging sie mit dem Kopf auf und ab, während sie sich gegenseitig Lust bescherten. Teds Hände spreizten ihre Backen und kneteten das feste Fleisch, während sein Mund unermüdlich arbeitete.

»Gloria?«, murmelte er nach einer Weile.

Sie leckte mit der Zunge über seine samtene Eichel. »Hm?«

»Reitest du mich?«

Gloria richtete sich auf und drehte sich um. Sie

grätschte über ihn, lächelte zu ihm hinunter und erfreute sich an seinem leicht geröteten Gesicht. Schweißperlen bildeten sich auf seiner Stirn. Gloria rieb die Eichel einige Male über die Klitoris und ließ sie dann leicht eintauchen in die nasse Spalte. Sie hob sich ein wenig an und drückte den Schaft gegen ihren Anus. Langsam ließ sie sich nieder. Ted schloss die Augen, stöhnte auf und bockte von unten gegen sie.

»Nicht!«, protestierte Gloria. »Ich gebe das Tempo vor.«

Ted keuchte, presste die Augen zu und versuchte, wieder Gewalt über sich zu gewinnen. »Ja ... verdammt ... ja, du bist eine großartige Frau, Gloria.«

Sie drückte sich noch ein wenig tiefer, ganz behutsam, Zentimeter für Zentimeter. Es gab nichts anderes, wobei sie sich derart ausgefüllt fühlte. Sie sog scharf die Luft ein und beugte sich vor, packte Teds Handgelenke und hielt sie fest. Langsam bewegte sie sich auf ihm.

»Sag's«, flüsterte sie.

»Ach, Gloria ...«

»Komm, Baby. Nur einmal ...«

Ted räusperte sich. »Mein Name ist Bond. James Bond.«

Der bloße Klang seiner Worte löste in Glorias Geschlecht einen Schwall Feuchtigkeit aus. Sie stöhnte und presste ihren Kitzler gegen ihn, während sie sich immer schneller auf ihm bewegte und sich vorstellte, dass sich der imaginäre britische Agentenjäger unter ihr aufbäumte. Sie warf den Kopf in den Nacken.

»Jetzt kannst du zustoßen«, raunte sie heiser. Ihr war, als führte ihr Körper ein eigenes Leben.

Gepresste Geräusche entrangen sich Teds Kehle, als er tief in sie hineinstieß. Gloria spürte, wie sich in ihr eine Feder spannte, die nur darauf wartete, dass sie endlich aufschnellen konnte. Sie ritt ihn immer schneller, bis sie beide den Wall der harten Anspannung durchbrachen und in einen Dunst der puren Ekstase geschleudert wurden.

Ted sprühte in sie hinein, und Gloria wurde wild durchgerüttelt, bis sie auf ihm zusammen sackte und wohlig erschöpft neben ihm liegen blieb.

Ted blickte sie wie durch einen Schleier an, während sein Körper noch ein paarmal schwach zuckte. »Himmel, Gloria, niemand macht das so gut wie du.«

Gloria lächelte und fuhr mit einer Hand über seinen Brustkorb, während in ihrem Kopf Bilder von Agentenjagden, Schurken und großbrüstigen Frauen abliefen. Mit einem glücklichen Seufzer schmiegte sie sich an ihren Mann. Es ging nichts über sexuelle Befriedigung.

Später kehrten ihre Gedanken zu Callie zurück, besonders über das, was Callie über ihr Sexleben mit Logan erzählt hatte. War sie also deshalb von ihrem Mann gegangen, weil Logan einfach zu wenig Interesse an ihr zeigte? Vielleicht war das gar nicht Logans Schuld. Vielleicht war er so angespannt, dass er nicht locker genug war, eine Frau ordentlich zu befriedigen.

Eine hohe Welle mitfühlender Gedanken türmte sich in Gloria auf. Der arme Logan, dieser bedauernswerte Mann. Bei seinem Aussehen und bei seinem Körper sollte man eigentlich glauben, dass die Liebesarbeit im Bett für ihn die natürlichste Sache der Welt sei, aber offenbar war das nicht so.

Nun, dann brauchte Logan eine ganz andere Partnerin.

Gloria unterdrückte ein Glucksen, als sie erkannte, dass sie die ideale Kandidatin für einen solchen Job wäre.

Drittes Kapitel

»Wo, zum Teufel, ist sie?« Rage kochte wie glühende Lava in Logan Waterford, aber er versuchte, seine Stimme ruhig und kontrolliert zu halten. Seine Finger griffen den Telefonhörer so fest, dass er befürchtete, er könnte den dicken Plastikstoff in seiner Faust zerquetschen.

»Ich weiß es nicht.« Die Stimme am anderen Ende der Leitung hörte sich süß wie Honig an und völlig ungerührt, was Logans Zorn noch in die Höhe trieb.

»Komm mir nicht mit diesem Scheiß«, sagte er kalt. »Du bist ihre Schwester. Wenn jemand weiß, wo sie ist, dann bist du es.«

»Nun, Logan, ich fürchte, ich kann dir nicht helfen«, antwortete Gloria Harper. »Natürlich ist sie zu mir gekommen, aber sie wollte nicht bei mir und Ted bleiben.«

»Und wohin ist sie gegangen?«

»Das habe ich dir schon gesagt – ich weiß es nicht. Ich habe sie angefleht, mir ihre Adresse oder eine Telefonnummer zu geben, aber sie hat es nicht getan. Sie will sich bei mir melden, und mehr kann ich dir nicht sagen.«

»Und warum würde sie dir nicht sagen, wo sie ist?«

»Wahrscheinlich wusste sie, dass du zuerst zu mir kommst«, gab Gloria zurück. »Und daraus schließe ich, dass sie von dir nicht gefunden werden will.«

»Das ist doch Unsinn!» Logan begriff immer noch nicht, warum Callie ihn freiwillig verlassen hatte. Er hatte sie immer für loyal gehalten. »Das würde sie mir nicht antun«, murmelte er. »Sie würde mich nicht so verraten. Sie ist meine Frau. Warum sollte sie nicht wollen, dass ich sie finde?«

»Logan, Liebling, sie hat dich verlassen«, sagte Gloria so nachsichtig, als spräche sie mit einem Kind. »Ist das nicht Grund genug?«

»Nein, verdammt, das ist nicht Grund genug! Sie kann doch nicht einfach abhauen! Ohne ein Wort der Erklärung!«

»Vielleicht hat sie es dir schon erklärt.«

»Nein!«

»Vielleicht hast du ihr nur nicht zugehört.«

Logans Zähne klappten aufeinander. »Was soll das bedeuten?«, knirschte er.

»Hör mal, mich stimmt die Sache nicht fröhlicher als dich«, sagte Gloria. »Ich habe ihr gesagt, dass sie das nicht machen kann. Ich meine, was ist mit unserer Reputation? Für sie ist es ein ungeheurer Schritt gewesen, dich einfach zu verlassen, aber sie hat es sich nun einmal in den Kopf gesetzt. Du kannst mir glauben, ich habe gründlich versucht, es ihr auszureden.«

»Offenbar ist es dir nicht gelungen.«

»Ich bin sicher, sie wird zurückkommen«, versicherte Gloria ihm. »Sie geht durch eine seltsame Phase, aber irgendwann wird sie begreifen, wie idiotisch sie gehandelt hat, und dann kehrt sie heim.«

»Ja, kann sein, aber ich werde nicht zu Hause sitzen und darauf warten.« Wütend warf Logan den Hörer auf.

Verdammt. Callie hatte ihn verlassen. Eine Explosion aus Weißglut erschütterte seinen Körper. Er griff nach einem Briefbeschwerer und knallte ihn gegen die Wand. Der Stein verfehlte nur knapp eine kaum erkennbare Landschaft eines zeitgenössischen Malers, bevor er auf den Boden krachte. Ein paar Linien wie ein Spinngewebe blieben im Putz zurück.

Logan presste die Finger einer Hand zur Faust, öffnete sie, schloss sie wieder. Sein Blut gefror, als er den Schaden betrachtete, den er an der Wand angerichtet hatte. Wenn es etwas gab, das er noch mehr hasste als Verrat, dann war es der Verlust an

Selbstbeherrschung, selbst wenn er nur wenige Momente anhielt.

»Mr. Waterford?« Es klopfte an der Tür, dann steckte Logans Sekretärin den Kopf herein. »Ist alles in Ordnung?«

»Ja, Violet, ich habe nur in einer bestimmten Form Kritik an der Ästhetik dieses Bilds geübt.«

Violet warf einen Blick auf das Landschaftsgemälde, sah den gebrochenen Putz und schloss rasch wieder die Tür.

Logan fuhr sich mit gespreizten Fingern durch die Haare und versuchte, klar zu denken. Also gut, Callie hatte ein bisschen gezickt und genörgelt, aber er hatte es nicht für möglich gehalten, dass sie so unglücklich sein könnte, um ihn zu verlassen. Der Himmel war sein Zeuge – er hatte ihr alles gegeben, was sie haben wollte. Warum sollte so eine Frau ihn verlassen? Und wo sollte er jetzt nach ihr suchen?

»Logan?« Wieder klopfte es an die Tür.

»Komm herein.«

Adam Garabola, ein hagerer Mann Mitte zwanzig, steckte seinen blonden Schopf durch die Tür. »Logan, ich habe die Fallgeschichten, die Sie haben wollten.«

»Nun, dann bleib nicht da stehen und gib sie mir.«

Adam trat ins Zimmer. Er trug einen zerknitterten Leinenanzug, der so aussah, als hätte er ihn auf dem Flohmarkt erstanden. Dagegen waren die weichen Schuhe blank poliert.

Mit verengten Augen sah Logan dem jungen Mann entgegen. Adam hatte eine etwas seltsame, exzentrische Persönlichkeit, aber er verfügte über eine wache Intelligenz, deshalb war er von der Anwaltskanzlei Waterford and Waterford engagiert worden.

»Schließ die Tür.«

Adam gehorchte und trat an Logans Schreibtisch. Sein Blick fiel auf die Delle in der Wand neben dem Bild. »Haben Sie sich über irgendwas geärgert?«

»Das kannst du laut sagen.« Logan beäugte Adam grübelnd. »Was ist mit Ihrer Augenbraue?«

Adam fuhr mit dem Finger über den silbernen Ring oberhalb des linken Auges. »Das ist ein Ring. Solche Dinge sind in. Sehr cool.«

»Tatsächlich? Nun, ich schätze, es wird erst richtig cool, wenn der Ring die Haut entzündet, oder wenn ein wütender Ganove über den Tisch der Verteidigung greift und ihn ausreißt. Außerdem sieht er bescheuert aus.«

»Finden Sie?« Adam sah zerknirscht aus. »Ich nehme ihn wieder ab, wenn Sie es wünschen.«

»Mir ist egal, was Sie tun.«

»Ich habe ihn mir übers Wochenende auf einem Science-Fiction-Treffen anbringen lassen«, erklärte Adam. »Sie sollten mal mit mir zu einem solchen Treffen gehen. Ich habe eine Erstausgabe des Superman-Comics ergattert, können Sie sich das vorstellen?«

»Faszinierend.«

»Am nächsten Wochenende findet wieder ein Treffen statt«, fuhr Adam fort und sah Logan hoffnungsvoll an. »Kommen Sie mit?«

»Nein, danke. Meine Gedanken sind mit anderen Dingen beschäftigt.«

»Abends veranstalten sie einen Kostümball«, sagte Adam. »Wir könnten als Partner auftreten, als Batman und Robin zum Beispiel. In einem Batmankostüm würden Sie heiß aussehen.«

Logan sah den jungen Mann argwöhnisch an. »Wirst du eines Tages erwachsen, oder bewegst du dich auch im Altersheim noch in deiner Fantasywelt?«

Man sah Adams Augen an, dass er verletzt war. »Ich dachte nur, es könnte lustig sein, wenn …«

»Ich sagte nein«, schnitt Logan ihm das Wort ab. »Bleiben wir bei unserem Thema. Setz dich.«

Adam seufzte und nahm Platz. Er drückte die Akten gegen seine Brust. »Ich habe Informationen über den 76er Fall zusammengetragen, Sie erinnern sich, es ging um den Mann, der damals angeklagt war, seine ...«

»Adam, halt mal einen Augenblick den Mund«, unterbrach Logan ihn, denn ihm war ein neuer Gedanke gekommen. So wichtig Präzedenzfälle und Gerichtstermine auch waren, jetzt hatte seine Frau Vorrang. Er blätterte im Adressenspeicher. »Im Grossman-Fall haben wir einen Privatdetektiv eingesetzt. »Wie war sein Name?«

»Sam Houston, Sir. Er war sehr gut.«

Logan fand Houstons Adresse. »Okay, höre gut zu. Ich habe ein privates Problem, aber ich möchte nicht, dass irgendeiner davon erfährt, weder in der Kanzlei noch draußen. Ich erzähle dir davon, weil ich jemanden brauche, der die Arbeiten des Detektivs überprüft. Sollte ich erfahren, dass du deinen Mund nicht halten kannst, trete ich dich in den Arsch, dass du aus dem Staat fliegst. Ist das klar?«

Adam starrte seinen Chef mit großen Augen an, ehe er nickte. »Kristallklar, Sir.«

»Gut. Ich muss nämlich Sam Houston engagieren, damit er meine Frau findet.«

»Wie bitte?«

»Bist du sicher, dass sie nicht nur deine Augenbraue, sondern auch dein Gehirn gepierct haben?«, fragte Logan scharf. »Es sieht so aus, als ob Callie spurlos verschwunden sei.«

»Himmel! Meinen Sie so etwas wie eine Entführung? Haben Sie die Polizei gerufen?«

»Nein. Callie ist freiwillig gegangen, deshalb brauche ich einen Detektiv. Die Polizei kann mir nicht helfen.« Logan griff nach seinem Jackett und warf es sich über. »Ich habe was zu erledigen. Stell mir ein Dossier über Houstons Fälle zusammen. Ich will es auf dem Schreibtisch haben, wenn ich zurückkomme.«

Logan nahm die Autoschlüssel an sich und ging hinaus. Die Hitze lag wie ein feuchtes Tuch über der Stadt. Logans Weg führte ihn zu Glorias Haus in der Taylor Street. Er parkte in ihrer Einfahrt. Wenn Callie irgendwo in der Nähe war, würde er es herausfinden.

Er klopfte laut gegen die Tür und fluchte frustriert, als er keine Antwort erhielt. Er versuchte den Türknopf, der sich zu seiner Überraschung drehen ließ. Er trat in die Halle und hörte Musik aus dem Arbeitszimmer kommen.

Logan blieb im Türrahmen stehen und starrte auf seine Schwägerin. Sie lag in einem Seidenmantel auf der Couch, gemütlich ausgestreckt, die Brüste frei, den Kopf zurückgeworfen, die Finger zwischen den gespreizten Schenkeln. Aus den Lautsprechern drang die Filmmusik aus For Your Eyes Only.

»Ja …«, stöhnte Gloria und griff mit den Fingern an eine steil aufgerichtete Brustwarze. »Ja, komm, ja …«

Logan trat ins Zimmer, schaltete die Stereoanlage aus und drehte sich erst dann zu Gloria um. Verdutzt blickte sie auf und starrte ihn aus großen Augen an.

»Oh, verdammt«, murmelte sie.

»Tut mir Leid für die Unterbrechung.«

»Ha, das wüsste ich aber!« Gloria traf keinen Anstalten, ihren Mantel zu schließen, statt dessen strich sie mit einer Hand über ihren Leib. Sie hatte eine ganze andere Figur als die zierliche Schwester mit ihren kleinen Brüsten. Gloria war überall rund und hatte große, schwere Brüste

Es kam Logan wie von selbst in den Sinn, wie es wohl wäre, mit ihr im Bett zu liegen. Er verzog das Gesicht, als er spürte, wie er hart wurde.

»Ich suche Callie«, sagte er. »Wo ist sie?«

»Wie oft muss ich es dir noch sagen? Sie ist nicht hier.« Gloria rieb ihre Finger über den Bauch. Ihre Haut war sanft gerötet. »Du hast doch nichts dagegen, wenn ich zu Ende bringe, was ich begonnen habe?«

»Du bist eine Hure, Gloria«, sagte Logan verächtlich. »Was hast du zu Callie gesagt? Was hat sie dazu gebracht, einfach zu gehen?«

Gloria hob die Schultern und spreizte die Beine noch etwas weiter. »Nichts, mein Süßer. Ich habe dir doch gesagt, dass ich mich über sie geärgert habe. Ich ärgere mich immer noch über sie, aber ich kann nichts machen.«

Logan wandte sich zur Treppe. »Ich will mich davon überzeugen, dass sie nicht da ist.«

»Wirklich, Logan, ich würde es mir doch nicht so ungeniert selber machen, wenn ich befürchten müsste, dass meine Schwester mich überrascht«, sagte Gloria trocken. Sie richtete sich von der Couch auf und ging mit herausfordernden Blicken auf ihn zu. Ihre Brüste schwangen. »Vielleicht ist sie abgehauen, weil du es ihr nicht oft genug besorgt hast. Oder nicht hart genug.«

Logan biss sich auf die Zähne, als der Duft von Glorias Erregung in seine Nase stieg. »Hat sie dir das gesagt?«

»Nein, so deutlich nicht.«

»Sondern wie?«

Gloria griff mit einer Hand an Logans Krawatte und zupfte leicht daran. »Callie braucht Befriedigung, Darling. Wenn du sie ihr nicht verschaffst, sucht sie vielleicht woanders.«

»Willst du mir damit sagen, dass sie eine Affäre hat?«

»Himmel, nein. Ich glaube, das bringt sie nicht.« Gloria schlenderte hinüber zum Barschrank und mixte sich einen Wodka Martini. »Möchtest du was trinken?«

»Nein, ich möchte meine Frau finden.«

»Gib's auf, Logan. Sie kommt zurück, wenn sie dazu bereit ist.« Sie nippte an ihrem Glas und schaute ihn aus schelmischen blauen Augen an. »Himmel, ich habe dich noch nie so aufgebracht gesehen, Logan. Das macht dich noch attraktiver.«

Logans Hände ballten sich zu Fäusten, aber dann drehte er sich abrupt um und ging aus dem Zimmer. Er lief die Treppe hoch und riss die Türen zu den Schlafzimmern auf. Er war sicher, irgendeinen Hinweis auf Callies Anwesenheit zu finden, aber nein, im Gästezimmer war alles aufgeräumt, und die Bibliothek hatte seit Wochen schon niemand mehr betreten, schätzte er. Logan schlug die Tür so heftig zu, dass es im ganzen Haus widerhallte.

»Ich habe es dir doch gesagt.« Glorias Mantel war immer noch geöffnet, als er zurück ins Arbeitszimmer trat. »Du scheinst schwer von Begriff zu sein. Hast du immer so eine lange Leitung, Darling?«

»Nenne mich nicht Darling, du Schlampe – und würdest du dich bitte bedecken?«, fauchte Logan sie an. »Verdammt, das ist ja obszön.«

Gloria lachte kehlig. Sie ging auf ihn zu und rieb ihre Brüste an seinem Arm. »Und du bist verstockt und verklemmt. Ich kann dir helfen, ein bisschen lockerer zu werden.«

»Himmel, Gloria! Ich bin der Mann deiner Schwester.« Er zwang sich, nicht laut zu werden. »Das wenigstens solltest du respektieren, bitte.«

Gloria blinzelte ihn an. »Das respektiere ich auch. Aber ich weiß, dass du und meine Schwester … nun, ihr schätzt euch nicht genug.«

»Und du meinst, so könnten wir ins Bett steigen?«

»Warum nicht?« Gloria hob die Schultern.

Kopfschüttelnd drehte er sich um und ging zurück zu seinem Wagen. Er war immer wieder erstaunt über die Gegensätze von Callie und Gloria. Für Gloria hatte es überhaupt nichts zu bedeuten, wenn sie mit dem Mann ihrer Schwester schlief, für sie war es eine angenehme Beschäftigung, ein Zeitvertreib wie ein Campingausflug in die Berge. Bisher hatte er ihren

Nachstellungen widerstanden, aber da jetzt die Wut über Callie wie heißes Wasser in seinem Blut kochte, schien ihm eine Nummer mit Gloria fast so etwas wie eine Rache zu sein, wenn auch eine sehr wirkungslose.

Er setzte sich hinters Steuer und knallte die Tür zu. Jetzt war er nicht nur wütend, weil Callie ihn verlassen hatte, sondern auch, weil sein Penis so hart wie Granit war.

Callie zog die Tür des Nebula Arcana auf. Das Glöckchen über der Tür kündete ihr Eintreffen an. Süßer Weihrauch waberte ihr entgegen, vermischt mit dem Duft von Kerzenwachs. Der Laden war gefüllt von Regalen mit Steinen, Kristallen, handgemachten Kerzen, esoterischen Büchern, Kleidern aus Baumwolle und Hanf sowie mit Silberschmuck. Im ersten Stock gab es einen zusätzlichen Verkaufsraum mit indianischen Tüchern, Bettlaken sowie verschiedenen Wandbehängen.

Callie liebte den Laden. Sie genoss die eigenartige, gemütliche Atmosphäre und hatte die Kunden als nette, unkomplizierte, ehrliche Menschen kennen gelernt – wenn auch nicht weniger eigenartig als einige der Produkte.

»Hi, Callie.«

»Hi, Tess.« Callie ging auf die junge Frau hinter der Schmucktheke zu. Tess war dabei, eine Glasvitrine neu zu bestücken. »He, ich hab's getan.«

»Wirklich? Bravo! Wie fühlst du dich?« Tess wischte eine grüne Haarsträhne aus den Augen und sah Callie an. Im Licht glitzerte ihr silberner Nasenring. Der Lidschatten leuchtete in einer neuen Purpur-Nuance.

Callie hatte Tess schon immer wegen ihrer Ich-traumich-Mode beneidet. Gelenke und Finger waren mit einer Vielzahl von Reifen und Ringen dekoriert. Sie trug zerrissene schwarze Jeans, ein grobmaschiges Hemd und eine Lederweste.

»Ich fühle mich okay«, sagte Callie. »Ich dachte, die Erleichterung wäre größer gewesen, aber das ist nicht der Fall. Ich glaube, ich bin sogar ein bisschen traurig.«

»Aber du hast den Mumm gehabt, ihn zu verlassen«, sagte Tess. »Die meisten Frauen hätten es nicht getan.«

Callie nickte. »Danke, dass ich oben wohnen darf. Ich hoffe, ich kann dir bald Miete zahlen.«

Tess grinste und ließ die Kaugummiblase platzen. »Öffne den Laden an den Wochenenden um neun«, sagte sie. »Dass ich bis elf schlafen kann, ist mir Gegenwert genug, denn abends wird es oft spät.«

»Oh, ja, da fällt mir ein, wie war deine Vorführung gestern Abend?«

Tess schüttelte seufzend den Kopf. »Es waren sechs Leute da, und von denen sind zwei vorzeitig gegangen. Ich sage dir, niemand weiß wahre Kunst zu schätzen.«

»Besonders darstellende Kunst«, fügte Callie hinzu. »Was hast du vorgeführt?«

»Es ist eine Darstellung, die ich Farbe nenne«, erklärte Tess. »Ich versuche zu zeigen, wie eng Kunst mit dem Körper verbunden ist. Aber es war nicht gewagt genug. Ich muss ein altes Stück wieder ausgraben, das ich mit großem Erfolg in Los Angeles aufgeführt habe. Es hieß Sexologie. Damit würde ich in Savannah ein leichtes Erdbeben auslösen.«

»Der Titel hört sich schon provozierend an.«

Tess grinste. »Das ganze Stück ist es auch. Und macht eine Menge Spaß.«

»Lass mich wissen, wenn ich dir helfen kann«, sagte Callie. »Ich bin gleich wieder da. Ich will nur mein Gepäck nach oben bringen.«

Sie ging zum Hinterzimmer und zog neben einem

Regal mit hausgemachten Seifen eine Tür auf. Eine enge Treppe führte hinauf zum kleinen Zimmer, das Callie nun bewohnen würde. Es gab eine Küchenzeile, einen kleinen Tisch und ein Doppelbett. Callie öffnete ihren Koffer, nahm die Kleider heraus und begann, sie in den schmalen Kleiderschrank zu hängen. Dann war der Koffer leer – bis auf ihren Vibrator.

In ihrer dreijährigen Ehe mit Logan hatte sie ihr Spielzeug regelmäßig eingesetzt, weil Logan ihr nicht dieselben intensiven Orgasmen verschaffen konnte. Himmel, manchmal war der Stab ein verlässlicherer Partner gewesen als ihr Mann. Und er fuhr ihr auch nicht über den Mund, wenn sie mal was sagte, dachte Callie kichernd und legte den Vibrator in die Schublade ihres Nachttischs. Sie schlüpfte in das winzige Bad nebenan, um sich frisch zu machen.

Als Callie wieder im Laden stand, war Tess damit beschäftigt, einer Kundin eine Meditationskassette zu verkaufen. Callie setzte sich an ihr Projekt, an dem sie schon seit einigen Wochen arbeitete. Sie ordnete alle Bücher nach Kategorien und gab kurze Schlagworte in den Computer ein. Der Morgen verging wie im Flug, und allmählich kroch die Anspannung aus Rücken und Knochen.

Sie hatte es wirklich geschafft. Sie hatte Logan verlassen, war dem einengenden, geschlossenen Umfeld ihres Mannes geflohen. Nach drei Jahren, fühlte sie, konnte sie wieder frei atmen.

»Möchtest du was essen?«, fragte Tess. »Mir ist nach einem vegetarischen Burger.«

Callie hakte das nächste Buch ab. »Nein, danke, ich bin nicht hungrig.«

Tess sah sie noch eine Weile an und hob ihre dicken schwarzen Brauen. »Willst du dich weiter so kleiden?«, fragte sie schließlich.

Callie blickte an sich hinunter. Seidenbluse und Hose mit Bügelfalten. »Wie meinst du das?«

»Du siehst aus wie eine Matrone auf dem Weg zur Teeparty«, antwortete Tess und fügte hinzu: »Du weißt schon, diese Typen mit dem steifen Stock im Arsch.«

Callie lachte. »Wenn diese Frauen einen steifen Stock im Arsch haben, vergessen sie die Einladung zur Teeparty.«

Tess lachte mit. »Du musst lockerer werden. Deine Kleidung ist hübsch, aber sie wirkt gehemmt.«

»Ich bin nicht gehemmt«, gab Callie zurück, ein wenig angesäuert. »Nur weil mein Mann mich wie eine Porzellanpuppe angefasst hat, heißt das noch nicht, dass ich es bin, die gehemmt ist.«

»Ich habe gar nicht gesagt, dass du gehemmt bist«, verteidigte sich Tess. »Ich sagte, deine Kleidung wirkt gehemmt.« Sie wies auf die Regale mit den Kleidern. »Warum suchst du dir nicht etwas aus?«

»Tess, im Augenblick kann ich mir keine neuen Klamotten erlauben.«

»Du brauchst sie ja nicht sofort zu bezahlen«, gab Tess zurück. »Wenn wir beide unsere eigenen Kleider tragen, ist das eine wunderbare Werbung für unsere Kollektion. Du kannst zahlen, sobald du das Geld dafür hast.«

»Ich werde es mir überlegen.«

»Ich sage dir, du weißt nicht, was du verpasst«, sagte Tess schwärmerisch. »Die Kleider aus Hanf sind unglaublich weich. Wie eine zweite Haut. Als ob man überhaupt nichts trägt.« Tess lehnte sich mit einer Schulter ans Regal und musterte Callie. »Logan war also lausig im Bett?«

Callie nahm ein weiteres Buch zur Hand, um es im Computer zu registrieren und die Schlagworte festzulegen. »Nein, das war er nicht. Er ging nur sehr mechanisch vor. Als wenn es eine Aufgabe wäre und kein Liebesakt.«

Tess schnaubte. »Hört sich lausig an.«

»Nein, das war es nicht«, beharrte Callie, leicht verärgert über den Tadel. »Es war immer angenehm mit ihm.«

»Angenehm? Oh, Gott!«

»Ja.« Callie seufzte. »Angenehm.«

»Hast du nicht mal was Abenteuerliches mit ihm ausprobieren können?«

»Was Abenteuerliches mit Logan?« Callie lachte. »Ich habe mit dem Mann kaum reden können.«

»Hm. Er gehört offenbar zu der Spezies Stock im Arsch.«

Callie gluckste, denn genau das hatte sie ihm erst vor ein paar Wochen vorgeworfen. Gleichzeitig stimmte es sie traurig, dass Tess Recht hatte. »Ja, kann sein, aber das spielt jetzt keine Rolle mehr.«

»Ich finde, du hast die richtige Entscheidung getroffen. Es wird dir gut tun, mal ungezwungen ausgehen zu können. Ohne steife Reden zum Essen und ohne langweilige Teepartys. Ich bestelle mir jetzt meinen vegetarischen Burger. Willst du nicht doch was essen?«

»Nein, ich bestelle mir später was, danke.« Callie sah der Freundin nach, wie sie lässig aus dem Laden schlenderte, die Hüften in einem unbewussten Rhythmus. Sie fragte sich, was für ein Gefühl es war, seines Körpers so sicher zu sein.

Es war nicht so, dass es Callie an Selbstbewusstsein mangelte, aber sie hatte es nie fertig gebracht, eine gewisse Frechheit zu kultivieren, wie Tess das meisterhaft beherrschte. Und wenn sie es versucht hätte, wäre sie bei Logan auf Granit gestoßen.

»Entschuldigen Sie?«

Callie zuckte zusammen, als sie die Männerstimme neben sich hörte. »Oh, bitte, ich war mit meinen Gedanken ganz weit weg.«

Ihr Blick fiel auf einen blasshäutigen Mann in schwarzer Hose, scharlachrotem Hemd mit Rüschen über der Knopfleiste und einem schwarzen Trenchcoat. Passend zur Kleidung waren seine kurzen Haare schwarz gefärbt, und die Lippen hatte er kastanienbraun angemalt. Ein schwacher würziger Weihrauchduft stieg aus seiner Kleidung.

»Ist Tess da?«

»Sie besorgt sich etwas zu essen. Kann ich Ihnen helfen?«

»Ich suche Tarockkarten für meine Mutter. Sie will lernen, wie man sie liest.«

»Wir haben verschiedene Ausgaben von Tarockkarten«, antwortete Callie und ging zu einer Glasvitrine, in der die teuren Karten lagen. »Suchen Sie eine bestimmte Ausgabe?«

Der Mann hob die Schultern. »Eine ganz normale.«

»Der Unterschied liegt in der Qualität der Zeichnungen«, erklärte Callie und breitete einige Kartensammlungen vor ihm aus. »Mein Favorit ist diese russische Ausgabe.«

»Lesen Sie Tarock?«

»Ein wenig.«

Callie zeigte ihm die Illustrationen der russischen Karten. Der Mann beugte sich vor und blinzelte sie an. »Sehr schön. Aber ich habe natürlich keine Ahnung, was meiner Mutter gefallen würde. Ich glaube, ich gebe ihr das Geld, dann kann sie selbst entscheiden.«

»Oh, nein, es ist besser, wenn die Tarockkarten ein Geschenk sind«, klärte Callie ihn auf. »Und es ist besonders gut, wenn Sie ihr die Karten in einem Seidentuch übergeben, dann können sie auf die richtige Weise aufbewahrt werden.«

»Wie soll ich das verstehen?«

»Man soll die Karten in Seide aufbewahren, oder wenigstens in einer Naturfaser«, erklärte Callie. »Dadurch wird das Deckblatt rein gehalten, und außerdem zeigt es, dass man die Karten mit Respekt behandelt.«

»Interessant. Warum testen Sie die Karten nicht? Legen Sie sich die Karten. Eine frühere Freundin hat das einige Male mit mir gemacht, aber ich habe nie gelernt, wie man die Karten liest.«

»Einverstanden.« Callie nahm den Packen und mischte ihn gründlich. Sie legte sechs Karten zu einem Kreuz, daneben vier Karten senkrecht. Sie tippte auf die beiden Karten, die in der Mitte des Kreuzes aufeinander lagen. »Jede dieser Positionen hat eine andere Bedeutung«, sagte sie. »Diese beiden Karten zeigen mir, was mir im Moment am wichtigsten ist. Diese hier ist die Sechs des Pentagramms.«

»Die Sechs von was?«

»Vom Pentagramm«, wiederholte Callie. »Das ist die Karte des Habens und Nichthabens, der Dominanz und der Unterwerfung. Sehen Sie, da ist das Bild eines Mannes, der einem Bettler ein paar Münzen gibt. In der anderen Hand hält er die Waage der Gerechtigkeit. Es ist eine doppeldeutige Karte. Sie zeigt mir, dass ich mich fragen soll, was wirklich mit meinem Leben geschieht.«

»Und wer Kontrolle ausübt?«, fragte der Mann.

Callie sah ihn verwundert an. »Das wahrscheinlich auch«, murmelte sie. Dann tippte sie auf die zweite Karte. »Das ist die Hohepriesterin. Sie steht für das Unterbewusstsein und für das Erlebnis der Sinne.«

»Heißt das, Sie sollten Ihr Unterbewusstsein erforschen und Ihre Sinne ausleben?«

Callie hob die Augenbrauen und sah ihn neugierig an. »Sind Sie sicher, dass Sie nicht mehr über Tarock wissen, als Sie mich glauben machen wollen?«

Er zeigte ein entwaffnendes Lächeln. »Nein, ich bin nur ein Genie. Was hält denn die Zukunft für Sie bereit?«

Callie berührte die Karte ganz oben auf dem Kreuz. »Diese Karte zeigt, was mich besorgt oder was in naher Zukunft eintreffen kann.« Sie starrte einen

Moment lang auf die Karte und spürte, wie ihr der Atem stockte.

»Ist etwas nicht in Ordnung?«

»Nein. Es ist nur ...« Sie räusperte sich. »Das ist der Teufel. Er steht natürlich für Dunkelheit oder Fesseln beziehungsweise für den Verlust der Unabhängigkeit. Das Gefühl, gegen deinen Willen gefesselt zu sein.«

»Oh, verdammt. Das sieht übel für Sie aus, was?«

»Nein, denn da liegt diese Karte.« Callie zeigte auf die Karte rechts am Querbalken des Kreuzes. »Diese Karte symbolisiert den Zauberer, er steht für die Kraft der Kreativität und für unbekannte und ungenutzte Reserven in uns.«

»Ah, das hört sich für die Zukunft schon viel ermutigender an«, sagte der Mann.

Callie lächelte und schob die Karten wieder zu einem Packen zusammen. »Ich bin sicher, Ihre Mutter lernt schnell, sich oder Ihnen die Karten zu legen. Möchten Sie die Ausgabe mit den russischen Zeichnungen haben?«

»Ja, ich nehme sie. Und geben Sie mir auch ein Seidentuch mit. Ich will mich doch nicht mit den Urkräften des Universums anlegen.«

»Gute Einstellung«, meinte Callie, packte die Sachen ein und legte sie in eine Papiertasche.

»Am nächsten Wochenende zeigen sie unten im Riverrun den Film Nosferatu«, sagte er, während er ihr ein paar Scheine reichte. »Sind Sie interessiert?«

Callie sah ihn überrascht an. Sie dachte, er interessierte sich mehr für blutlose, bleichgesichtige junge Frauen mit schwarzen Lidschatten. »Sie wollen sich mit mir verabreden?«

»Nein, ich verabrede mich nicht. Ich frage nur, ob Sie mit mir ins Kino gehen wollen.«

»Okay«, sagte Callie, noch bevor sie darüber nachgedacht hatte.

»Dann hole ich Sie am Freitag um sechs Uhr ab.«

Er war schon aus der Tür, als Callie ihre Gedanken zu einer Antwort geordnet hatte. Sie starrte ihm nach. Ihr wurde bewusst, dass sie schon seit Jahren nicht mehr überlegt hatte, ob sie mit einem Mann ausgehen wollte.

Bedächtig legte sie die Scheine in die Registrierkasse. Natürlich war sie noch verheiratet, aber sie empfand Logan gegenüber schon seit langem nicht mehr die Pflicht zur Loyalität.

»Hier, ich habe dir trotzdem einen vegetarischen Burger mitgebracht, denn sonst hättest du bestimmt die Hälfte von meinem gegessen.« Mit einem leichten Knall fiel die Tüte auf die Verkaufstheke.

Callie warf Tess einen abwesenden Blick zu. »Danke.«

Tess zog sich hoch und setzte sich auf die Theke. Sie wickelte ihren Burger aus.

»Was wollte Eldrich denn?«

»Eldrich? Heißt er so?«

Tess hob die Schultern. »Er sagt, dass er so heißt.«

»Er hat Tarockkarten für seine Mutter gekauft«, antwortete Callie. »Kennst du ihn?«

»Ja, wir kommen gut miteinander aus.«

»Ich habe zugestimmt, mit ihm ins Kino zu gehen.«

»Ach? Gut so. Es wird höchste Zeit, dass du mal von jemandem gevögelt wirst, der was davon versteht.« Tess sah Callie an. »Nicht, dass ich seine Qualitäten aus erster Hand wüsste.«

»Ich habe nicht zugestimmt, mit ihm ins Bett zu gehen«, stellte Callie klar. »Wir wollen uns Nosferatu ansehen.«

»Komm schon, Callie. Erzähl mir nicht, dass du nicht daran gedacht hast. Besonders nach deinem angenehmen Sexualleben mit Logan.«

»Ja, kann sein, dass mir der Gedanke gekommen ist.«

»Eldrich ist in Ordnung, Callie«, sagte Tess und biss

in ihren Burger. »Wenn du also ein bisschen herumspielen willst, ist er der Richtige.«

»Er macht einen wundersamen Eindruck.«

»Logan etwa nicht?«

Callie runzelte die Stirn und nickte dann. »Begriffen.«

Eldrich in seiner eigenwilligen Kleidung und der verrückten Schminke blieb den ganzen Tag in ihren Gedanken, während sie mit der Katalogisierung der Bücher fortfuhr und Kunden bediente. Tess ging um fünf nach Hause, und Callie schloss später ab und ging hinauf in ihr Zimmer. Es war praktisch, einfach die Treppe hochzugehen und zu Hause zu sein. Sie öffnete ein Fenster, um die schwüle Abendluft hereinzulassen, dann stellte sie sich unter die Dusche.

Sie fühlte sich warm, erfrischt und ein wenig müde, als sie sich in ihrem Baumwollnachthemd auf dem Bett ausstreckte und darüber nachdachte, wie es wäre, mit einem anderen Mann zu schlafen. Mit einem Mann wie Eldrich, der so ganz anders als Logan war. Eldrich befand sich wahrscheinlich im Einklang mit seinen Gefühlen und würde sie auch bereitwillig äußern. Callie hätte gewettet, dass er auch Gedichte schrieb. Sie fragte sich, in welchem Stil er Liebe machte. Kerzen und Weihrauch, im Hintergrund schwere Orgelmusik. Flackernde Schatten und dunkelroter Wein.

Callie griff zum Saum des Nachthemds und zog ihn hoch. Sie strich über den nackten Schenkel. Ihre Haut war warm und noch ein wenig feucht von der Dusche. Callie schloss die Augen und stellte sich Eldrich vor. Sie zog ihn aus und entblößte einen schmalen Brustkorb mit einer Matte aus hellen Haaren, die bis hinunter zum Schoß reichte. Sein Penis ragte aus einem Nest krauser Locken, und Callie stellte sich vor, wie sie vor ihm auf die Knie ging und ihn in den Mund nahm, was Logan ihr nie gestattet hatte.

Eldrich würde ihr das nicht verwehren. Jedenfalls

nicht der Eldrich ihrer Phantasie. Callie langte zum Nachttisch und griff nach dem Vibrator.

Ihre Labien schwollen an, als sie sich vorstellte, Eldrich tief in den Mund zu nehmen. Er war lang und hart. Es war, als könnte sie den herben, salzigen Geschmack wahrnehmen. Sie spürte seine Hände in ihren Haaren. Er hielt sie gepackt und führte den Kopf hin und her. Oder sollte sie seine Backen greifen und auf die Stöße seiner Hüften warten?

Ein Schauer schierer Lust raste durch ihr Blut und intensivierte das sinnliche Streicheln des leichten Windhauchs, der durchs Fenster drang.

Callie schob das Nachthemd höher, zog es über die Brüste und nahm die harten Nippel zwischen Finger und Daumen.

Eldrich würde ihre Brüste gern berühren, das wusste sie. Nicht wie Logan, der ihr Nachthemd immer nur bis zu den Hüften gezogen hatte. Eldrich würde ihre Brüste streicheln, bis sich die Warzen gegen seine Handflächen drückten, dann würde er die steifen Spitzen zwischen die Lippen nehmen, bis sie sich unter ihm wand und schlängelte. Er würde ihren Körper bewundern und verehren.

Mit einem lustvollen Stöhnen ließ Callie den Vibrator in sich hinein gleiten. Sie begann mit langsamen Bewegungen. Ihre Pussy reagierte mit einem Schwall Feuchtigkeit. Callie spürte ein vertrautes Ziehen in den Lenden.

Ah, wie klar sie doch die Bilder in ihrem Kopf sah, wie Eldrich ihr Geschlecht mit den Fingern streichelte und sexy auf sie einsprach. »Du bist hungrig auf mich, was, meine köstliche Callie? Willst du meinen Schwanz spüren, wie er immer schneller, immer tiefer in dich hineinstößt? Soll ich es dir gut und hart besorgen?«

Ja, sie wollte es. Sie wollte die Stöße des Mannes spüren, bis sie um Gnade bettelte.

Der Dildo stieß jetzt immer schneller zu, so tief es

ging, und ihre Muskeln klammerten sich um ihn, als wollten sie ihn nicht wieder hergeben.

Als sie den Beginn des Orgasmus spürte, nahm sie den Dildo heraus und rieb ihn sanft über die Labien. Ihr Herz raste, während sie sich zwang, die Erlösung noch ein wenig hinauszuzögern.

»Härter, Eldrich! Fick mich!«

Sie stellte sich vor, wie sie ihm diese Worte ins Ohr flüsterte, während sich ihre schweißnassen Körper übers Bett wälzten. Und er würde es auch tun. Er würde mit aller Gewalt in sie hinein pumpen, und selbst die Nachbarn würden die klatschenden Geräusche ihres hemmungslosen Sex hören können.

Vielleicht würde er sogar seinen Schaft hinausziehen und die glitschige Spitze neckend gegen den engen Ring des Anus reiben. Wenn er keinen Protest spürte, würde er behutsam in sie eindringen und sie ausfüllen wie bisher noch nichts, und sie hätte ihr größtes Tabu gebrochen …

Der bloße Gedanke erregte sie ungeheuerlich, und Callie presste die Vibratorspitze genau an diese verbotene Stelle. Heiße Schauer jagten durch ihren Körper. Versuchsweise stieß sie den Stab ein wenig tiefer. Die Vibrationen hallten in ihrem ganzen Körper wider. Mit der freien Hand rieb sie über den geschwollenen Kitzler.

Die doppelten Sensationen waren der Auslöser. Innerhalb von Sekunden wurde sie von einem gewaltigen Orgasmus erfasst. Callie schrie laut auf und stieß sich dabei den Dildo tiefer hinein, während sie sich aufbäumte und die keuchende Entspannung ihres Körpers genoss.

Der Vibrator fiel laut auf den Boden, während die letzten Zuckungen durch ihren Körper bebten. Oh, ja. Wer brauchte jetzt noch einen Logan Waterford?

Viertes Kapitel

»Glauben Sie, dass sie einen anderen hat?« Adam sah den Privatdetektiv mit heimlichem Eifer an. Es wäre doch aufregend, wenn es in diesem Fall um heimliche Lust und Betrug ginge. »Ich meine, ob sie eine heimliche Affäre hat?«

»Vermutlich.« Sam Houston zündete sich eine Zigarette an und blies Adam den Rauch entgegen. Er war etwas über fünfzig Jahre alt, hatte volle graue Haare, die er im wirren Stil von Albert Einstein trug. Mit seinen eingefallenen Schultern wirkte Sam Houston eher wie ein verrückter Wissenschaftler.

»Und wie finden wir heraus, wer es ist?«

»Hör zu, Junge, in dem Fall geht es nicht so spannend zu, wie du es gerne hättest«, antwortete Sam. »Frauen verlassen ihre Männer aus Tausenden von Gründen. Vielleicht hat Waterford sie geschlagen.«

Adam sog zischend die Luft ein. »Wie können Sie es wagen?«, rief er. »So etwas würde Logan nie tun! Dieses Motiv können Sie von Ihrer Liste streichen, Detective.«

»Nenn mich Sam, ich bin doch nicht Columbo.«

Die Bürotür öffnete sich. Logan trat ein. Adam setzte sich aufrecht hin und fand, dass Logan wie ein untadeliger Herr aussah in seinem dunkelgrauen Einreiher. Und wie schaffte er es, dass seine Haare immer so tadellos nebeneinander lagen, als wären sie einzeln gekämmt? Adam fuhr sich mit einer Hand durch die strähnigen blonden Haare und zupfte verlegen an seinem Augenbrauenring. Er würde ihn bald ablegen, entschied er. Wenn Logan glaubte, der Ring sehe bescheuert aus, würde das auch stimmen.

»Nun, Mr. Waterford, können Sie mir sagen, wann Sie Ihre Frau zuletzt gesehen haben?«, fragte Sam.

»Am Abend, bevor ich nach Boston geflogen bin«, antwortete Logan. »Ich war drei Tage weg und bin am Donnerstagmittag zurückgekehrt. Sie war nicht zu Hause, und ich dachte, sie wäre mit ihrer Wohltätigkeitsarbeit beschäftigt. Ich wurde erst unruhig, als sie am Abend noch nicht wieder im Haus war.«

»Dann haben Sie ihre Bekannten angerufen?

»Ja. Angefangen habe ich mit ihrer Schwester. Aber sie und die anderen haben gesagt, sie hätten nichts von ihr gehört.«

»Ich brauche eine Liste aller Namen ihrer Freunde und eine Aufführung all ihrer Tätigkeiten. Telefonnummern, Adressen solche Sachen.«

»Ja. Adam hat sich mit einer solchen Liste schon befasst«, sagte Logan und nickte Adam zu.

Der Assistent griff zu einem Schnellhefter auf dem Tisch. »Ich hoffe, dass die Liste alle Dinge enthält, die Sie brauchen«, sagte er. Drei Tage hatte er für die Zusammenstellung gebraucht. »Sie geht zurück bis in ihre Schulzeit. Ich habe auch die Organisationen aufgeführt, für die sie sich engagiert. Außerdem enthält die Liste Informationen über die Freunde ihrer Schwester und des Schwagers.«

»Arbeitet sie irgendwo?«, fragte Sam.

Logan schüttelte den Kopf. »Wenn, dann nur zu Wohltätigkeitszwecken.«

Sam musterte ihn lauernd. Logan hielt dem Blick stand, dann fragte er ungeduldig: »Ist was?«

»Sind Sie sicher, dass sie nicht mit irgendwas befasst ist, von dem Sie nichts wissen?«

»Natürlich bin ich mir sicher.«

Adam biss sich auf die Lippe und rutschte auf dem Stuhl unruhig hin und her. »Eh … Sir?«

Sam und Logan drehten sich nach ihm um. Adam zuckte leicht zusammen unter der geballten strengen Autorität ihrer Blicke. Wenn Logan ihn so ansah, fühlte er sich wie ein kleiner Junge aus der Dorfschule.

»Nun, Adam, was ist?« Logan war ungeduldig. »Hast du noch was hinzuzufügen?«

»Sir, wenn sie mit etwas befasst ist, von dem Sie nichts wissen, nun, dann ... ich meine, dann würden Sie es nicht wissen, nicht wahr?« Adam schluckte schwer. Er hätte sich treten können, dass er sich die Dummheit herausnahm, Logan zu widersprechen, aber ihm lag daran, alle Aspekte des Falls zur Sprache zu bringen.

Sam gluckste und hüstelte, um sein heimliches Vergnügen zu überdecken. Logan warf Sam einen wütenden Blick zu.

»Nun, der Junge hat natürlich Recht«, sagte Sam. »Er hat bestimmt Philosophie studiert.«

»Callie würde nicht wegrennen und etwas tun, von dem ich nichts weiß«, antwortete Logan kühl. »Um das zu wissen, brauche ich nicht Aristoteles, Plato oder Nietzsche gelesen zu haben.«

»Sie ist gegangen und hat Sie verlassen«, erinnerte Sam ihn. »Das ist jedenfalls Fakt.«

»Hören wir auf mit dieser albernen Logik. Callie hat mich verlassen, und ich weiß nicht warum. Glauben Sie, Sie können sie finden, oder muss ich einen anderen einschalten?«

»Ich werde mein Bestes tun, Mr. Waterford«, sagte Sam.

»Hoffentlich genügt Ihr Bestes«, sagte Logan kalt. »Ich will, dass Sie Callie finden.«

Ein leichter Schauer lief über Adams Rücken. Er wünschte, er könnte so kräftige Befehle in einer so eiskalten Sprache ausgeben.

Sam räusperte sich. »Okay, dann fangen wir mit unserer Arbeit an.« Er stand auf und ging zur Tür. Adam griff nach seiner Liste und erhob sich ebenfalls. Er legte einen Arm auf Logans Arm.

»Machen Sie sich keine Sorgen, Logan«, sagte Adam mit fester Stimme und drückte Logans Arm.

»Wir werden sie finden.« Er trottete Sam nach und schloss die Tür hinter sich.

»So, wo fangen wir an?«, fragte Adam, als sie aus dem Gebäude gingen.

Sam warf ihm einen Seitenblick zu. »Junge, ich brauche dich nicht wirklich bei dieser Arbeit. Ich werde die Frau innerhalb einer Woche gefunden haben.«

»Logan hat gesagt, ich soll Ihnen helfen«, gab Adam zurück. »Deshalb klebe ich an Ihnen. Sollen wir bei ihr zu Hause anfangen?«

Er war noch nie in der Villa der Waterfords gewesen und würde sich gern einmal dort umsehen, wo Logan lebte, wenn er nicht in der Kanzlei war.

»Wir gehen morgen hin«, entschied Sam. »Heute überprüfen wir ihre Wohltätigkeitsarbeiten und die Freundinnen aus der Frauenliga.«

Adam schüttelte den Kopf. »Sie glauben, Callie war eine der blasierten Matronen, die den Kopf so hoch tragen, dass sie über die eigenen Füße stolpern? So eine würde Logan nie geheiratet haben!«

Sam hob die Schultern. »In meinem Büro habe ich ein paar Fotos von ihr. Und es ist mir scheißegal, was für eine Frau Logan geheiratet hat. Ich will sie nur finden, sonst nichts.«

»Ja, er ist schrecklich wütend, nicht wahr?« Adam trat gegen einen Kieselstein und fragte sich plötzlich, was Logan und Callie im Bett anstellten – oder nicht anstellten. »Was ist schon so großartig an ihr, dass er sie zurück haben will?«

Sam kicherte. »Es hat wahrscheinlich weniger mit ihr zu tun und mehr mit seinem Ego.«

»Was bedeutet das?«

»Leute hintergehen einen Logan Waterford nicht, Junge. Das allein zählt.«

»Zimt oder Schokolade?«

»Schokolade, bitte.« Callie sah zu, wie die junge Frau hinter der Theke Schokoladenpulver auf ihren Cappuccino streute. Callie drehte sich nach ihrer Verabredung des Abends um.

Das Kaffeehaus an der River Street war gut besucht; die Gäste fühlten sich von der gemütlichen Wohnzimmeratmosphäre mit überladenen Sesseln und Sofas angezogen. Eldrich hatte ein kleines Sofa in einer Ecke in Beschlag genommen. Callie setzte sich neben ihn und lächelte ihn an. Er sah auch an diesem Abend originell aus; schwarze Samtjacke und Lederhose. Von seinem Hals baumelte ein breites Silberkreuz. Eine Zigarettenwolke hüllte ihn ein.

»Danke, Eldrich. Der Film hat mir gefallen.«

»Gern geschehen. Nosferatu ist einer der genialsten Filme, der je gedreht wurde.«

»Was treibst du so tagsüber?«, fragte Callie.

Eldrich sog an seiner Kräuterzigarette und blies wieder eine Rauchwolke aus. »Tagsüber gehe ich kaum raus. Abends arbeite ich meistens als Disc Jockey in einer Gruftie-Disco nahe der St. Julian. Schlangengrube heißt sie. Solltest du dir mal anhören.«

»Ja, mach ich vielleicht mal.« Callie nippte an ihrem Cappuccino und überlegte sich die nächsten Worte gut. »Aber ich glaube, ich sollte dir zuerst was sagen.«

»Und was ist das?«

»Na ja, es ist keine gute Nachricht«, gab Callie zu. »Ich bin verheiratet. Ich lebe zwar von meinem Mann getrennt, aber ich bin verheiratet.« Sie sah ihn rasch von der Seite an und war erleichtert, dass er erstaunt, aber nicht verärgert aussah.

»Oh«, sagte er. »Cool.«

Callie hob die Augenbrauen. »So hab' ich's noch nie gesehen.«

»Doch. Ich will zwar nicht von 'nem Kerl mit dem Messer attackiert werden, aber sonst stört es mich nicht, dass du verheiratet bist. Ehe ist lahm. Der Mensch ist nicht zum Monogamsein geschaffen.«

»Nein?«

»Verdammt, nein. Wie viele andere Spezies binden sich denn für ein ganzes Leben? Der Mensch soll in seinem Leben mehrere Menschen erfahren.«

Callie sah ihm in die Augen. Plötzlich musste sie an ihr Phantasieerlebnis mit ihm denken, und ihre Wangen färbten sich rot. »Ich bin froh, das zu hören«, murmelte sie.

Eldrich hielt ihrem Blick stand. »Warum hast du deinen Mann sonst verlassen? Du hast die Nase voll von ihm gehabt.«

Callies Röte vertiefte sich noch. »Ja, eigentlich stimmt das.«

»Und euer Sexleben?«

Callie fand, dass sie über eine solche Frage eigentlich schockiert sein sollte, aber sie war es nicht. Muss wohl eine Nachwirkung meiner Phantasie mit ihm sein, dachte sie. »Nun, das war nicht sehr aufregend.«

Eldrich betrachtete sie mit seinen stark mascarageschminkten Augen, bis Callie sich unbehaglich fühlte.

»Nun ja«, sagte sie schließlich, »bei vielen Leuten ist das Sexleben alles andere als aufregend.«

»Aber nicht alle sind bereit, etwas dagegen zu tun.« Eldrich zog wieder an der Zigarette und starrte Callie weiter an.

»Wer sagt, dass ich was dagegen tun will?«

»Du.«

»Bist du ein Gedankenleser?«

»Nein, aber ich sehe, was ich sehe.«

Callie schüttelte den Kopf. Der Rauch und die Gesprächsrichtung machten sie leicht benommen. Eldrich beugte sich vor und nahm ihre Hand in seine, strich mit den Fingerspitzen darüber.

»Vergiss nicht, Callie«, murmelte er. »In deinen Tarockkarten tauchte die Frage auf, wer die Kontrolle ausübt.«

Callie schluckte. »Das ist keine Frage. Ich weiß, wer das Sagen hat.« Selbst in ihren Ohren hörte sich das längst nicht so überzeugend an, wie sie es gern gewollt hätte.

Eldrich stellte seine Tasse hin und drückte die Zigarette aus. »Weißt du das genau?« Er stand auf, schob die Hände in seine Taschen und blickte auf sie hinunter. »Oder willst du es herausfinden?«

Callies Mut begann zu sinken. Es war nicht, dass sie Eldrich nicht traute, aber sie war in ihrem ganzen Leben noch nicht mit einem Typen wie Eldrich zusammen gewesen. Vielleicht war das der Punkt, sagte eine innere Stimme. Sex war nicht immer nur Herzchen und Röschen. Das war er mit Logan auch nicht gewesen. In ihrem Innersten wusste sie, dass sie Erfahrungen mit anderen Männern erleben wollte – und wenn auch nur aus dem Grund, dass sie Klarheit über die Probleme mit Logan haben wollte. Sie wollte sicher sein, dass es nicht ihre Schuld war. Und dann wollte sie herausfinden, dass Sex nicht einfach nur angenehm war.

»Also gut«, sagte sie schließlich, »aber ich verspreche nichts.«

»Cool«, sagte Eldrich.

Callies Nerven flatterten, als sie mit Eldrich zu seiner Wohnung fuhr. Er wohnte im obersten Stockwerk eines Hauses aus der Tudor-Epoche, komplett mit schmiedeeisernen Balkongittern und einem sehr gepflegten Garten. Dunkle Farben dominierten das Innere. Das Mobiliar war der Renaissance-Zeit nachempfunden, und mitten im Zimmer stand ein Himmelbett. Eine Wand wurde von einem Regal mit lauter CDs eingenommen. Weihrauch und Kerzenduft schwängerten die Luft.

»Interessant«, sagte Callie und fuhr mit einer Hand über einen silbernen Kerzenständer in der Gestalt einer nackten Frau.

»Warum also hast du dich von deinem Mann getrennt?«, fragte Eldrich. Er ging in die Küche und holte eine Flasche Wein aus einem kleinen Regal.

»Wir harmonierten einfach nicht«, antwortete Callie. Sie hob eine Streichholzschachtel auf und fing an, die Kerzen anzuzünden. »Wir haben völlig verschiedene Persönlichkeiten.«

»Gibt es eine Chance auf Versöhnung?«

»Nein.« Es versetzte ihr einen Stich, als sie das sagte. »Ich glaube nicht, dass es eine Chance gibt.«

»Du glaubst es nicht?«

Callie hob die Schultern und antwortete nicht. Sie wollte sich noch nicht damit abfinden, ihre Ehe als gescheitert anzusehen, aber verdammt, wie konnte sie Logan beibringen, dass er sich ändern müsste?

Eldrich schenkte Wein ein und reichte Callie ein Glas. »Auf unser Wohl.«

Ihre Gläser stießen gegeneinander. Callie nahm einen Schluck des samtenen roten Weins. Der Alkohol entspannte sie, ihre Nerven beruhigten sich. Sie setzte sich auf einen Stuhl nahe der Balkontür und wurde mit dem Gedanken vertraut, mit einem anderen Mann zu schlafen.

»Was machst du, wenn du nicht arbeitest?«

»Ich schreibe Gedichte, und ich arbeite an einem Roman«, antwortete Eldrich. »Oh, und ich gehe zu Ausstellungen über die Renaissance-Zeit und solche Sachen.«

Callie lächelte. »Ich hatte das Gefühl, dass du Gedichte schreibst. Liest du mir welche vor?«

Es amüsierte sie zu sehen, wie Eldrich errötete. »Oh, ich weiß nicht.«

»Komm schon«, drängte Callie. »Ich würde gern welche hören.«

»Vielleicht später.« Er stand auf und legte eine CD ein. »Die Band heißt ›Sisters of Mercy‹«, sagte er.

Callie lauschte dem harten Beat und dem Jammern des Sängers über die von ihm so verachtete soziale Ordnung.

»Ich wollte dich noch fragen, ob deiner Mutter die Tarockkarten gefallen haben.«

»Sie liebt sie.« Er zündete ein Weihrauchstäbchen an, und der würzige Duft füllte das Zimmer. »Sie legt ihren ganzen Freundinnen die Karten. Ich glaube, sie überlegt, ob sie sich die Séancen bezahlen lässt.« Er streckte sich auf dem Bett aus und betrachtete Callie neugierig. »Was ist denn mit der Lesung deiner eigenen Karten?«

Callie sah ihn fragend an. »Was soll damit sein?«

»Nun ja, fröhlich war's ja nicht, mit dem Teufel und so.«

»Darüber denke ich nicht nach«, log Callie. Sie wünschte, er hätte sie nicht daran erinnert. Die ganze Woche hatte sie Bilder gesehen, wie sie gefesselt und von einer dunklen männlichen Kraft beherrscht wurde.

»Manchmal sucht die Seele Geheimnisse«, sagte Eldrich, streichelte ihre Hand und zog Callie zu sich aufs Bett. »Komm, ich lese dir vor.«

Callie setzte sich vorsichtig neben ihn und stützte sich mit den Kissen ab. Eldrich griff zu einer Kladde auf dem Nachttisch. »Dies ist ein Gedicht, das ›Der Wurm‹ heißt.« Er las es in einer leisen, melodischen Stimme vor.

Ich bin der Wurm, der sich eingräbt
In deinen Himmel,
Ihre Haare zu ertränken, ihren Boden
zu befruchten.
Schmutz unter ihren Fingernägeln.
Ihre Finger ritzen rote Fährten

In die Wüste meines Rückens:
Hunger auf Fleisch.
Der Wurm muss beißen,
Sein Appetit lässt niemals nach.
Ah, wie sie in Ekstase wimmert.

Eldrich legte die Kladde hin und schaute Callie an. Eine wunderbare Stille lag über dem Raum.

Callie räusperte sich. »Das war sehr … interessant.«

»An meine Gedichte muss man sich gewöhnen.«

»An mich auch.«

Sie sahen sich in die Augen, dann beugte Eldrich den Kopf und küsste sie. Callie versteifte sich zunächst, als sie die ungewohnten Lippen eines anderen Mannes spürte, aber dann zwang sie sich zu entspannen. Sie genoss Eldrichs Mund und sogar den wächsernen Geschmack seines Lippenstifts. Es war das erste Mal, dass sie einen anderen Lippenstift schmeckte außer ihrem eigenen.

Er glitt mit einer Hand in ihren Nacken und zog sie enger an sich, während seine Zunge zwischen ihre Lippen drängte. Callie öffnete den Mund und ließ ihn ein. Ein wohliger Schauer durchlief sie, als ihre Zungen sich zärtlich berührten. Der Weihrauchduft seiner Kleider stieg ihr in die Nase.

Callie war überrascht, wie beschwingt ihr Körper reagierte. Ihre Pussy wurde schon feucht, ihre Haut wärmte sich auf, und zwischen ihren Brüsten bildete sich eine Schweißschicht. Sie strich mit einer Hand durch Eldrichs Haare, die wie Spikes zu Berge standen.

»Und, Callie? Was jetzt?«

»Jetzt vögeln wir, hoffe ich.«

Er schüttelte den Kopf. »Jetzt wartest du erst einmal.«

Callie sah verwundert zu, wie er nach einer der brennenden Kerzen griff und bebte vor Erwartung.

»Was machst du?«

»Du wirst es sehen.« Er reichte ihr die Kerze. »Halt sie mal.«

Er küsste sie zärtlich auf die Wange, dann wanderte der Mund hinunter zum Puls ihres Halses. Callie schüttelte sich, als er sanft in die pochende Ader biss. Mit geschickten Fingern knöpfte er die Bluse auf und entblößte die kleinen Brüste, die von einem dünnen blauen Hemdchen umschmiegt wurden. Eldrichs Lippen bewegten sich weiter nach unten. Er schob das Hemdchen zur Seite. Callie wurde ganz verlegen, weil ihre Nippel sich so auffällig versteiften. Aber Eldrich starrte voller Lust auf die erigierten Warzen, und ihre Scheu verflog. Er nahm die harten Spitzen in den Mund, saugte sie tief ein und hörte Callies lustvolles Stöhnen. Ihr Rücken wurde zum Hohlkreuz, damit sie ihm die Brüste tiefer in den Mund schieben konnte.

Eldrich richtete sich auf und zog sich aus. Callie schaute mit unverhohlener Neugier zu, als er seinen Körper entblößte. Er sah nicht ganz so aus wie in ihrer Phantasie. Sein Körper war knochig und bleich, der Brustkorb nur spärlich behaart. Plötzlich sah sie Logans kräftigen Körper vor sich, aber wütend verdrängte sie dieses Bild. Sie blickte auf Eldrichs Penis. Wie würde er sich in ihr anfühlen?

»Gib sie mir.«

»Was?« Callie riss den Blick gewaltsam von seinem Penis und sah ihn an.

Er nahm ihr die Kerze aus der Hand. »Zieh dich ganz aus«, sagte er.

Callie fuhr mit den Fingern unter den Rockbund und schob ihn über die Hüften. Wegen des warmen Wetters hatte sie keine Strumpfhose angezogen. Eldrichs Augen leuchteten auf. Mit einer Hand strich er über ihre nackten Beine, er drückte sie auseinander und rieb ihre Scham durch den Slip.

Callie atmete scharf ein und war total verdutzt, wie

geil sich das sanfte Streicheln anfühlte. Sie streckte sich auf dem Bett aus, während er ihren Slip abstreifte.

Sie genoss das Gefühl, gespreizt vor ihm zu liegen und dass dieser Mann sie wirklich begehrte. Sie wollte Eldrich berühren, seinen Penis in die Hand nehmen, jeden Zentimeter seiner Haut ertasten. Aber dafür würde später Zeit sein. Jetzt wollte sie sich dem ausliefern, was er mit ihr vorhatte.

Callie streckte die Arme über den Kopf und spreizte die Beine so weit es ging. Eldrich schob einen Finger in ihr Geschlecht und streichelte sie so gekonnt, dass sie vor Überraschung und Lust zu stöhnen begann.

»Oh, Eldrich«, ächzte sie. Sie wollte ihn in sich spüren. »Bitte.«

»Schließe deine Augen.« Er legte eine Hand über ihre Augen und blockierte das Licht der flackernden Kerze.

Callie hielt die Luft an, als sie die Hitze der Kerzenflamme auf ihrer Haut spürte. Ihr ganzer Körper zuckte, als ein Tropfen des geschmolzenen Wachses auf ihre Brustwarze fiel, aber im nächsten Augenblick ging der Schmerz in ein heftiges Kribbeln über.

»Eldrich …«

»Es soll ein bisschen wehtun«, murmelte er. »Finde ganz genau heraus, wie es sich anfühlt.«

Wieder fiel ein Tropfen auf ihre Brust, eine Wachslache, die auf ihrer Haut brannte und sich dann zu einem münzgroßen Fleck ausbreitete. Schweißperlen bildeten sich auf ihrer Stirn, als Eldrich eine Wachsspur über ihre Brüste träufelte. Das heiße Wachs kühlte so schnell ab, dass ihr Gehirn kaum Zeit hatte, zwischen Schmerz und Erleichterung zu unterscheiden. Eldrich ließ die Hand über ihren Augen liegen, denn die Empfindungen intensivierten sich, wenn Callie nicht wusste, in welchem Moment der nächste Tropfen fiel. Callies Nerven spannten sich an, und ihr

Körper bäumte sich auf, als Eldrich eine kleine Pfütze in ihren Nabel fallen ließ.

Das Wachs hinterließ eine Spur bis hinunter zu ihrer Spalte. Callie presste die Schenkel eng zusammen.

»Nein!«, keuchte sie. Jeder Zentimeter ihrer Haut schien in Flammen zu stehen.

»Öffne deine Beine.« Eldrichs samtene Stimme nahm einen Befehlston an.

Mit klopfendem Herzen öffnete Callie die Schenkel und wartete auf den nächsten heftigen Schmerz. Aber statt des heißen Wachses, der ihre empfindliche Haut versengte, spürte sie, wie er mit der weichen Kerze zwischen ihre Labien glitt. Keuchend stieß Callie ihm den Unterleib entgegen. Eldrich gluckste leise, schob die Kerze tiefer hinein und erfreute sich an ihrem Stöhnen und dem sich windenden Körper.

Alle ihre Sinne waren geschärft. Der wächserne Schaft glitt köstlich in sie hinein. Eldrich nutzte die freie Hand, leicht über ihre Klitoris zu reiben. Lust überschwemmte Callie. Als sie gerade kommen wollte, zog Eldrich die Kerze hinaus.

»Eldrich, bitte!«, bettelte Callie. Sie konnte die Folter nicht länger ertragen.

Dann fiel ein Tropfen des geschmolzenen Wachses auf die geschwollene Klitoris, und Callie schrie laut auf. Unmittelbar danach wandelte sich der Schmerz in Lust, in eine unglaubliche Erleichterung. Callie bäumte sich auf, und dabei wurde sie von einem ungeheuren Orgasmus erfasst. Sie keuchte heftig und rang nach Luft.

Endlich öffnete sie die Augen und starrte Eldrich voller Verwunderung an. Seine geschminkten Lippen wölbten sich zu einem Lächeln.

»Jetzt«, sagte er, »geht's zur Sache.«

Er bewegte sich über sie, nahm den Schaft in die Hand und ließ ihn langsam in ihre feuchte Tiefe gleiten, stieß kontrolliert zu, um den köstlichen Prozess des Penetrierens in die Länge zu ziehen. Callie keuchte, krallte sich in seine Schultern und hob ihren Schoß. Eldrich wich ein wenig zurück, als wollte er die langsame Invasion fortsetzen, aber dann gab er auf. Mit einem leisen Stöhnen stieß er kräftig bis auf den Grund.

Callie schrie auf, als sie von seinem Schaft ausgefüllt wurde. Die Schwüle und der harte Fleischstab verursachten einen roten Nebel der puren Lust vor ihren Augen. Eldrich schob seine Hände unter ihre Pobacken, damit er ungestümer und tiefer in sie hineinstoßen konnte. Callie ergötzte sich an jeder seiner Bewegungen, sie schlang die Waden um seine Beine und spornte ihn mit ihrem kehligen Stöhnen an.

»Härter«, ächzte sie und grub die Fingernägel in seinen Rücken. »Gib's mir härter ...«

Er tat es, seine schlanken Hüften arbeiteten schneller und mit größerer Kraft, sie trieben der bevorstehenden Erleichterung entgegen. Callie langte mit den Händen ans Kopfteil des Betts. Wie lange schon hatte sie sich nach einer solchen wilden, hemmungslosen Paarung gesehnt.

Eldrich stieß einen heiseren, langgezogenen Schrei aus, als sein Körper explodierte. Er wurde wie von starker Faust geschüttelt und brach auf ihr zusammen, während Callie die letzten Zuckungen spürte. Sie wand sich unter ihm, bäumte sich auf und hatte die endgültige Erlösung noch nicht gefunden. Keuchend rieb sie ihren Schoß, aber sie spürte, wie sein Penis immer kleiner wurde

»Eldrich ...« Sie versuchte, eine Hand zwischen ihre verschwitzten Körper zu schieben, um sich selbst Erleichterung zu verschaffen, aber Eldrich war vor ihr da.

Seine Finger streichelten ihre wunde Klitoris, rieben kräftiger und absichtsvoller. Callies Körper ruckte und wand sich unter ihm, sie hielt sich wieder an seinem Rücken fest und schrie keuchend auf, als die Lust sie erneut überschwemmte.

Eldrich, immer noch außer Atem, ließ sich neben sie aufs Bett fallen. Callie schloss die Augen, erstaunt von der Vielfalt der Gefühle, die Eldrich in ihr ausgelöst hatte. Wieder drängte sich ein Bild von Logan hinter die geschlossenen Lider. Er hatte den missbilligenden Blick, den Callie zur Genüge kannte.

Sie stöhnte gedämpft auf, legte sich auf den Bauch und drückte das Gesicht ins Kissen. Verdammt, Logan Waterford, lass mich endlich in Ruhe.

Fünftes Kapitel

»Wie war dein Wochenende?« Tess lehnte sich über die Ladentheke und bedachte Callie mit einem anzüglichen Blick. »Was hast du mehr genossen, Eldrich oder Nosferatu?«

Callie lächelte und schob sich noch ein Schokoplätzchen mit Minze in den Mund. »Falls du auf Einzelheiten wartest – du wirst keine erfahren.«

Tess grinste. »Das kann nur heißen, dass du dich in seine Klauen begeben hast, nicht wahr? Sehr gut, Callie. Sage mir nur eins – war es besser als angenehm?«

Callie ließ ihre Gedanken in die Nacht von Kerzen, Weihrauch und heißem Wachs treiben. Sie lächelte und nickte. »Ganz bestimmt besser als angenehm. Wir haben nicht viel gemeinsam, aber er ist ein interessanter Mann.«

»Wirst du ihn wiedersehen?«

»Ich weiß es nicht. Eine ernste Beziehung will ich aber nicht mit ihm anfangen. Auch mit niemandem sonst.«

»Da bist du bei Eldrich richtig. Ich glaube, er ist kein Mann für ernste Beziehungen. Aber das bedeutet ja nicht, dass du nicht ein bisschen Spaß mit ihm haben kannst.« Tess sah Callie aus verengten Augen an. »Sage bloß nicht, dass du dich schuldig fühlst.«

Callie sprühte ein Reinigungsmittel auf die Glasvitrine und wischte. »Ich habe keine Schuldgefühle«, sagte sie. »Aber ich bin noch verheiratet.«

Tess stöhnte gequält und stieß den Kopf auf die Ladentheke. »Callie, verdammt, du bist mit einem Stück Holz verheiratet! Welche Loyalität schuldest du diesem Mann?«

»Du kennst Logan nicht«, sagte Callie. »Natürlich

weiß ich, dass er seine Gefühle nicht zeigen kann oder will, aber das macht ihn nicht zu einem unausstehlichen Ungeheuer.«

»Und warum hast du ihn dann verlassen?«, fragte Tess.

»Weil man nicht bei einem Mann bleibt, bloß weil er kein unausstehliches Ungeheuer ist«, antwortete Callie. »Da muss mehr dahinter stecken, und das stimmt auch. Ich fühlte mich eingeengt. Ich wäre bei ihm erstickt.«

Tess hob den Kopf. »Und warum hast du dann Schuldgefühle wegen Eldrich?«

»Ich sagte, ich habe keine Schuldgefühle.« Callie verschränkte die Arme. »Okay, vielleicht spüre ich ein leichtes Bedauern, aber keine Schuld.«

»Dann bist du noch nicht bereit, deine Ehe mit Logan zu beenden«, stellte Tess fest.

»Doch«, widersprach Callie. »Sonst hätte ich ihn nicht verlassen.« Sie überlegte, ob sie Tess von ihren Tarockkarten erzählen sollte. Vielleicht konnte ihre Freundin eine andere Perspektive erkennen. »Also gut, hör zu. An dem Tag, an dem Eldrich hier war, habe ich mir Tarockkarten gelegt.«

»Und?«

»Nun, es war nicht sehr positiv. Meine Karte für die Zukunft war der Teufel. Ich hatte geglaubt, ich würde Unabhängigkeit finden, wenn ich Logan verlasse, und statt dessen ...«

»Das muss es nicht unbedingt bedeuten«, sagte Tess. »Manchmal liegt es an der Interpretation.«

»Ich weiß.« Callie konnte das nagende Gefühl nicht unterdrücken, dass ihre Interpretation richtig war. »Und dann sah ich ein paarmal Bilder von Logan, als ich bei Eldrich war. Kannst du dir vorstellen, wie ärgerlich das ist?«

Tess blies ihren Kaugummi auf und ließ ihn platzen. »Logan ist auch schon in meinem Kopf gewesen, wenn ich zwischen den Laken lag. Ärgerlich war das aber nicht.«

»Ich meine es ernst, Tess. Außerdem hast du den Mann nie kennen gelernt.«

»Aber ich habe ihn gesehen«, sagte Tess. »Meistens genügt mir das.«

»Nun, ich hoffe, dass er in deinen Träumen befriedigender war als in meinem Leben.«

Tess kicherte. »Glaubst du, dass er dich sucht?«

»Machst du Witze? Natürlich sucht er mich. So schnell gibt er nicht auf.«

»Nun, dann kann er lange suchen. Ich bin die Einzige, die weiß, wo du dich aufhältst.« Sie stützte den Kopf auf beide Hände und sah Callie stirnrunzelnd an. »Weißt du, wenn du ihn wirklich aus deinem Kopf verbannen willst, dann gibt es solche Möglichkeiten.«

»Welche?«

»Ich kenne eine Frau aus Haiti, die Voodoo betreibt«, erklärte Tess. »Sie könnte irgendein Ritual anwenden, das dich vor Logan beschützt.«

Callie schüttelte ungläubig den Kopf. »Tess, nun bleib mal auf dem Teppich. Ich lasse mich doch nicht auf Voodoo ein.«

»Ich bleibe auf dem Teppich!« Tess schien beleidigt. »Callie, nur weil du der Frauenliga angehörst, hast du kein Recht, über etwas zu urteilen, das du nicht kennst.«

Callie war erstaunt über Tess' heftige Reaktion. »Okay, okay, tut mir Leid. Ich verurteile Voodoo nicht. Ich bezweifle nur, dass es für mich was bewirken kann.«

»Ach? Wieso?«

»Nun, ich glaube nicht an dieses Zeug.«

»Weil du noch keine Erfahrung damit hast«, sagte Tess ernsthaft. »Ich sage dir, Abiona ist eine echte Mambo.«

»Ich dachte, das sei ein Tanz.«

Tess verdrehte die Augen. »Eine Mambo ist eine geweihte Voodoopriesterin. Vor einem Jahr hatte ich Probleme mit dieser Frau, die glaubte, in mich verliebt zu sein. Als ich ihr sagte, ich sei nicht interessiert, wurde sie zur Berserkerin und lauerte mir überall auf. Ich bekam es mit der Angst zu tun. Sie legte mir in Blut getauchte Blumen auf die Türschwelle und stellte noch andere gespenstische Dinge an. Die Polizei war keine Hilfe, deshalb bin ich zu Abiona gegangen. Sie hat irgendeinen Fluch ausgesprochen – und was soll ich dir sagen? Diese Verrückte hatte einen Verkehrsunfall, und die Polizei hat Drogen im Auto gefunden. Seither sitzt sie im Gefängnis.«

Callie starrte sie an. »Wie schrecklich.«

Tess nickte. »Ja, das gibt einem zu denken, was?«

»Ich wünsche Logan aber keinen Verkehrsunfall.«

»Nein, nein, das war ja auch nur, weil Abiona einen Fluch aus der schwarzen Magie ausgesprochen hat«, sagte Tess rasch. »Wirklich, Callie, ich lebte in Panik, deshalb hatte ich sie gebeten, das dunkelste Ritual zu nehmen, das sie kennt. Sonst arbeitet Abiona viel lieber mit der weißen Magie.«

»Trotzdem, Tess, ich gehe zu keiner Mimbo.«

»Mambo«, korrigierte Tess. »Und warum nicht? Schaden kann es doch nicht.«

»Dann frage mal die Frau, die jetzt im Gefängnis sitzt.«

»Sie hat es nicht besser verdient«, antwortete Tess seufzend. »Schau mal, Abiona kann einen Zauberspruch finden, der dich vor Logan schützt. Dass er sich nicht ständig in deine Gedanken drängt.«

»Tess, ich habe Logan erst vor einer Woche verlassen. Es ist doch ganz normal, dass ich noch manchmal an ihn denke.«

»Ja, aber denk an deine Tarockkarten«, gab Tess zurück. »Abiona kann dich auch in Zukunft vor Logan beschützen.«

»Tess, es hört sich alles nach Quark an«, sagte Callie.

»Und warum glaubst du dann an das, was die Tarockkarten dir mitteilen?« Triumph blitzte in Tess' Gesicht auf. »Darauf weißt du keine Antwort, oder? Also kannst du auch Voodoo eine Chance geben.«

»Es ist mir unheimlich, Tess. Okay, ich habe mit dem ausgeflippten Eldrich geschlafen, aber ich will nichts mit Zaubersprüchen und Flüchen zu tun haben, ich will keine Hühner als Opfer darbringen. Tarock ist dagegen harmlos, findest du nicht auch? Voodoo ist absolute Narretei in meinen Augen.«

Tess' Mundwinkel senkten sich. »Du tust mir Leid, Callie.«

»Wieso?«

»Nun, du hast Logan verlassen, weil du Freiheit suchst, aber du bist immer noch in seinem starren Weltbild gefangen.«

»Was soll das heißen?«

»Denk doch mal darüber nach. Würde Logan sich nicht genauso über Voodoo äußern wie du? Quark und Narretei? Rümpft er nicht auch die Nase über etwas, was er bestenfalls aus Gerüchten kennt?«

Callie fühlte sich verlegen und ein wenig beschämt. »Kann sein, dass er so reagieren würde.«

»Und warum reagierst du auch so?«, fragte Tess. »Das bringt keine Distanz zwischen euch.«

Callie biss sich auf die Lippe, denn die Freundin hatte einen wunden Punkt erwischt. Aber Voodoo? Was, zum Teufel, würde Logan sagen, wenn er erfuhr, dass sie zu einer Voodoopriesterin gegangen war? Er würde wahrscheinlich gar nichts sagen, weil er durchdrehen würde. Callie musste lächeln bei dem Gedanken. Sie wischte die Haare aus der Stirn und seufzte.

»Also gut, ich hab's begriffen. Ich denke darüber nach, okay? Ich verspreche nichts, aber ich denke darüber nach.«

»Phantastisch.« Tess lächelte und ging ins Hinterzimmer. »Ich bin nur um die Ecke, falls du mit dem Nachdenken abgeschlossen hast, okay?«

Auf dem Umschlag stand keine Adresse. Der Poststempel trug die Bezeichnung ›Hilton Head, South Carolina‹. Logan öffnete den Umschlag mit seinem silbernen Brieföffner. Er zog das weiße Blatt Papier heraus und entfaltete es. Ihm stockte der Atem, als er die spinnenartige Handschrift überflog.

Logan stieß einen stillen Fluch aus und zerknüllte das Papier in seiner Hand. Erinnerungen tauchten auf, aber er blockierte sie hinter einer mentalen Wand, so dick wie die chinesische Mauer. Niemals würde er sich von seinen Fehlern der Vergangenheit einholen lassen. Schließlich hatte er fünfzehn Jahre gebraucht, um sie zuzudecken.

»Logan?« Es klopfte kurz an die Tür, dann steckte Adam den Kopf herein.

»Was ist denn, Adam?« Logan warf das zerknüllte Blatt in den Papierkorb und redete sich zu, den Brief zu vergessen.

Adam trat ins Zimmer. »Ich dachte, ich sollte einen Zwischenbericht über die Situation Ihrer Frau geben.«

»Habt ihr sie gefunden?«

»Nein, aber ...«

»Dann bin ich nicht interessiert.«

Adam war betroffen. »Aber was ich zu sagen habe, wird Sie bestimmt interessieren.«

Logan setzte sich und sah Adam an. »Und?«

»Zuerst einmal – haben Sie gewusst, dass Callie ein Bankkonto auf ihren Namen hat?«

Logan hob die Augenbrauen. »Wir haben ein gemeinsames Konto.«

»Ja, aber offenbar hat sie auch ein eigenes«, sagte Adam. »Bei der Wachovia Bank in der York Avenue.«

»Wie viel Geld ist auf dem Konto?«

»Etwa zweitausend Dollar.«

»Woher hat sie das Geld?«, fragte Logan. »Nicht von mir, hoffe ich.«

Adam kratzte sich am Kopf und schaute in seine Unterlagen. »Um ehrlich zu sein, ich weiß es nicht genau. Aus den Unterlagen geht hervor, dass sie zweimal im Monat etwa den selben Betrag einzahlt.«

Logan überlegte. Was Callie anging, hatte er sich nie um sein Geld gesorgt. Sie hatte nicht den extravaganten Geschmack ihrer Schwester, deshalb hatte er ihr auch nie auf die Finger geschaut. Jetzt fragte er sich, ob sie Geld von seinem Konto auf ihr eigenes abgezweigt haben könnte.

Er öffnete eine Schublade und holte Kontoauszüge heraus. »Wann fanden diese Einzahlungen statt?«

»Um den ersten und fünfzehnten eines jeden Monats.«

Logan runzelte die Stirn. »Das hört sich nach Zahltagen an.«

Er überflog die Auszüge der letzten Monate. Da gab es um diese Zeiten keine Abhebungen und keine Überweisungen, die Callie vorgenommen hatte.

»Gestern hat sie vierzig Dollar abgehoben«, sagte Adam. »Das beweist, dass sie noch lebt.«

»Natürlich lebt sie«, sagte Logan und stellte verwundert fest, dass er bisher an keine andere Möglichkeit gedacht hatte. Was, wenn ihr etwas Ernstes zugestoßen wäre? Er schüttelte den Kopf, um seine Gedanken zu klären, und griff zum Telefon. Nein. Sie war aus freien Stücken gegangen.

»Du musst herausfinden, wer die Einzahlungen vorgenommen hat«, sagte er zu Adam. »Und schnell.«

»Ja, Sir.« Adam sammelte seine Unterlagen ein und ging aus dem Zimmer.

Logan tippte eine Nummer ein und wartete, bis sich am anderen Ende jemand meldete.

»Hallo?« Gloria Harpers Stimme schwang verführerisch wie immer.

»Gloria, ich bin's, Logan. Weißt du, ob Callie ohne mein Wissen eine Arbeit aufgenommen hat?«

»Hallo, Süßer«, sagte Gloria gurrend. »Es geht mir gut, danke für die Nachfrage. Und wie geht es dir?«

Logans Finger verkrampften sich um den Hörer. »Halt mich nicht hin«, fauchte er. »Hat Callie eine Arbeitsstelle?«

»Schon gut, Logan, aber die kargesten Höflichkeitsfloskeln haben noch keinem geschadet. Also, soweit ich weiß, arbeitet Callie nicht. Warum fragst du?«

»Wir haben herausgefunden, dass sie ein eigenes Bankkonto hat, von dem ich nichts wusste«, antwortete er. »Ich frage mich, woher sie das Geld für die verschiedenen Einzahlungen hatte.«

»Du armer Kerl«, murmelte Gloria. »Es tut mir Leid, dass Callie dir solche Sorgen bereitet.«

»Hast du schon von ihr gehört?«

»Nein, aber ich bin sicher, es geht ihr gut.«

»Natürlich geht's ihr gut«, bellte Logan. »Sie hat sich irgendwo in der Stadt verbarrikadiert und lacht sich kaputt über die ganze Situation.«

»Nun, als sie bei mir war, hat sie keinen lustigen Eindruck gemacht«, sagte Gloria. »Hör mal, Logan, es muss schrecklich sein, den ganzen Abend allein in diesem großen Haus zu verbringen. Warum kommst du heute Abend nicht zum Essen vorbei?«

»Nein, danke. Ich habe mir Arbeit mitgebracht. Wenn du von Callie hörst, wäre ich dankbar, wenn du mich sofort anrufst.«

»Das weißt du doch, Süßer. Viel Glück.«

Logan legte auf und schaute auf die Uhr. Morgen musste er ins Gericht, was einen Abend der Vorbereitungen bedingte. Seufzend packte er seine Aktentasche und ging hinaus zum Parkplatz. Er hatte gehofft, Callie würde ihn wenigstens anrufen, um ihn wissen zu lassen, dass es ihr gut ging. Aber wahrscheinlich befürchtete sie, er könnte ein Gerät zum Aufspüren von Anrufen eingebaut haben. Wenn sie das befürchtete, dann zu Recht.

Als er zu Hause eintraf, versuchte er die Gedanken an seine Frau und an den Brief, den er heute erhalten hatte, zu verdrängen. Wann hatte er das letzte Mal an die Ereignisse vor fünfzehn Jahren gedacht? Die Antwort war – vor fünfzehn Jahren.

Er trat aus der Dusche, und dabei fiel sein Blick auf das kleine Heer aus Fläschchen und Dosen vor dem Spiegel. Callie hatte nur sehr wenige Dinge mitgenommen. Logan öffnete eine Flasche mit einer Lotion und schnüffelte daran. Vanille und Zitrone. Er erinnerte sich daran, dass Callie morgens immer danach geduftet hatte.

Mit einem frustrierten Gemurmel drückte er den Deckel wieder zu und ging hinüber ins Schlafzimmer. Er zog Jeans und T-Shirt an und sah die vielen Dinge, die ihn an Callie erinnerten. Das silberne Beauty-Set, das er ihr zum Hochzeitstag geschenkt hatte, ihre Schmuckschatulle, die Fotos ihrer Mutter, selbst ein abgegrapschtes Stofftier, das sie seit Kindertagen besaß.

Ein Monat, dachte Logan. Falls er bis dann nichts von ihr gehört hatte, würde er alles in den Müll werfen. Diese Dinge hatten keinen Sinn mehr, wenn Callie nicht im Haus war.

Er ging nach unten und spürte einen Stich des Bedauerns. Er versuchte, ihn zur Seite zu schieben. Das ist nur, weil ich mich an sie gewöhnt habe, redete er sich ein. Ich war gewöhnt, sie beim Frühstück zu sehen, und dass sie da war, wenn ich von der Arbeit nach Hause kam. Kein Wunder, dass dieses Haus ohne sie irgendwie leer war.

Er ging in die Küche und schenkte sich einen Drink ein, dann setzte er sich an den Küchentisch und las die

Abendzeitung. Noch bevor er den ersten Artikel zu Ende gelesen hatte, schlug der Türgong an.

Gloria Harper stand vor der Tür und trug ein in Silberfolie eingeschlagenes Päckchen. Sie lächelte siegessicher und hielt es hoch.

»Hallo, Süßer! Ich bringe dir eine frische Lasagne.«

Logan sah sie zweifelnd an. »Du hast Lasagne gemacht?«

Gloria kicherte. »Wie kommst du denn auf die Idee? Meine Köchin hat sie gemacht. Ich bin sicher, ihre Lasagne wird dir schmecken. Seit Callie weg ist, hast du bestimmt nicht mehr regelmäßig zu Abend gegessen. Komm, ich schiebe sie in den Ofen.«

Sie schlüpfte an ihm vorbei und schritt in die Küche, als gehörte sie dorthin. Logan murmelte irgendwas, schloss die Haustür und folgte ihr. Er blieb in der Küchentür stehen, verschränkte die Arme und sah Gloria zu.

»Machst du uns einen Wodka Martini, bitte?« Gloria drehte sich strahlend zu ihm um, dann überprüfte sie die Ofentemperatur und ging auf und ab, bis die Lasagne warm genug war. Sie bestreute sie mit Parmesan und deckte den Tisch.

Logan betrachtete sie eine Weile. Sie trug ein enges, kurzes Kostüm, dessen Jacke großzügig ausgeschnitten war und dessen Rock viel von ihren langen, feinen Beinen zeigte. Die blonde Frisur saß makellos, und ihr Gesicht war professionell geschminkt. Gloria besaß eine schamlose Sexualität, die aus jeder Pore strahlte – das direkte Gegenteil von Callies unauffälliger Natürlichkeit. Schamlose Sexualität hatte ihre Wirkung auf jeden Mann.

»Gloria, ich muss morgen ins Gericht«, sagte Logan. »Ich habe heute Abend noch eine Menge zu tun.«

»Aber mit leerem Magen kannst du doch nicht arbeiten.« Im Vorbeigehen tätschelte Gloria den Bauch des Schwagers. Dann blieb sie vor ihm stehen, hob die

Brauen und fuhr mit den Fingerspitzen über seinen Bauch und Unterleib. »Himmel, Logan, du hast ja einen richtigen Waschbrettbauch.«

Logan wich vor ihr zurück und ging zum Barschrank. »Einen Drink biete ich dir an, dann gehst du.«

Glorias Unterlippe wölbte sich schmollend vor. »Wirklich, Logan! Da bringe ich dir dein Abendessen, und du lädst mich nicht zum Bleiben ein?«

Logan seufzte. »Ich sagte schon, ich muss arbeiten.«

»Dafür bleibt noch viel Zeit.« Gloria sah im Brotfach nach und nahm ein halbes Baguette heraus.

»Wie geht es Ted, Gloria?«, fragte Logan trocken. Er reichte ihr den Martini und sah zu, wie sie das Brot schnitt.

Sie sah ihn lächelnd an. »Fabelhaft, Süßer. Einfach fabelhaft. Komm, setz dich.«

Sie kippte die Hälfte des Martinis und verteilte Brot und Lasagne auf zwei Teller. Logans Magen knurrte, als er die würzige Tomatensauce und den Käse roch. Er setzte sich ihr gegenüber und griff nach seinem Besteck.

»Siehst du, ist das nicht besser?«, fragte Gloria. »Ich kann den Gedanken nicht ertragen, dass du jeden Abend allein hier sitzt.«

»Glaube mir, ich komme zurecht.« Logan war nicht in Stimmung, sich auf albernes Plaudern einzulassen, am wenigstens mit Gloria Harper.

Sie führte einen Bissen Lasagne zum Mund. »Callie sagt, du seist zu kontrolliert.«

»Was?«

»Ja, das hat sie mir gesagt, als sie an dem Abend zu mir kam, nachdem sie dich verlassen hatte. Sie meinte, sie kennt dich überhaupt nicht. Sie hat auch noch erwähnt, dass euer Sexleben nicht sehr befriedigend war.«

»Himmel!« Logan schob den Teller von sich und

griff nach seinem Scotch. »Bist du etwa ihr Psychotherapeut?«

»Ich bin ihre Schwester«, sagte Gloria ernst. »In solchen Dingen vertraut sie sich mir an. Ich bin sicher, dass sie auch mit dir darüber geredet hat.«

»Ich weiß nicht einmal, wovon sie redet«, gab Logan ungehalten zurück. »Sie kennt mich nicht? Ist das ein Codewort für eine bestimmte Sache? Und bin ich zu kontrolliert, wenn ich an Würde glaube?« Er trank sein Glas leer, wischte sich mit der Hand über den Mund und starrte Gloria an. »Mit unserem Sexleben war alles in Ordnung.«

Gloria blinzelte ihn an. »Ich bin nicht diejenige, die das gesagt hat, Süßer. Aber ich bin auch nicht diejenige, die ein Sexleben mit dir hat.«

»Gott sei Dank«, murmelte Logan. Er brach ein Stück Brot. Callie hatte einen verdammten Nerv, mit Gloria über ihr Sexualleben zu tratschen. Ausgerechnet mit Gloria.

»Wirklich, Logan, du hast keinen Grund, so rüde mit mir zu reden. Bloß weil du deine Frau nicht befriedigen kannst.« Gloria stand auf, nahm ihren Teller und brachte ihn hüftschwenkend zur Spüle.

Logan seufzte. Er wusste, dass sie ihn ärgern wollte. »Vielen Dank für die Lasagne, Gloria. Und nun eine gute Nacht.«

»Vielleicht war es auch anders herum.« Gloria beugte sich über ihn, um seinen Teller zu nehmen. Ihre Brüste streiften seine Schulter. »Vielleicht konnte Callie dich nicht befriedigen.«

»Das werde ich mit dir nicht diskutieren.«

»Schade. Eine Diskussion kann die Dinge verändern.«

Logan starrte sie an. »Es gibt keine Dinge, die geändert werden müssen.«

Gloria lachte und trank den Rest ihres Martinis. Sie schwang sich neben ihn auf den Tisch und schlug die Beine übereinander.

»Darling, wenn das so wäre, hätte Callie dich nicht verlassen«, sagte sie. »Frauen wollen Männer, die wirklich wissen, wie sie eine Frau nehmen müssen. Wie James Bond zum Beispiel.« Sie schürzte die Lippen und schwang ein Bein hin und her. »Du musst es machen wie er. Eine Frau will sich wie eine Frau fühlen.«

»Gloria, wenn du wieder versuchen willst, mich zu verführen, wird es dir auch diesmal nicht gelingen.« Noch während er das sagte, spürte er, wie sein Penis hart wurde. Überraschend war das nicht, denn ihr Ausschnitt befand sich auf seiner Augenhöhe. Die Oberweite seiner Schwägerin konnte es mit jedem Pornostar aufnehmen.

Sie lachte wieder. »Ich versuche nicht, dich zu verführen, Logan. Ich will erreichen, dass du mich verführst.«

»Das wird auch nicht geschehen.« Er hielt ihrem Blick stand. Er wollte nicht, dass diese Frau ihn bezwang.

Gloria stieß einen Seufzer aus. »Oh, mein Süßer, ich möchte nicht annehmen, dass Callie sich zu Recht beklagt hat. Ich wollte ihr nämlich nicht glauben. Ich habe ihr auch gesagt, ich würde wahrscheinlich schon kommen, wenn du mich nur auf die richtige Weise anschaust.« Sie lächelte ihn an. »Hat Callie mit ihrem Jammern Recht, oder habe ich Recht?«

»Weder sie noch du.« Logan schob seinen Stuhl vom Tisch zurück, und das sollte sich als sein erster Fehler erweisen.

Gloria streifte die Schuhe mit den hohen Absätzen ab und setzte den Fuß auf Logans Schenkel. Er stöhnte gedämpft. Klar hatte er sich schon mal gefragt, wie Gloria im Bett sein würde, aber er hatte nie vorgehabt, es herauszufinden. Er hatte sein Sexualleben mit Callie als ausreichend empfunden. Offenbar hatte sie das anders gesehen.

Eine zunehmende Verbitterung machte sich in Logan breit. Für wen hielt Callie sich eigentlich? Sie kam aus einer Familie der Unterschicht, und so ein Leben, wie Logan ihr geboten hatte, nun, davon hätte sie nicht einmal träumen können. Als Dank dafür hatte sie ihn im Stich gelassen und erzählte Schauergeschichten über ihr gemeinsames Sexleben. Auf solche Beweise der Dankbarkeit konnte er gern verzichten.

Er sah Gloria aus zusammengekniffenen Augen an. Ihr Fuß wanderte seinem Schoß entgegen, und die Zehen rieben über die Beule seiner Jeans.

»Komm schon«, schnurrte Gloria. »Nur einmal. Du weißt, dass ich schon immer scharf auf dich war. Seit du Callie geheiratet hast. Sie braucht davon nichts zu erfahren. Ich möchte ihr niemals wehtun.«

Sie schob auch den anderen Fuß auf seinen Schoß und griff an die Knöpfe ihrer Kostümjacke, ohne den Blick von ihm zu wenden.

Logan sah ohne erkennbare Regung zu, wie sie die Schwellungen der Brüste enthüllte. Sie trug einen Body in pastellfarbenem Pink, der die Nippel kaum bedeckte. Sie drückten sich wie Patronen gegen den dünnen Stoff. Nein, wie ihre Schwester war sie nicht.

Gloria lächelte und spielte mit den lackierten Fingernägeln an ihren Nippeln. »Hübsch, nicht wahr? Männer waren immer scharf auf meine Brüste.«

Sie griff hinter sich, öffnete den Rock und schob ihn über ihre Hüften. Jetzt war sie nur noch mit der durchsichtigen Wäsche bekleidet. Gloria hatte einen üppigen Körper, der dazu geschaffen schien, fleischlichen Genuss zu geben und zu erleben. Logans Schaft drückte gegen die Jeans, während Gloria mit einer raschen, flüssigen Bewegung vom Tisch glitt.

Ihre Finger öffneten seinen Hosenstall, dann griff sie mit beiden Händen in den Bund seiner Jeans und zog sie ihm über die Hüften. Logan hielt sie nicht auf.

Gloria stieß ein gurrendes Geräusch aus, als sie seinen Penis umfasste und langsam in die Knie gehen wollte.

Logan hielt sie an den Armen fest. »Nein.«

Sie sah ihn verdutzt an. »Nein?«

»Du hast gesagt, du willst mit mir vögeln, also tun wir das.« Verdammt, ihre Faust fühlte sich gut an.

»He, du bist aber ungeduldig«, sagte sie kichernd und schob die Hüften vor. »Dann zieh mich aus.«

Logan langte zwischen ihre Schenkel und riss an den Druckknöpfen des Teddys. Er rieb mit einem Finger über die Labien und spürte die feuchte Hitze, die sie ausströmte. Gloria stöhnte laut auf und drückte ihre Nippel zwischen Daumen und Zeigefinger.

»Hm, du hast so geschickte Finger, Süßer. Ein bisschen höher … ja, genau da.«

Logan zog die Körbchen des Büstenhalters nach unten. Er beugte den Kopf und nahm einen Nippel zwischen seine Lippen. Glorias Stöhnen wurde lauter, sie spreizte die Beine und setzte sich rittlings auf seinen Schoß. Logan packte sie an den Hüften und zog sie an sich heran.

Mit einem leichten Anheben und einer knappen Bewegung zur Seite gelang es Gloria, bewusst langsam einzufädeln, und im nächsten Moment begann sie mit ihrem Ritt. Diese Position war wie geschaffen für sie, sie spannte die inneren Muskeln an, hielt den ungeduldigen Schaft umfangen, löste die Muskeln und spannte sie wieder. Dabei hielt sie ihren Auf-und-Ab-Rhythmus bei. Er spürte ihren heißen Atem an seinem Kinn.

»Zieh dein Hemd aus«, keuchte sie. »Ich liebe es, männliche Haut an meinen Nippeln zu spüren.«

Logan zog das Hemd aus und dachte, dass die Frau ihn mit diesen geschickten Muskeln in kürzester Zeit trocken melken würde. Sie arbeitete wie im Akkord, warf den Kopf in den Nacken und rieb ihre Brustspitzen an seinem behaarten Brustkorb.

»O ja«, stöhnte sie und schlang die Arme um seinen Hals. »Süßer, ich habe gewusst, dass du unwiderstehlich bist. Du füllst mich bis zum Äußersten. Ah, fühlt sich das gut an. Unglaublich gut.«

Sie lehnte sich ein wenig zurück und rieb ihre Hände über seinen klammen Brustkorb. Sie glitt bewundernd über jeden Muskel und seufzte glücklich. »Logan, wenn du wolltest, könntest du so werden wie James Bond.«

Sie lachten beide, dann begann Gloria, die Hüften noch schneller zu bewegen. So sehr Logan auch die hüpfenden Brüste genoss, so wenig gefiel ihm, dass er fast zur Untätigkeit verurteilt war. Er packte sie an den Hüften und erhob sich. Gloria stieß einen überraschten Schrei aus und schlang rasch wieder die Arme um seinen Hals.

»Logan!«

Er legte sie auf den Tisch und ließ sich in sie hinab. Sie starrte ihn begeistert an, als er kräftig in sie eindrang. Er stützte sich mit den Händen ab und begann mit zügigen Stößen. Gloria stieß kurze, laute Schreie aus und schlang die Beine um seine Hüften, damit er noch tiefer vordringen konnte.

Logan presste die Zähne fest aufeinander und zügelte sich, ohne den Rhythmus zu verändern. Glorias Muskeln nahmen ihn immer stärker in den Griff, und Logan spürte, dass es um seine Selbstbeherrschung bald geschehen war. Plötzlich zog er sich aus ihr heraus, und sein Samen sprühte über den pinkfarbenen Teddy, der zwischen Brüsten und Venusberg hing.

»Ah, Liebling.« Sie öffnete die Augen und sah ihn glücklich an. Sie wischte einen Schweißtropfen von seiner Stirn. »Das war gewaltig. Callie muss den Verstand verloren haben.«

Logan trat einen Schritt zurück und zog die Jeans an. Dann reichte er ihr ein Küchentuch, um sich zu säubern. Gloria richtete sich langsam auf, immer noch ein wenig benommen.

»Süßer, machst du mir noch einen Martini?«

Logan hätte sich am liebsten geweigert, aber es wäre höchst unhöflich, sie sofort heimzuschicken. Er brachte ihr das gefüllte Glas. Sie nahm einen kräftigen Schluck und wischte sich mit dem Tuch über Hals und Nacken.

»Du kannst dich jetzt anziehen«, sagte Logan.

Gloria sah ihn an. »Nun sage bloß nicht, dass du verärgert bist. Komm schon, wir wollten es doch beide mal ausprobieren, oder? Ich wollte jedenfalls aus eigener Erfahrung erleben, wie du bist. Und du hast dich bestimmt auch schon gefragt, wie es mit mir wäre. Alle Männer fragen sich das.«

Logan schüttelte den Kopf. »Ich bin nicht verärgert, Gloria. Es war großartig, aber es wird nicht wieder geschehen. Und ich habe tatsächlich noch eine Menge zu tun.«

Gloria zog wieder einen Schmollmund, aber sie bückte sich, hob ihren Rock auf und zog ihn an. »Warum hat Callie mir diese Dinge erzählt?«

Logan biss auf die Zähne. Sein Kinn wurde starr. »Ich weiß es nicht. Ich weiß ja nicht einmal, ob sie diese Dinge überhaupt gesagt hat.«

Glorias Augen weiteten sich. »Natürlich hat sie das gesagt, ich würde dich doch nicht anlügen.«

»Nein? Du würdest mich nicht anlügen, wohl aber deinen Mann und deine Schwester?«

»Ich lüge auch Ted oder Callie nicht an«, gab Gloria scharf zurück. »Ich sage ihnen bestimmte Dinge nicht, und das ist durchaus in Ordnung.«

Logan fuhr sich mit einer Hand durchs Gesicht und seufzte. »Ich rufe dir ein Taxi«, sagte er.

»Sei nicht kindisch. Ich kann fahren.«

Logan ignorierte ihren Einwand und rief ein Taxi. Nachdem er sich davon überzeugt hatte, dass sie eingestiegen war und sicher nach Hause kommen würde, räumte er in der Küche auf. Er versuchte, das leere Gefühl in sich zu ignorieren. Da seine Frau ihn ohne jede Erklärung verlassen hatte, weigerte er sich, Schuldgefühle aufkommen zu lassen. Er ging nach oben und stellte sich noch einmal unter die Dusche.

Sechstes Kapitel

»Ist sie das?«

Adam griff nach dem Fernglas und blickte durch das Seitenfenster des Vans auf die Frau, die gerade aus dem Nebula Arcana trat. Der Laden lag am City Market, flankiert von einer Buchhandlung und einer Kunstgalerie. »He, sie hat grüne Haare. Was soll man davon halten? Logans Frau und grüne Haare! Und er sagt, mein Augenbrauenring sähe dümmlich aus!«

Sam sah den jungen Mann von der Seite an. »Wovon redest du?«

»Ach, schon gut«, gab Adam zurück.

»Sieht sie entfernt so aus wie auf diesem Foto?« Sam hielt ihm eines von vielen Fotos hin, die Logan Waterford ihm von seiner Frau gegeben hatte.

Adam löste den Blick vom Fernrohr und betrachtete die dunkelhaarige Frau auf dem Foto. Callie Waterford sah hübsch aus, aber sie war nicht die Bombe, die Adam seinem Chef zugetraut hätte. Er blickte durchs Fernglas auf die grünhaarige Frau.

»Nein«, gab er dann zu. »Wer kann denn diese Frau sein?«

»Vielleicht eine andere Verkäuferin im Laden oder die Besitzerin.« Sam schlug den Ordner auf, in dem er Callies Kontoauszüge aufbewahrte. »Die Einzahlungen auf Callies Konto wurden von diesem Laden veranlasst. Die Besitzerin heißt Tess Zimmermann. Von ihr habe ich kein Foto.«

»Ich kann nicht glauben, dass Logan seiner Frau gestattet, in einem solchen Laden zu arbeiten. Sie gehört der Frauenliga an und arbeitet in einem Hippieladen?«

»Er weiß nichts davon«, antwortete Sam. »Ich habe ihn gefragt.«

Adam bedachte ihn mit einem beleidigten Blick. »Sie haben mit ihm gesprochen? Ohne mich? Wann denn?«

»Entspann dich, Junge. Ich habe ihn gestern Abend angerufen.«

»Das hätten Sie mir sagen sollen«, gab Adam wütend zurück. Er legte das Fernglas hin und griff in der Schachtel auf dem Boden nach einem Doughnut. Er und Sam hockten fast den ganzen Tag schon in diesem Van, und bis jetzt hatten sie Callie Waterford noch nicht zu Gesicht bekommen. Adam langweilte sich zu Tode. »Was hat er gesagt?«

»Er war natürlich sauer, was glaubst du denn? Er hatte keine Ahnung davon, dass seine Frau heimlich arbeitet.«

»Warum hat sie es ihm nicht gesagt?«

»Keine Ahnung. Vielleicht wollte er nicht, dass seine Frau arbeitet.«

Adam kaute den süßen Mürbeteig und sah wieder aus dem Fenster. »Was wird Logan jetzt unternehmen? Glauben Sie, er taucht hier auf?«

»Zuerst will er von uns wissen, wo sie wohnt.«

»Warte, da kommt jemand heraus!« Adam griff rasch nach dem Fernglas und starrte auf die Frau, die zur Tür herauskam. Sie schleppte eine Gießkanne und wässerte die Blumen in den Kästen vor dem Laden. Adam stellte das Fernglas scharf auf das Gesicht der Frau ein. »Ich glaube, das ist sie.«

»Auftrag erledigt«, sagte Sam kurz und bündig.

Adam sah zu, wie Callie Waterford die Blumen tränkte. Sie trug eine weite Leinenhose und eine noch weitere Bluse. Schlicht gekleidet, so gut wie nicht geschminkt. So gar nichts erinnerte Adam an das, was er sich unter einer Lady der Gesellschaft vorstellte. Was, zum Teufel, hatte Logan in ihr gesehen? Und warum wollte er sie unbedingt wieder zurück haben? Sie musste ein Dynamo im Bett sein.

Er setzte das Fernglas ab. »Was jetzt?«

»Wir warten, bis sie geht, dann folgen wir ihr nach Hause«, sagte Sam. Dann verengten sich seine Augen zu Schlitzen, als er aus dem Fenster sah. »Wer ist das denn?«

Ein bleicher, hagerer Mann in einem schwarzen Mantel schlenderte die Straße entlang und auf Callie zu. Er blieb neben ihr stehen, legte einen Arm um ihre Taille und küsste sie auf die Wange.

»Ha!«, rief Sam. »Wahrscheinlich vögelt sie ihn.«

»Ihn?« Adam starrte auf den Punktypen. »Sie scherzen, Sam. Sie verlässt Logan wegen so einem schmalen Handtuch?«

»Vielleicht will sie sich mal in den Niederungen austoben.«

Callie und der Punk gingen zurück in den Laden und schlossen die Tür. Callie stellte das Schild *GESCHLOSSEN* ins Schaufenster, aber danach kam niemand heraus.

»Warum geht sie nicht nach Hause?«, fragte Adam.

»Vielleicht sind sie durch eine Hintertür gegangen.« Sam öffnete die Autotür und stieg aus. »Warte, bis ich zurück bin. Ich will mal nachsehen.«

Adam wartete ungeduldig auf Sams Rückkehr. In seinem Kopf sah er Bilder, wie Callie Waterford und der Punk es miteinander trieben, dann folgten Bilder von Callie und Logan, die es ebenso miteinander trieben. Die ersten Bilder entsetzten Adam, die späteren bescherten ihm einen Steifen.

»Ich glaube, die bleiben drinnen«, sagte Sam, als er wieder ins Auto stieg. »Ich sah, wie oben ein Licht anging. Gib mir mal das Fernglas.«

Er richtete den Blick auf das Zimmer über dem Laden. Adam folgte der Richtung. Der Vorhang vor dem Fenster stand offen. Er konnte bloßen Auges die Silhouetten von Callie und dem Mann erkennen.

»Sie muss da oben eine Wohnung haben.« Sam

legte das Fernglas hin und gähnte. »So, das war's. Ich werde Waterford heute Abend anrufen.«

»Warum fahren wir nicht bei ihm vorbei?«, schlug Adam vor. Er war ein wenig enttäuscht, dass sie Callie so schnell gefunden hatten, denn das bedeutete, dass Logan ihn nicht mehr brauchte. »Ich bin sicher, dass er zu Hause ist.«

»Ja, okay. Dann kann ich mir auch gleich meinen Lohn abholen.« Sam startete den Motor und fuhr in die Richtung von Waterfords Haus.

Adam riss den Mund weit auf, als er den schmiedeeisernen Zaun sah, der den Besitz abtrennte. Das alles hatte Callie Waterford verlassen? Das und Logan? Für einen Job in einer Hippiebude und einen Punk? Dann war sie ein bisschen wirr im Kopf.

Sam meldete sich über die Sprechanlage, und unmittelbar danach glitten die Tore vor ihnen auseinander.

»Ich kann es nicht glauben«, sagte Adam. »Warum hat sie das im Stich gelassen?«

»Junge, ihr Motiv interessiert uns nicht«, sagte Sam. »Unser Auftrag lautete, sie zu finden.«

Adam sprang aus dem Van. Sein Herz klopfte, als er und Sam die Treppe zum Haus hoch gingen und auf die Klingel drückten. Hier also wohnte Logan. Für Adam war es so, als besuchte er ein Mekka in Savannah.

Die Tür öffnete sich, und der Gott selbst stand da in Jeans und dunkelblauem T-Shirt, eine Zeitung unter dem Arm. Sein schwarzes Haar war zerzaust.

Adam schluckte hart. »Wir haben gute Neuigkeiten, Logan«, sagte er wichtigtuerisch.

»Ja? Welche?«

»Wie wäre es zuerst mit einem Drink?«, fragte Sam. »Ich war den ganzen Nachmittag mit dieser Nervensäge in einem Van gefangen.«

Logans Mundwinkel hoben sich leicht zum Ansatz

eines Grinsens, dann öffnete er die Tür weiter und ließ sie eintreten.

Adam konnte sich nicht satt sehen an den polierten Böden, den Mahagoniemöbeln und den Ölgemälden, als Logan sie in den Salon führte. Alles war blitzblank und strahlte Geschmack und Geld aus.

»Was haben Sie erfahren?«, fragte Logan.

»Gin and Tonic«, antwortete Sam.

»Eh … für mich auch, Sir.« Adam setzte sich auf den Rand eines Sessels und sah zu, wie Logan die Getränke mixte. Ihm fiel auf, dass Logan barfuß war. Schöne schlanke Füße, sogar die Zehennägel waren perfekt. Adam fragte sich, ob man auch einem Mann gegenüber einen Fußfetisch entwickeln konnte.

»Adam.«

Er zuckte zusammen und sah auf. Logan hielt ihm sein Glas hin.

»Danke.« Adam nahm einen kräftigen Schluck und zwang sich, an etwas anderes zu denken als an Logans Füße.

»Wir haben Callie in einem Laden für Produkte rund um die esoterische Bewegung gefunden«, begann Sam. »Es sieht so aus, als ob sie dort auch wohnt.«

Logan runzelte die Stirn. »Sie wohnt da auch?«

»Ja, in einem Zimmer über dem Laden am City Market.«

»Das ist die dümmste Geschichte, die ich je gehört habe. Warum hat sie mir verheimlicht, dass sie da arbeitet?«

»Wahrscheinlich, weil sie wusste, dass Sie nicht damit einverstanden gewesen wären«, meinte Sam.

»Da ist noch etwas, Logan«, sagte Adam.

»Was?«

Adam legte eine Pause ein, des größeren Effekts wegen.

»Ein Mann war bei ihr.«

»Welcher Mann?«, fauchte Logan.

»Ein Typ, der fast wie ´ne Leiche aussieht«, antwortete Adam verächtlich.

»Er macht mir den Eindruck eines Satansjüngers«, sagte Sam. »Sie haben von diesen Typen schon gehört, sie kleiden sich in Schwarz und malen sich bleich an.«

»Und was hat Callie mit so einem Typ zu tun?«

Sam leerte sein Glas. »Nun, wir wissen nicht genau, was sie miteinander zu tun haben«, sagte er. »Aber wir haben gesehen, dass der Kerl mit auf ihr Zimmer gegangen ist. Ob sie sich miteinander beschäftigt haben, können wir nicht sagen.«

»Das will ich ihnen nicht raten«, knirschte Logan, die Stimme kalt und hart wie Eis. »So, beide jetzt – verschwindet. Ich schaue mir die Gegend mal aus der Nähe an.«

»Soll ich mitkommen?« Adam konnte den Gedanken nicht ertragen, dass er nicht dabei sein sollte, wenn es endlich mal spannend wurde.

»Nein.«

Callie unterdrückte ein Gähnen. Das Theater bot einhundert Menschen Platz, aber es war derart überfüllt, dass man kaum atmen konnte und sich eingequetscht fühlte. Ein Spotlight holte Tess' nackten Körper aus der Dunkelheit der Bühne. Sie hatte eine schlanke, knabenhafte Gestalt, und ihre Haut schimmerte weiß unter dem gleißenden Licht. Die großen Nippel, die ihre kleinen Brüste krönten, verliehen ihr eine sehr erotische Sinnlichkeit.

Zwei Helfer tänzelten mit Pinseln um sie herum und bedeckten Tess' Körper mit bunten Farben. Die metallischen Klänge der Musik quollen aus versteckten Lautsprechern.

Als Tess' Körper völlig mit Farbe bedeckt war, bewegte sie sich zu einer Reihe von schwarzen Leinwänden, die hinter ihr aufgestellt waren. Im

Rhythmus der Musik wand und drehte sie sich gegen die Leinwände.

»Großartig«, sagte ein Mann in der Reihe hinter Callie. »Es ist, als verneigte sie sich vor den Musen der Kreativität. Wie die Frauen in den Tempeln der Antike, die sich den Göttern hingaben.«

Callie musste über den aufgeblasenen Intellekt des Mannes grinsen. Neben ihr lümmelte Eldrich sich auf seinem Stuhl und kaute auf einer roten Lakritzstange. Tess bewegte sich noch immer vor den Leinwänden und übertrug die Farbe ihres Körpers auf den schwarzen Untergrund. Dann tauchte sie die Hände in zwei Eimer und klatschte die Farbe gegen die Leinwände, während sie die Hüften aufreizend hin und her schwenkte.

Gegen Ende der einstündigen Darstellung hob und senkte sich ihr Brustkorb von der Anstrengung ihrer künstlerischen Bemühungen. Tess rang nach Luft, während sie sich verbeugte, um den zögerlichen Applaus entgegen zu nehmen.

»Das war mal was Neues«, bemerkte Eldrich, als die Lichter im Theater angingen. »Sollen wir bleiben und ihr gratulieren?«

»Nein. Sie hat mir vorher gesagt, wir sollten schon gehen. Sie muss sich duschen, und dann will sie versuchen, die Kunstwerke zu verkaufen.«

Callie und Eldrich verließen das Theater und fuhren zum City Market zurück. Er parkte auf der St. Julian, und von dort spazierten sie gemütlich zum Laden.

»Hat Tess dich schon mal gefragt, ob du bei ihren Vorführungen mitmachen willst?«, fragte Eldrich und zündete sich eine Kräuterzigarette an.

»Nein. Warum? Hat sie dich gefragt?«

»Ja. Sie hat mich gefragt, ob ich in ihrer Sexologie-Show mitmachen will.«

»Und? Hast du zugestimmt?«

»Ich habe ihr gesagt, ich würde darüber nachdenken, wenn ich mich nicht ausziehen muss.«

Callie gluckste. Als sie und Eldrich um die Ecke bogen, bemerkte sie einen Mann vor dem Nebula Arcana. Abrupt blieb sie stehen. Obwohl er sich im Schatten hielt, erkannte sie die Gestalt sofort. Ihr Herz pochte wie wild.

Callie drückte eine Hand gegen ihre Brust. Sie hätte wissen müssen, dass sie ihm nicht entkommen konnte. »Das ist Logan«, murmelte sie.

»Logan?«

»Ja, mein Mann.«

»Oh, verdammt«, stöhnte Eldrich und wich einen Schritt zurück. »Keine gute Nachricht.«

»Stimmt.«

»Soll ich 911 anrufen?«

»Nein, das wird nicht nötig sein.« Callie überlegte, ob sie fliehen sollte, bevor Logan sie erkannte, aber sie verwarf diesen Gedanken sofort wieder. Es wäre besser, jetzt und hier für Klarheit zu sorgen.

»Er ist nicht gefährlich«, sagte sie. »Hoffe ich jedenfalls.«

Eldrich sah noch ein bisschen bleicher aus als sonst. »Ich … eh … schätze, du willst allein mit ihm reden.«

»Keine Angst«, sagte Callie. »Er wird dir nichts tun.«

»Nein? Aber er sieht verdammt kräftig aus.« Eldrich ließ die Zigarette fallen und trat sie aus. »Callie, ich will mit diesem Scheiß nichts zu tun haben.«

Callie sah ihn an. »Du hast gewusst, dass ich verheiratet bin, Eldrich. Ich habe dir nichts vorgemacht.«

»Richtig. Aber dein Mann sieht nicht so aus, als wäre er ein verständnisvoller Typ«, murmelte Eldrich. Er wich zurück und hob abwehrend die Hände. »Ich rufe dich mal an, ja? Bis dahin sollte ich mich zurückhalten, oder?«

Bevor sie antworten konnte, hatte er sich auf dem Absatz umgedreht und war verschwunden. Callie sah ihm noch nach, dann drehte sie sich zu Logan um. Die Muskeln in ihrem Nacken spannten sich, als sie auf ihn zuging. Sie hätte wissen müssen, dass das früher oder später geschehen würde. Später wäre ihr lieber gewesen.

Logan sah ihr entgegen. Seine ganze Gestalt versteifte sich.

»Hallo, Logan.« Callie kämpfte gegen das Zittern in ihrer Stimme an und gegen den Wunsch wegzulaufen.

»Callie.« Sein Gesicht sah aus wie aus Stein gemeißelt.

Sie blieb ein paar Schritte vor ihm stehen. »Wie hast du mich gefunden?«

»Ich habe einige Möglichkeiten, die ich genutzt habe. Willst du mir sagen, was das alles soll?«

Einige Passanten blickten zu ihnen, aufmerksam geworden durch Logans laute Stimme. Callie wusste zwar, dass es nicht klug war, ihn in den Laden zu bitten, aber sie wollte auch nicht, dass der Rest der Welt von ihren Problemen erfuhr.

»Komm herein«, sagte sie. »Ich habe einige Monate lang versucht, dir alles zu erklären, aber du hörst mir ja nie zu.«

»Fang nicht wieder mit diesem Unsinn an«, fauchte Logan. »Ich gebe dir alles, was du haben willst.«

Ärger breitete sich in Callie aus. Wer war er denn, dass er wissen wollte, was sie haben will? Sie schloss die Ladentür auf, schaltete das Licht aber nicht ein. Im Halbdunkel fühlte sie sich wohler. Logan folgte ihr in den Laden und nahm die seltsame Atmosphäre in sich auf.

»Hier willst du also unbedingt arbeiten?«, fragte er, die Stimme voller Spott.

Callie schloss die Tür ab. »Ich weiß nicht, welchen Grund du für deine herablassende Art hast.«

»Warum hast du mir nicht gesagt, dass du hier arbeitest? Seit wann eigentlich?«

»Seit einigen Monaten«, antwortete sie. »Ich habe es dir nicht gesagt, weil ich wusste, dass es dir nicht gefallen würde.«

»Ist das auch der Grund, warum du gegangen bist?«, fauchte Logan. »Weil du wusstest, dass ich gegen deine Arbeit sein würde? Hast du denn nicht geglaubt, dass ich dich finden würde? Du musst doch wissen, das ich viele Möglichkeiten habe.«

»Ja, das weiß ich.« Callie ballte die kleinen Hände zu Fäusten. Verärgert warf sie ihm an den Kopf: »Ich weiß, du bist der große einflussreiche Logan Waterford, der dafür sorgt, dass sich alles nach seinen Wünschen entwickelt.«

»Genau«, knirschte Logan. »Nimm deine Sachen und komm mit mir.«

»Nein«, sagte Callie. »Ich habe dich nicht verlassen, um gleich wieder zu dir zurückzukehren.«

»Um was geht es eigentlich?«, fragte Logan. Seine Finger griffen um eine Kristallkugel im Regal. »Was willst du mir beweisen?«

»Vielleicht will ich dir nur sagen, dass ich das Leben satt bin, das ich bei dir geführt habe.«

»Du sprichst von dem Leben mit kostbaren Möbeln, feinsten Gourmetessen, Designerklamotten und mit allen Dingen, die du haben willst? Das ist es, worüber wir reden?«

»Nein«, schrie Callie. »Ich rede von einem Leben mit gestelzten Gesprächen und einem schwarzen Loch, wo ich emotionale Wärme haben möchte. Ich meine das Leben, in dem es in erster Linie auf das Bild ankommt, das wir in der Öffentlichkeit abgeben und nicht auf unsere Beziehung. Ein Leben ohne jede Anbindung an meinen Mann.«

Logan verdrehte die Augen. »Das hört sich nach einer Klage in der Cosmopolitan an, dramatisch und übertrieben. Wenn du weiter in diesem lächerlichen Laden arbeiten willst, okay. Aber ich möchte, dass du deine Sachen packst und mit mir kommst. Jetzt sofort.«

Heiße Rage stieg in Callie hoch. Es war, als stünde sie unter Dampf wie ein Wasserkessel.

»Hau ab, Logan!«, fauchte sie. »Ich bin kein Kind mehr, und ich lasse mich von dir auch nicht wie eins behandeln. Wenn du nicht begreifen kannst, warum ich gegangen bin, warum soll ich dann zurückkommen?«

»Aber du kannst doch nicht weiter so leben wie hier.«

»Doch, das kann ich! Ich habe mein eigenes Geld, meine eigene Wohnung, und – noch viel wichtiger – ich habe meine Freiheit. Ich kann ein schwarzes Kleid tragen, ohne dass mein Mann mir sagen kann, ich sähe aus wie eine Schlampe.«

Logans Augen verengten sich. »Hast du auch jemanden, der dir das schwarze Kleid auszieht?«

Überrascht wich Callie einen Schritt zurück. Wieso wusste dieser Mann alles? »Wovon redest du?«

»Ich rede von diesem Punk, mit dem du dich sehen lässt. Schläfst du mit ihm?«

»Das geht dich nichts an!«

»Das meinst aber nur du!« Zorn flammte in Logans Augen auf, als er mit zwei hastigen Schritten vor ihr stand. »Du bist immer noch meine Frau, oder hast du das vergessen, weil es dir gerade in deine Pläne passt?«

Callie ballte die Fäuste und widerstand dem Drang, vor ihm zurückzuweichen. »Nein, wie könnte ich das vergessen? Mein Status als deine Frau hat mich schließlich hergebracht.«

»Und nun bringt er dich wieder nach Hause.« Eine Vene pochte an Logans Hals, als er ihren Arm packte. Der Griff seiner Finger war schmerzhaft.

Callie schrak zusammen. Logan hatte ihr körperlich noch nie weh getan. Aber sie hatte ihn auch noch nie verlassen.

»Nein«, sagte sie entschieden. »Ich gehe nicht mit dir.«

Sein Griff verstärkte sich. »Willst du die Scheidung? Geht es dir darum?«

»Ich will Distanz zwischen uns haben.« Eine Scheidung? Wollte sie das? Es hörte sich so endgültig an. Callie versuchte, ihren Arm aus seinem Griff zu befreien; vergebens. »Logan, lass mich los, du tust mir weh.«

»Ich habe genug von diesem Spiel. Für solche Sachen habe ich keine Zeit.«

»Das ist das Problem«, rief Callie. »Du hast keine Zeit für unsere Beziehung, wo sie doch die wichtigste Sache für uns beide sein sollte.«

»Wie kommst du auf den stupiden Gedanken, dass sie mir nicht wichtig ist?«

»Du bringst mich auf diesen Gedanken. Du behandelst mich wie eine Fremde oder wie ein Kind. Aber ich bin deine Frau. Du vögelst mich nicht einmal richtig.«

Callie wusste, dass sie zu weit gegangen war, als sie sein hartes Kinn sah. Er riss sie so heftig an sich, dass sie beinahe gefallen wäre.

»Ah, darum geht es also?«, fragte er, die Stimme tief und eisig. »Du willst richtig gevögelt werden? Wie lautet denn deine Definition von ›richtig‹?«

»Richtig ist, es nicht mit dir zu tun«, schrie sie. »Lass mich jetzt endlich los, du Bastard!«

Sie drückte eine Hand gegen seine Brust und versuchte, ihn von sich zu schieben. Aber er wich keinen Millimeter zurück. Sein Körper war starr vor Zorn, und er fühlte sich wie eine Wand an. Furcht und eine seltsame Erregung machten sich in Callie breit.

»Warum sollte ich dich los lassen?« Er griff ihre

andere Hand und drückte sie gegen seinen Schoß. »Willst du zur Abwechslung mal richtig gevögelt werden?«

»Von dir?« Callie schniefte verächtlich, obwohl ihr Körper vibrierte, als stünde er unter Strom, als sie seine wachsende Erektion spürte.

»Warst du mit diesem Punk im Bett?«, fragte Logan barsch. »Hat er es dir richtig besorgt?«

»Und wenn es so wäre? Was willst du dann tun? Mich bestrafen?« In dem Moment, in dem sie ihm in die Augen sah, wusste sie, dass sie ihn auf eine verlockende Idee gebracht hatte. »Logan ...«

Seine Augen brannten. »Das willst du wohl, was? Ja, ich glaube, eine Bestrafung wäre mehr als gerechtfertigt. Du hättest nicht ohne ein Wort aus dem Haus gehen dürfen.«

»Du wirst es nicht wagen.« Nervös wollte Callie sich ihm entziehen. Aber sein Griff ließ nicht locker.

»Glaubst du?«

»Nein, du wirst es nicht wagen«, sagte sie wieder. Ihre Augen blitzten ihn herausfordernd an, und bevor sie noch etwas hinzufügen konnte, hatte Logan sie an den Hüften gepackt und zu einem Stuhl gezogen. Er setzte sich und drückte sie über seinen Schoß, als wäre sie leicht wie eine Feder.

»Logan!« Callies Herz schlug so schnell, dass es fast schmerzte. Seine Schenkel fühlten sich unter ihrem Bauch wie Baumstämme an.

Er ignorierte sie, schob den Rock hoch und enthüllte ihren Baumwollslip über dem Gesäß. Er fuhr mit den Fingern unter den Bund, riss den Slip hinunter und ließ ihn um die Knie hängen. Callie stockte der Atem. Würde er es wirklich tun? Logan streichelte kurz über die Backen, ehe er zum ersten Schlag ausholte. Es klatschte, und Callie schrie auf, eher vor Schock als vor Schmerz. Sie rutschte nach hinten, um dem zweiten Schlag auszuweichen.

»Logan!«

Seine Hand klatschte wieder auf ihren Hintern. Callie kreischte. Auf ihrer Haut prickelte es. Sie rutschte mit den Hüften über seine Schenkel. Logans freier Arm fasste um ihre Taille und hielt sie mühelos auf seinen Beinen und schlug wieder zu. Callie wand sich vor Unbehagen und Verlegenheit. Die Haut begann jetzt zu brennen. Nach den nächsten Schlägen spürte sie verwundert, wie sich in ihrem Bauch eine wohlige Wärme ausbreitete. Sie versuchte zwar immer noch, sich aus seinem Griff zu befreien, aber sie spürte auch, wie ihre Pussy anschwoll.

Und sie spürte ganz deutlich, wie Logans Penis hart gegen ihren Bauch drückte. Sie erregte ihn! Ihre inneren Säfte begannen zu fließen.

»Autsch! Logan, du tust mir weh!«, keuchte Callie. Der Schmerz breitete sich in ihrem Blut aus und feuerte es an.

»Ist das nicht der Sinn einer Bestrafung?«, antwortete Logan, die Stimme tief und hart wie Stahl.

Wieder klatschte es laut einige Male hintereinander. Callie stöhnte und wand sich, rieb ihren Bauch gegen seinen aufgerichteten Penis und trat hilflos mit den Beinen um sich. Logans Hand blieb nach dem letzten Schlag auf ihrem Po liegen, dann strichen die Finger sanft über ihre brennende gerötete Haut, bevor sie hinunter in die Kerbe und in ihr Geschlecht tauchten. Er gluckste kehlig, als er ihre Nässe bemerkte.

»Oh.« Ein langes Stöhnen kam über Callies geöffnete Lippen. Ihr Körper entspannte sich von einem Moment zum anderen, und plötzlich ruckte sie nicht mehr, um ihm zu entkommen, sondern sie bewegte den Unterleib sanft hin und her, während Logan sie mit den Fingern erforschte. Noch ein bisschen mehr, dann würde es ihr kommen. Die Hand in ihrer Pussy, seine Erektion an ihrem Bauch …

Sie schloss die Augen und schob sich seinen

sen zu klingen, als sie sagte: »Einmal bedeutet nichts, es mag nur eine Abweichung von der m sein.«

ogan griff nach seinem Schlüsselbund. Sein Blick r so kühl wie seine Stimme. »Gehe ich davon aus, s du dich weigerst, nach Hause zu kommen?«

»Richtig«, antwortete Callie. »Ich komme nicht rück.«

Logan schnaufte. »Wenn du glaubst, dass es dabei leibt, dann irrst du gewaltig.«

»Das wäre nicht das erste Mal. Schließlich habe ich nich auch geirrt, als ich dich geheiratet habe.«

Logan starrte sie strafend an. »Ich melde mich wieder, Callie.«

Dann war er verschwunden.

Fingern entgegen. Dann bewegten sich die Finger nicht mehr.

Callie ächzte: »Logan, bitte ...«

Seine Hand strich noch einmal über ihre Backen, bevor er sie an die Hüften packte und aufrichtete. Callie hielt sich an seinem Arm fest. Sie war noch benommen und musste ein paar Sekunden warten, bis sie wieder einen klaren Kopf hatte. In ihrem Inneren sammelte sich eine Lache unerfüllten Verlangens.

Sie atmete tief ein. »Du Bastard«, keuchte sie, und unwillkürlich führte sie beide Hände über ihren brennenden Po. »Du kannst den Gedanken nicht ertragen, dass ich bei einem anderen Mann war, was?«

Logan erhob sich. Sein Gesicht war starr wie eine Maske, das Kinn kantig wie immer, wenn er zornig war. Er blickte sie kurz mit seinen dunklen Augen an, ehe er seinen Mund auf ihren drückte. Callie blieb fast das Herz stehen, so stark empfand sie die Kraft seines Körpers, die Kraft seiner Wut. Ihre Finger packten in sein Hemd. Während er ihre Lippen mit der Zunge durchstieß, drückte er mit einer Hand gegen ihren Hintern und zwang ihren Schoß gegen seine Erektion.

Mit all ihrer verbliebenen Energie riss Callie den Kopf zurück. Ihre Haut stand in Flammen, und ihr Herz schlug wie verrückt.

»Und was jetzt?« blaffte sie ihn an und wusste, dass sie ihn damit noch mehr reizte. Es war ihr auch bewusst, dass sie unglaublich erregt war. »Willst du mir beweisen, wie sehr ich mich irre, damit ich nach Hause komme?«

»Plötzlich ist es mir völlig egal, ob du nach Hause kommst«, knurrte Logan. »Aber vielleicht willst du ja hier kommen – hier und sofort.«

Er packte sie wieder im Nacken und drückte seinen Mund auf ihren. Seine Zunge stieß bestimmend und sanft zugleich in ihren Mund, und Callie war benommen von der erotischen Potenz seiner Wut. Hitze wallte in ihr auf, ließ ihr Geschlecht anschwellen und feuerte ihren Blutdruck an. Sie packte Logans Hemd mit beiden Händen und wollte es ihm vom Leib reißen, damit sie jeden Muskel seines Körpers spüren konnte.

Callie atmete tief ein, als er sie gegen die Ladentheke stieß und die Hüften gegen ihre rieb. Callie wich mit dem Kopf aus, als er sie wieder küssen wollte. Sein Mund erwischte nur ihren Hals. Er biss behutsam in die Halsschlagader und spürte ihren schnellen Puls.

Sie zuckte zusammen, als er ihr die Bluse aufriss. Die Knöpfe platzten ab und verstreuten sich auf dem Boden wie Murmeln. Logan zerriss den Vorderverschluss ihres Büstenhalters, und im nächsten Augenblick beugte er den Kopf, und seine Lippen umschlossen ihre Nippel. Seine Zunge huschte leckend über die harten Warzen.

Callie stöhnte und spürte, wie ihr Körper nachgab. Sie reagierte auf jede Berührung seiner Zunge und seiner Hände. Seine dunklen Haare wischten federleicht über ihre Haut, ein wunderbarer Kontrast zu seinen eher groben Berührungen. Sie packte sein Hemd und zog ihn an sich.

Logan hielt sie an den Hüften fest und drehte sie herum. Er legte sie über die Theke. Callie stöhnte auf, als er wieder ihren Rock nach oben schob. Seine Hand streichelte langsam über den wunden Hintern.

»Siehst du?« Logan trieb einen Finger in die offene Spalte. »Wenn du nicht vorher schon eine Schlampe warst, dann bist du jetzt eine, was?«

Callie schloss die Augen und hielt sich am Rand der Theke fest. Die Stirn drückte gegen das kühle Glas.

Himmel, nur ein kurzes Schnellen gegen ihren Kitzler, dann würde sie in Flammen aufgehen.

Logan schob ihre Beine mit dem Knie auseinander. Callie hörte, wie er den Reißverschluss seiner Jeans öffnete. Im nächsten Augenblick stieß er in sie hinein.

»Da.« Logan spürte, wie sie
bewegte. »Ist es das, was du wi

Callie brachte nur ein lustvo
Als Logan rhythmisch zu stoßen b
Schweißtropfen auf seiner Stirn.
über sie, sein Bauch klatschte laut
und irritierte die wunden Stellen, abe
diesem Moment nicht.

»Schneller«, keuchte Callie. Sie l
Händen zwischen ihre Schenkel.

Logan schob ihre Hand beiseite und
selbst, ihre Klitoris zu reizen. Callie schri
von einer Welle wilder Vibrationen erfasst
gelöst durch seine Stöße und das wunderb
lieren des kleinen harten Lustknopfs. Die W
Orgasmus waren noch nicht abgeklungen, a
es war, der einen heiseren Schrei ausstieß, u
kam es ihm mit einer Gewalt, die Callie so heft
nie empfunden hatte, und von der sie noch
mitgerissen wurde.

Stille trat ein, in der das Ringen nach Luft deu
zu hören war. Ganz langsam richtete Logan sich
Callie war eher enttäuscht, als sie sein Gewicht ni
mehr spürte. Sie drehte sich träge um und ließ d
Rock über die Hüften fallen. Ihr Po brannte imme
noch. Sie wischte die feuchten Haare aus der Stirn und sah ihren Mann argwöhnisch an.

Ein Schweißfilm bedeckte Logans Haut, aber seine Augen wichen ihr aus. Er zog die Jeans hoch und knöpfte sie zu. Die Luft zwischen ihnen wurde zum Schneiden dick. Callie lehnte sich gegen die Theke, um Halt zu finden. Sie wusste überhaupt nicht, was sie fühlen sollte. Wieso hatte er diese gewaltige Wirkung auf sie, die sie bisher nicht empfunden hatte?

»Hat das deiner Definition von ›richtig‹ entsprochen?«, fragte er mit ungerührter Stimme.

In Callies Brust rumorte es. Aber es gelang ihr, ganz

Siebtes Kapitel

Die Luft in Savannah ist immer aufgebläht mit Hitze und Feuchtigkeit. Adam zupfte an seinem Hemd und wünschte, er hätte Shorts und T-Shirts getragen. Er nahm noch einen Schluck Eiskaffee und ließ sich auf einer Bank nieder.

Logan und Callie waren vor einer Stunde in den Laden gegangen, und bisher war niemand herausgekommen. Adam seufzte. Vielleicht hätte er nicht weggehen dürfen, um sich einen Eiskaffee zu holen. Was, wenn beide schon gegangen waren? Vielleicht kuschelten sie schon im Maison du Waterford.

Finster starrte Adam zur Ladentür. Dann fiel sein Blick auf das Fenster im ersten Stock, denn dort flammte gerade ein Licht auf. Callie trat ans Fenster. War Logan bei ihr? Adam wusste es nicht. Callie zog die Vorhänge zu und blockierte Adams Blick endgültig.

Warum nur hatte er sich den Kaffee holen müssen? Er hätte dem Durst und der schwülen Hitze nicht nachgeben dürfen. Wenigstens würde ihn niemand schelten können, denn er befand sich aus freien Stücken hier. Nachdem Logan den Privatdetektiv und ihn aus dem Haus komplimentiert hatte, wollte Adam wissen, wie die Geschichte sich weiter entwickelte. Er war zum Esoterikladen gefahren und hatte dort auf Logan gewartet. Er hatte aus sicherer Distanz den kurzen Disput an der Tür verfolgt, und seit sie in den Laden gegangen waren, wartete Adam.

Er stellte sich vor, was Logan gerade mit seiner Frau anstellte. Falls er da oben bei ihr war. Vielleicht gab sie ihm eine Fußmassage. Logan hatte doch so wunderschöne Füße.

Adam verengte die Augen und blinzelte zum

Fenster. Er vermutete, Callie würde die Vorhänge erst am Morgen wieder aufziehen. Also gut. Er würde ausharren. Für ihn war es wichtig zu wissen, ob Logan sich mit seiner Frau versöhnte oder nicht.

Adam schaute seufzend auf die Uhr. Die nächsten Stunden wich er nicht von seinem Posten. Er wurde erst wach, als jemand an seiner Schulter rüttelte. Er setzte sich auf und rieb sich den Schlaf aus den Augen. Die Dunkelheit war einem lichten Tag gewichen.

»Was … was ist passiert?«, murmelte er, völlig desorientiert.

Ein stämmiger Polizist stand vor ihm. »Hast du getrunken, mein Sohn?«

»Ja, ich hatte einen Eiskaffee.« Adam sah sich um und hielt den Becher mit dem Rest des Kaffees hoch.

»Gibt es einen Grund dafür, dass du dir hier draußen die Nacht um die Ohren schlägst?«, fragte der Polizist streng.

Adam wurde allmählich wach, und gerade noch rechtzeitig setzte sein Verstand ein. Er blickte zum Nebula Arcana.

Verdammt! Hatte er Logan verpasst?

»Es tut mir Leid, Officer. Ich warte darauf, dass der Laden da drüben öffnet.«

Der Polizist zögerte einen Moment, dann nickte er und ging weiter. »Pass auf, dass du nicht wieder einschläfst«, rief er Adam noch nach.

Adam streckte sich und fühlte seine Knochen knacken, als sie sich nach der verkrampften Lage im Schlaf wieder richteten. Er blickte auf die Uhr. In einer halben Stunde würde der Laden öffnen. Das konnte nur bedeuten, dass Logan schon gegangen war, denn er konnte nicht wollen, dass er eventuell von Kundschaft erkannt wurde.

Vielleicht, dachte Adam, sollte ich lieber zu Logans Haus fahren. Es war gut möglich, dass er jemanden zum Zuhören brauchte – ganz egal, was in der Nacht geschehen war. Und er hätte einen Vorwand, in seiner Nähe zu sein.

Er streckte sich noch mehrere Male und bemerkte dann eine Frau, die sich dem Nebula Arcana näherte. Sie trug verschlissene Jeans, einen breiten Ledergürtel und ein spitzenbesetztes Top, das den Bauchnabel frei ließ. An beiden Handgelenken trug sie Dutzende Silberreife, und es gab keinen Finger ohne silbernen Ring. Eine breite grüne Strähne leuchtete im dunklen Haar. Adam konnte sich an ihren Namen nicht erinnern, aber er erkannte sie sofort.

»Entschuldigen Sie! Hallo!« Er stolperte fast über einen langen Schnürsenkel, als er hinter ihr her lief.

Sie blieb stehen und sah ihm mit großen Augen entgegen, die sie silbern und schwarz ummalt hatte. »Ja?«

»Sind Sie ... ich meine, arbeiten Sie hier?« Er wies mit dem Kopf zum Esoterikladen.

»Ja, ich bin die Besitzerin.« Sie schaute auf die Uhr. »In einer halben Stunde öffne ich.«

»Kann ich schon mit reinkommen und mich ein wenig umsehen?«, bat Adam. Wenn Logan noch bei Callie sein sollte, würde er nicht ungesehen hinaus schlüpfen können, dachte Adam. »Ich ...eh, ich möchte mir die Kerzen ansehen.«

Die Frau musterte den zerknitterten Anzug, dann fiel der Blick aufs unrasierte Gesicht. Sie hob die Schultern. »Meinetwegen. Aber Sie können nichts kaufen, ehe ich die Kasse umgestellt habe.«

»Ja, okay, ich will mich zunächst nur umsehen.«

Wieder zuckten ihre Achseln, dann drehte sie sich um und schloss die Tür auf. Sie machte Licht, schaltete das Alarmsystem ab und wies mit dem Kopf ins Innere. »Kommen Sie.«

Adam war beeindruckt von der Fülle des Angebots. Gleichzeitig fragte er sich, was wohl Logan von den bunten Kerzen, dem Weihrauch, den chinesischen Windspielen und den indianischen Tüchern halten würde. Er sah Logans Villa vor sich und schüttelte den Kopf. Gegensätze ziehen sich an.

Grinsend beugte er sich über eine Kerze, die nach Glockenblumen duftete. Er spürte, dass die Besitzerin hinter der Ladentheke ihn nicht aus den Augen ließ.

»Suchen Sie bestimmte Kerzen?«

Adam hielt eine Kerze hoch. »Die hier ist besonders hübsch. Ich mag Glockenblumen.«

Tess stützte die Ellenbogen auf die Theke und sah ihn weiter an. Unter ihrem starrenden Blick wurde Adam ganz mulmig. Er wandte sich dünnen Wachskerzen zu, die nach Himbeeren dufteten.

»Arbeiten Sie hier in der Gegend?«

»Nein, nein.« Adam schnüffelte an einer sternförmigen Kerze. Vanille. Der Geruch erinnerte ihn daran, dass er Hunger hatte.

»Wie heißen Sie?«

»Adam.«

»Ich bin Tess.«

Adam winkte ihr zu. »Hallo, Tess.«

Sie grinste ihn an. »Hallo, Adam.«

Adam sah sie an und ging auf sie zu. »Haben Sie die Zunge gepierct?«

»Ja, natürlich.« Sie streckte die Zunge heraus, damit er die kleine Stahlkugel sehen konnte. »Gefällt es Ihnen?«

»Ja, das ist richtig cool«, sagte Adam bewundernd. Er fasste sich an die Augenbraue. »Ich war hier mal gepierct, aber mein Boss meinte, das sähe bescheuert aus, deshalb trage ich den Ring nicht mehr.«

»Wer stört sich denn an der Meinung eines Bosses?«, fragte Tess verächtlich. »Ich glaube, ein Augenbrauenring steht Ihnen bestimmt gut.«

»Ah, aber Sie kennen meinen Boss nicht«, gab Adam rasch zurück. »Er ist … eh, nun, er ist sehr gebildet. Und er hat einen exquisiten Geschmack, und dazu ist er auch noch unglaublich maskulin.« Adam schüttelte den Kopf. »Ich weiß nicht, warum er so eine Ausstrahlung hat.«

»Gebildet, exquisit und maskulin?«, fasste Tess zusammen.

Adam nickte. »Deshalb will ich nicht, dass er mich für bescheuert hält.«

Tess grinste. »Warum nicht?«

»Nun, ich arbeite für ihn. Ich will, dass er mich respektiert.«

»Es hört sich so an, als ob Sie auch noch was anderes von ihm wollen.«

Adam starrte sie einen Moment an, ehe er begriff, was sie andeuten wollte. Er errötete. »Ganz sicher nicht! Ich verehre ihn nur, das ist alles.«

Tess zuckte die Achseln. »Was immer Sie sagen, junger Mann.«

»Es ist die Wahrheit.«

»Ich sagte okay«, gab Tess zurück. Sie trommelte mit den Fingernägeln auf die Ladentheke. »Wie heißt er denn?«

Beinahe hätte er Logans Namen genannt, aber ihm fiel noch rechtzeitig ein, wo er sich befand. »Eh ... Tony Manicotti.«

Tess grinste. »Tony Manicotti? Hört sich italienisch an.«

»Ja, sehr italienisch. Er ist einer von den gut aussehenden dunkelhäutigen Südländern, wissen Sie.« Adam freundete sich mit seinen Lügen an und sponn sie weiter. »Er stammt aus Rom. Seine Familie hat Verbindungen zum Vatikan. Sie hat auch eine eigene Sammlung von Kunstwerken aus der Renaissance-Zeit. Lo ... ich meine Tony nimmt mich schon mal mit, wenn er geschäftlich oder privat in die Heimat fliegt. Er hat natürlich seinen eigenen Jet.«

»Klingt faszinierend.«

»Deshalb wollte ich ihm ein kleines Dankeschön geben.« Adam hielt die Kerze hoch. Dann wurde ihm bewusst, wie absurd eine Duftkerze als Dankeschön für eine Reise nach Rom war. Er räusperte sich verlegen. »Nun, dies und noch ein paar andere Dinge. Seife und so.«

»Adam, es hört sich wirklich so an, als schwärmten Sie für Mr. Manicotti«, sagte Tess.

Adam sah sie finster an. »Ich habe hohen Respekt vor ihm, das ist doch kein Schwärmen.« Dann musste er an Logans Füße denken. Vielleicht machte er sich selbst was vor.

»Das braucht Sie nicht zu verstimmen«, meinte Tess versöhnlich. »Es ist nichts Böses, für seinen Boss zu schwärmen. Das ist mir schon oft passiert. Womit verdient Ihr Boss sein Geld? Hat er ein Restaurant?«

»Nein, nein, er ist Kunsthändler. Besonders für die Kunst der Renaissance.«

»Wunderbar. Ich selbst bin auch Künstlerin.«

»Wirklich?«

»Ja, ich bin eine darstellende Künstlerin«, erklärte Tess. »Ich zelebriere meine Bilder. Ich gebe heute Abend die letzte Vorführung meiner Schau, die ich Farbe genannt habe. Ich male meinen nackten Körper an und übertrage die Farbe direkt vom Körper auf große Leinwände.«

Adam starrte sie schockiert an. »Wirklich? Auf einer Bühne vor Zuschauern?«

»Ja, natürlich. Das ist sehr befreiend.« Sie musterte seinen Körper von oben bis unten. »Haben Sie noch nie eine Kunstschau besucht?«

»Nein.«

»Nun, wenn Sie heute Abend zu meiner Schau kommen wollen, sind Sie herzlich eingeladen«, sagte Tess. »Danach beginne ich mit der Neugestaltung einer Schau, die den Titel Sexologie trägt.«

Adams Augen wurden groß. »Und was zeigen Sie in dieser Schau?«

Tess gluckste fröhlich. »Ich will nicht übertreiben,

Adam, aber es gibt eine Menge sexuelle Vorführungen in dieser Schau. Die meisten Szenen haben mit Unterwerfung und Dominanz zu tun.«

Adam rieb sich verlegen die Nase. »Werden Sie auch in der Schau sein?«

»Natürlich. Bei früheren Vorführungen habe ich auch schon mal einen Zuschauer auf die Bühne geholt, aber ich habe keinem den Sexakt mit mir gestattet.«

»Was haben die aktiven Zuschauer denn auf der Bühne getan?«, wollte Adam unbedingt wissen.

»Alles, wonach ihnen zumute war. Peitschen und Prügeln zum Beispiel. Der Haken ist, dass ich mich immer revanchiere. Das heißt, wenn einer bei mir die Peitsche benutzt, benutze ich sie bei ihm auch.«

Adam stieß geräuschvoll die Luft aus, die er unwillkürlich angehalten hatte. Er schüttelte ungläubig den Kopf, als er sich vorstellte, wie Tess ausgepeitscht wurde. Der Gedanke ließ ihn hart werden. »Das ist unglaublich«, murmelte er.

»Haben Sie solche Dinge denn noch nie gesehen?«

»Nein, aber ich habe davon gehört.«

»Es überrascht mich, dass Mr. Manicotti nie versucht war, Ihnen zehn Schläge auf den Hintern zu verabreichen, wenn Sie mal nicht so gespurt haben, wie er wollte.«

Adam sah plötzlich ein Bild von Logan vor sich, ganz in Leder gekleidet, wie er eine Peitsche schwang. Ein wohliger Schauer aus Furcht und Erregung lief ihm über den Rücken. Seine Erektion zuckte.

»Ich würde Ihre Schau gern sehen«, brachte er heraus.

»Großartig.« Tess schrieb eine Adresse auf die Rückseite ihrer Geschäftskarte. »Heute Abend um acht. Übrigens – ich suche noch einige Leute, die bei meiner neuen Schau dabei sind. Haben Sie Interesse?«

»Sie meinen als Darsteller?«

»Ja. In einer Szene geht es um ein Piercing. Wir

könnten Sie auf der Bühne an irgendeiner Stelle Ihres Körpers piercen.«

»Oh, nein, das traue ich mir nicht zu.«

Tess hob die Schultern. »Egal. Denken Sie darüber nach.«

»Okay.« Adam hielt immer noch die Kerze in der Hand. Er blickte in Richtung Hinterzimmer. »Arbeiten Sie allein hier?«

»Nein, ich habe noch eine Angestellte.«

»Arbeitet sie heute nicht?«

»Sie wird bestimmt bald kommen.«

Adam nickte und griff zu seiner Geldbörse. Entweder kuschelten Logan und Callie noch im Bett, oder Logan war längst gegangen.

Tess drückte die Hand mit der Kerze zurück an seine Brust. »Ein Geschenk des Hauses«, sagte sie. »Aber vergessen Sie die Vorführung nicht. Punkt acht Uhr. Und kommen Sie später zu mir hinter die Bühne.«

Adam nickte. »Ich werde da sein.« Er wollte noch etwas sagen, aber dann schüttelte er den Kopf und ging zur Tür. »Danke, Tess. Ich bin froh, Sie kennen gelernt zu haben.«

»Ich auch, Adam. Grüßen Sie Tony Manicotti.«

Adam errötete wieder und schlich hinaus, die Kerze krampfhaft in den Fingern. Er hatte zwar Logan aus den Augen verloren, dafür aber Freundschaft mit einer Frau geschlossen, die ziemlich banana war. Attraktiv, aber banana.

Tess sah dem seltsamen Vogel nach und kicherte vor sich hin. Tony Manicotti! Wenn Adam nicht für Logan arbeitete, würde sie ihre Lederklamotten gegen durchgeknöpfte Blümchenkleider tauschen. Rom und Verbindung zum Vatikan – oh, an Phantasie mangelte es dem Jungen wahrhaftig nicht.

Er war ein lieber Kerl. Blonde Haare, klare blaue Augen, die so schön unschuldig blicken konnten. Sie hoffte, dass er heute Abend da war. Und sie hoffte, er würde doch noch zustimmen, bei Sexologie mitzumachen. Einen Typen wie ihn konnte sie gut gebrauchen.

»Tut mir Leid, dass ich so spät dran bin.«

Tess blickte auf, als Callie die Treppe hinunter kam. Sie sah erschöpft aus, und unter ihren Augen hatten sich dunkle Ringe gebildet. Sie hielt eine große Kaffeetasse in der Hand. Callie sah so aus, als hätte sie sich nicht einmal die Mühe gemacht, mit einer Bürste durchs Haar zu gehen.

»Ich fühle mich noch schlimmer, als ich aussehe«, murmelte Callie und ließ sich auf den Stuhl neben der Theke sinken.

Tess legte eine Hand auf Callies Stirn, die sich glatt und kühl anfühlte. »Was ist denn los? Geht es dir nicht gut?«

»Ich habe die ganze Nacht nicht geschlafen.« Callie legte den Kopf in den Nacken und schloss die Augen.

»Aber du hast keine erhöhte Temperatur.«

»Nein, das ist es nicht. Es ist Logan. Er hat gestern Abend auf mich gewartet.«

»Hier?« Ihr gefiel die ganze Situation mit Logan nicht, aber dass er nun wusste, wo Callie sich aufhielt, bereitete Tess Unbehagen.

Callie schlug die Augen auf. »Oh, Tess, entschuldige. Deine Vorführung hat mir wirklich gut gefallen.«

»Danke, aber deine Probleme sind jetzt wichtiger. Logan war also hier?«

Callie nickte. »Er hat draußen auf mich gewartet. Wahrscheinlich hat er jemanden beauftragt, mich zu suchen.«

»War Eldrich bei dir?«

»Ja, aber er hat sich gleich verdrückt, als ich ihm

sagte, dass Logan vor der Tür steht«, antwortete Callie und fügte seufzend hinzu: »Ich kann es ihm nicht verübeln. Ich hatte auch keine Lust auf die Konfrontation.«

»Was ist passiert?« Ihr gingen alle möglichen Bilder durch den Kopf. Sie fand Logan attraktiv, aber er hatte auch die Figur eines Mannes, der mühelos Gewalt ausüben konnte. »Hat er dich verletzt?«

»Nein. Wir hatten einen Riesenkrach, und dann hatten wir Sex.«

Tess hob die Augenbrauen. »War's gut?«

»Oh, ja, richtig gut.« Callie trank einen Schluck Kaffee. »Das ist ja das Schlimme.«

Tess' Lider flatterten. »Guter Sex ist schlimm?«

»Nein, nein. Ich meine, ich bin dadurch noch verwirrter geworden. Ich weiß, es ist nur geschehen, weil er sich geärgert hat. Aber ehrlich, Tess, ich wusste nicht einmal, dass er zu so etwas fähig ist.«

In Tess' Mundwinkeln zuckte es. »Was ist denn ›so etwas‹, Callie?«

»Weißt du … er war so animalisch«, sagte sie mit leiser Stimme.

Tess grinste und schüttelte sich wohlig. »Hört sich verdammt gut an.«

»Es war besser als gut. Es war unglaublich. So habe ich Logan noch nie erlebt. Nie.«

Tess hätte gern gewusst, was geschehen war. Sie nahm an, dass mehr dahinter steckte als ›unglaublich guter Sex‹, besonders, weil Callie immer noch verzückt schien.

»Heißt das, du gehst zu ihm zurück?«

»Nein, das heißt es gewiss nicht.« Callie stöhnte und schüttelte entschieden den Kopf. »Er begreift ja immer noch nicht, warum ich ihn verlassen habe.«

Tess schüttelte den Kopf. »Und warum lässt du dich von ihm flachlegen, wenn du nicht zu ihm zurück willst?«

Wieder stöhnte Callie. »Das weiß ich nicht. Es war ein Riesenfehler. Ich weiß nicht, was in mich gefahren ist. Er hat mich im falschen Moment erwischt.«

Tess grinste. »Sag mal, kennst du einen Burschen namens Adam, der für Logan arbeitet?«

»Adam? Ja, ich glaube schon. Warum?«

»Reine Neugier.« Tess strich liebevoll über Callies Haare. »Vielleicht war deine Nummer mit Logan gar nicht so schlecht. Dadurch wirst du ihn leichter abhaken können.«

»Das glaube ich nicht. Es war, als wäre mir ein Serum direkt in die Blutbahn injiziert worden«, antwortete Callie. »Ich musste die ganze Nacht daran denken. Und natürlich habe ich mich auch gefragt, ob es ein Fehler war, ihn zu verlassen, obwohl ich genau weiß, dass es kein Fehler war.«

Tess kommentierte das nicht; sie konnte deutlich sehen, dass Callie unter der Situation litt. Plötzlich empfand sie eine heiße Wut auf Logan. Was für ein Bastard war er, dass er ihre Freundin so leiden ließ?

»Was geschah danach?«, fragte sie.

»Er ist gegangen. Natürlich wollte er mich überreden, mit ihm zu gehen. Das hatte ja auch den ganzen Streit ausgelöst.« Callie atmete tief durch und sah Tess an. »Okay, bring mich zu deiner Mimbo.«

»Mambo«, verbesserte Tess. »Willst du wirklich?«

Callie nickte schwach. »Ja. Ich schaffe es nicht, mich allein von Logan zu trennen. Ich könnte ein bisschen Hilfe gebrauchen.«

»Callie, das ist großartig. Abiona wird dir bestimmt helfen, das verspreche ich dir. Ich werde sie sofort anrufen.« Sie lief hinter die Theke und blätterte in ihrem Adressbuch. »Weißt du, die Situation mit Logan wird allmählich gefährlich. Ich vereinbare für morgen einen Termin.«

»Wirst du nicht nach deiner Vorführung heute Abend zu müde sein?«

»Nein, natürlich nicht.« Sie wählte die Nummer. »Pemba, hier spricht Tess Zimmerman.«

»Tess, Kind, wie geht es dir?« Die tiefe kehlige Stimme war von einem haitianischen Akzent durchdrungen.

»Mir geht es gut, aber eine Freundin von mir hat Kummer mit ihrem Ehemann, den sie verlassen hat«, erläuterte Tess. »Sie heißt Callie Waterford. Kann sie morgen kommen, um mit dir und Abiona zu sprechen?«

»Ja, natürlich. So gegen Mittag?«

»Können wir abends kommen? Morgen müssen wir beide arbeiten.«

»Gegen acht?«

»Wunderbar. Danke, Pemba.« Tess legte auf und lächelte Callie an. »Morgen Abend um acht. Du wirst es nicht bereuen, Callie.«

Callie trank den Rest des Kaffees und stand auf. »Das hoffe ich. Und ich will keine Autounfälle und nichts, was Logan Schaden zufügt.«

»Keine Sorge. Vielleicht reicht schon ein Hautausschlag.«

»Auch keinen Hautausschlag. Ich will nicht, dass Logan leiden muss.«

Tess war enttäuscht. »Nicht einmal eine kleine Warze?«

»Nein. Ich will, dass er aus meinem Leben verschwindet. Er soll so leben, wie er will, ohne Einschränkung, aber auch ohne mich.« Callie sah Tess streng an. »Das ist mein Ernst. Keine Warzen, keine Hautflecken, okay?«

»Schon gut, schon gut. Du erzählst es Abiona, und sie wird wissen, was richtig ist.« Tess schob Callie in Richtung Hinterzimmer. »Jetzt geh und lege dich wieder hin, sonst fällst du mir noch um.«

»Aber an Samstagen ist immer so viel Betrieb. Du wirst kaum noch aus den Augen sehen können.«

»Wenn es zu schlimm wird, wecke ich dich. Jetzt geh und verdaue deinen animalischen Koitus.«

Callie schien zu müde, um dagegen argumentieren zu können; sie ging langsam die Treppe hoch. Tess hatte in den nächsten Stunden alle Hände voll zu tun. Kurz nach Mittag kam Callie wieder in den Laden, ein wenig frischer und wacher als vorher. »He, Tess …«

»Ja?«

»Wie bist du auf Adam gekommen?«

Tess sah die Freundin überrascht an. »Adam?«

»Du hast mich gefragt, ob ein Mann namens Adam für Logan arbeitet. Woher weißt du das?«

Tess dachte kurz nach, dann schenkte sie Callie reinen Wein ein. »Er war heute Morgen hier. Er hat mir nicht gleich gesagt, dass er für Logan arbeitet, aber es war nicht schwer, das zu erahnen.«

»Verdammt«, murmelte Callie. »Dann hat er mich für Logan ausspioniert.«

»Wenn du willst, kann ich das erfahren«, meinte Tess.

»Wieso?«

»Er hat mir versprochen, sich heute Abend meine Vorführung anzusehen«, erklärte Tess. »Ich habe vor, ihn anschließend zu mir nach Hause einzuladen, und ich schätze, dass er dann einiges ausplaudern wird.«

»Nun ja«, sagte Callie deprimiert, »ob er es war oder ein anderer, spielte auch keine Rolle mehr.«

»Es könnte dir Munition gegen Logan geben«, entgegnete Tess. »Er glaubt, er kann dich kontrollieren und Leute einsetzen, die dich aufspüren. Aber wenn du mehr über seine weiteren Pläne erfährst, kannst du vorbeugen.«

»Stimmt, ja«, räumte Callie ein. »Aber foltere den armen Kerl nicht.«

»Ich könnte ihm gar nicht wehtun. Kennst du ihn? Er ist wie eine Löwenzahnblume.«

»Du meinst, du willst ihn pflücken und abblasen?«, fragte Callie grinsend.

Tess lachte. »Ja, so ungefähr.«

Am Nachmittag überließ sie Callie den Laden, während sie nach Hause ging, um sich auf die letzte Vorführung vorzubereiten. Überrascht stellte sie fest, wie sehr sie hoffte, Adam zu treffen. Sie hatte schon eine Reihe von Männern gehabt, aber sie war keine jener Frauen, die am anderen Tag mit Herzklopfen auf den Anruf warten. Ihrer Erfahrung nach war Sex eine großartige Sache, wenn er nicht mit Emotionen beladen war. Sie fragte sich, ob Adam das auch so sah.

Als sie ins Theater kam, blinzelte sie durch den Vorhangspalt in den Zuschauerraum. Der Saal war nur zur Hälfte gefüllt, aber Adam war früh gekommen und hatte einen Platz in der ersten Reihe. Tess grinste. Er trug einen gebügelten Anzug und eine neue Krawatte, und er blickte sich nach allen Seiten um, als wähnte er sich in einem neuen Universum. Was für ein liebenswürdiger Junge er doch war.

»Noch fünf Minuten, Tess«, raunte der Bühnenchef.

Tess schlang das durchsichtige Gewebe ihres Umhangs um ihren nackten Körper und nahm in der Bühnenmitte ihre Position ein, flankiert von ihren Assistenten. Die Lichter gingen an, der Vorhang hob sich. Die Assistenten zogen den Umhang von ihrem Körper, und Tess wirbelte und wand sich im Takt der Panflötenmusik. Sie liebte es, nackt vor Zuschauern zu tanzen, wenn sie jeden Blick auf ihren Körper gerichtet wusste. Es hatte was Verletzliches und Befreiendes zugleich. Und dann die Farbe! Wenn die Farbe auf ihre nackte Haut aufgetragen wurde, wenn sie die Farbe vom Körper auf die Leinwände übertrug, wenn sie dabei die Nippel stimulierte … nach jeder Vorführung fühlte sie sich hochgradig erregt.

Sie tanzte und malte über eineinhalb Stunden lang, dann verbeugte sie sich vor ihrem Publikum und nahm strahlend den Applaus entgegen. Wegen des blendenden Lichts konnte sie nur die Zuschauer in der ersten Reihe erkennen. Adam beobachtete sie mit weit aufgerissenen Augen und klatschte lauter und länger als alle anderen. Er stand sogar auf und klatschte weiter. Tess lächelte und blinzelte ihm zu, bevor sie in ihre Garderobe ging und duschte.

»Tess?« Es klopfte an ihre Tür.

»Ja, komm herein.« Sie warf sich einen Mantel über und rieb sich die Haare trocken.

Einer der Assistenten steckte den Kopf durch die Tür. »Hier ist ein junger Mann, der zu dir möchte. Er sagt, du hättest ihn hinter die Bühne eingeladen. Er heißt Adam.«

»Ja, klar, er kann reinkommen.«

Adam blieb in der Tür stehen und klammerte sich ans Programmheft. »Puh, Tess, das war verdammt gut.«

»Danke, Adam«, antwortete sie lächelnd. »Ich bin froh, dass es Ihnen gefallen hat.«

Er wies mit dem Kopf zur Bühne. »Ich habe gerade eines der Bilder gekauft. Das blaue.«

Tess war entzückt, als sie das hörte. »Das ist aber lieb von Ihnen. Danke.«

Er grinste. »Ich dachte, es passte gut zu der blauen Kerze mit dem Duft von Glockenblumen.«

Tess gluckste. Sie wollte ihn in die Arme nehmen, aber statt dessen hielt sie eine Flasche Champagner hoch. »Möchten Sie einen Schluck? Das Theater hat die Flasche zur Feier des Abends spendiert.«

»Ja. Gern.«

»Setzen Sie sich.« Tess wies auf die Couch und öffnete die Folie am Flaschenhals. Sie drückte den Korken heraus und füllte zwei Gläser, dann schloss sie die Tür ab und setzte sich neben Adam. »Haben Sie schon darüber nachgedacht, ob Sie bei Sexologie dabei sind?«

Adam nippte am Champagner und rieb sich die Nase. »Eh … ich weiß es nicht.«

»Sie müssten nichts tun, was Sie nicht tun wollen«, versicherte Tess. Sie berührte ein paar blonde Strähnen und rieb sie zwischen den Fingern. Adam errötete. Himmel, war er süß. Am liebsten wäre sie über ihn hergefallen.

»Ich d … denke d … darüber nach«, stammelte Adam. Er starrte sie mit einem Ausdruck von Faszination und Argwohn in den blauen Augen an. »Sie waren wirklich bezaubernd heute Abend.«

»Ich bin high, wenn ich auf der Bühne stehe«, gestand Tess. »Wenn ich nackt bin und die Musik mein Blut berauscht. Und all die Farbe fühlt sich so sexy an.«

»Da ist noch ein kleiner Fleck.« Adam wies auf Tess' Hals.

Tess fuhr mit den Fingerspitzen über ihren Hals und rieb die rote Farbe ab. »Das ist der Nachteil«, sagte sie lächelnd, »beim Duschen bleibt immer wieder ein kleiner Rest kleben.«

Sie sahen sich einen Moment lang an. Tess streichelte versonnen über Adams Haare. Sie wollte ihn nicht vertreiben, er schien scheu wie ein Kätzchen. Sein Adamsapfel hüpfte aufgeregt auf und ab.

»Was … eh, was soll ich denn in der Sexologie-Schau machen?«, fragte er nach einer Weile, dann fügte er rasch hinzu: »Mal angenommen, ich wäre dabei.«

»Ja, natürlich. Was immer Sie wollen, Adam. Wenn Ihnen das Piercen nicht gefällt, können wir uns etwas anderes einfallen lassen. Stockhiebe? Peitschen? Irgendwas in dieser Richtung?«

Tiefe Röte stieg in sein Gesicht. »Ich weiß nicht.«

»Wenn Sie so etwas noch nie erlebt haben, können wir es ja proben.« Tess war so fasziniert von der Scheu des jungen Mannes, dass sie ein Zucken in ihrem Bauch spürte. Ihre Pussy wurde feucht. Sie rutschte ein wenig näher an Adam heran. »Ich werde Ihnen nicht wehtun, das verspreche ich.«

Er schluckte und zerrte an seinem Krawattenknoten, als drohte er zu ersticken. »Ich weiß.«

Tess sah ihn stirnrunzelnd an. »Sind Sie vielleicht noch Jungfrau, Adam?«

»Oh, nein«, versicherte er hastig. »Ich bin schon ... mit einer Frau zusammen gewesen.«

»Mit einer Frau? Auch schon mit einem Mann?«

»Ja, auch mit einem Mann. Aber natürlich nicht gleichzeitig.«

»Natürlich«, murmelte Tess. Sie griff an seinen Krawattenknoten und zog ihn weiter auf, wobei sie auf sein Gesicht achtete. Er schien so nervös zu sein, dass sie damit rechnen musste, er würde jeden Moment aufspringen und aus dem kleinen Zimmer rennen. Langsam öffnete sie den Knoten und nahm ihm die Krawatte ab, dann streifte sie ihm das Jackett von den Schultern.

Adam wehrte sich nicht. Sein Atem kam stoßweise, als Tess begann, die Hemdenknöpfe zu öffnen. Sie konnte es nicht erwarten, seine nackte Haut zu berühren.

Sie lächelte ihn an, während sie sich auf die Couch kniete und sein Hemd auszog. Er hatte einen schönen Brustkorb, blass und mit einer hellen Matte blonder Haare bedeckt. Die kleinen Warzen hatten sich keck aufgerichtet.

Adam zuckte leicht, als Tess mit einer Hand über seinen Brustkorb strich. Sie beugte sich vor und nahm sein Ohrläppchen zwischen die Zähne. Er roch nach Seife und Rasierwasser. In ihrer Pussy begann es zu pochen.

»Ah, Adam«, raunte sie, »ich finde dich ungeheuer attraktiv.«

Ihre Hand glitt hinunter zu seinem steifen Penis. Sie drückte ihn sanft durch den Hosenstoff und lächelte, als er scharf die Luft einsog.

»War der Mann eigentlich dein Chef Tony Manicotti?«, fragte Tess. Sie öffnete seine Hose und schob sie über seine Hüften.

»Welcher Mann?«

»Der, mit dem du geschlafen hast.«

»Oh! Nein, nein. Das war ein Junge, mit dem ich auf dem College war.«

Adam starrte hinunter und sah, wie Tess seinen Penis in den Mund nahm. Unwillkürlich stießen seine Hüften vor und zurück.

Tess glitt mit den Lippen an seinem Schaft entlang. Er war schon voll erigiert. Als sie mit einer Hand unter den Hodensack griff und ihn leicht drückte, drangen kleine Stöhnlaute aus Adams Kehle. Sie hob den Kopf und schaute ihn an. Er bot einen allerliebsten Anblick, wie er den Kopf an die Wand gelehnt hatte, die Augen nur halb geschlossen, weil er sehen wollte, wie sie seinen Schaft saugte. Sie speichelte ihn mit der Zunge ein und drückte einen feuchten Kuss auf die pralle Spitze, bevor sie sich zurückzog.

Tess setzte sich auf und streifte ihren leichten Mantel ab. Adam starrte sie einen Moment an, dann hob er zögernd eine Hand und berührte eine Brust. Seine Unschuld erregte sie wie kaum etwas zuvor. Sie ließ Adam mit ihren Brüsten spielen. Er zog an ihren Nippeln und starrte sie an, als hätte er solche wundersamen Dinge noch nie gesehen.

Tess griff in die Schublade eines kleinen Beistelltischs und nahm zwei Paar Ledermanschetten heraus. Sie erhob sich von der Couch.

»Lege dich hin«, wies sie ihn an.

»Aber ich will …«

»Lege dich hin«, sagte sie wieder, diesmal strenger.

Adam starrte sie wieder an, dann streckte er sich auf der Couch aus. Sein Penis zuckte ungeduldig. Tess bewunderte die hagere blasse Gestalt, dann setzte sie sich rittlings auf ihn, legte ihm die Ledermanschetten um die Handgelenke und befestigte die Fesseln geschickt an zwei Tischbeinen. Adams Augen waren vor Erregung und Beklommenheit weit aufgerissen.

Tess lächelte und wiegte sich genüsslich auf ihm. Seine hellen Härchen reizten ihre Labien. Sie beugte sich über ihn und küsste ihn, wobei ihre Zunge über seine geöffneten Lippen strich. Ah, er schmeckte nach Champagner und süßer Unschuld.

»Nun sage mir«, murmelte sie, »ob es wirklich einen Tony Manicotti gibt.«

»Eh … Tony?« Adam errötete.

»Du hast mich belogen, nicht wahr?«, fragte Tess und blickte ihn tadelnd an. Sie küsste seinen Hals und legte eine feuchte Spur bis zu seinen kleinen Nippeln, an denen sie langsam saugte. Adam stöhnte leise.

»Nein, ich …«

Tess biss hart auf einen Nippel. Adam schrie auf und ruckte seinen Körper hoch. Aber die Ledermanschetten ließen keine heftigen Bewegungen zu.

»He, das hat wehgetan!«

Tess sah ihn aus verengten Augen an. »Das sollte es auch. Ich mag es nicht, wenn ich angelogen werde.«

»Okay, es … es gibt keinen Tony Manicotti.«

Tess stieg von ihm ab und ging zu ihrer Frisierkommode. Sie holte eine kurze Rute aus einer Schublade und ging zu Adam zurück. Er riss den Mund weit auf, als sie mit der Rute über seine Nippel strich.

»Willst du … autsch!«

Tess schlug ihn mit der Rute leicht auf den Bauch. »Das soll dir eine kleine Warnung sein, dass ich nicht wieder angelogen sein will.«

Sie verabreichte ihm mehrere Rutenstreiche kreuz und quer über Brustkorb und Bauch. Sie achtete darauf, dass sie nicht zu hart zuschlug, aber Adam schrie trotzdem bei jeder Berührung mit der Rute auf. Sein Penis hüpfte zitternd hin und her, als Tess auf seine Lenden zielte. Die Haut färbte sich hellrot. Sie würde die roten Stellen nachher mit der Zunge laben.

»Au! Au! Au!« Schweiß bildete sich auf Adams Stirn, und seine Hüften sprangen hoch wie Popcorn im heißen Öl.

Tess legte die Rute beiseite und beugte sich über ihn. Mit der Zunge leckte sie über die leichten Striemen. Ein Wimmern entrang sich Adams Kehle, als Tess über Bauch und Lenden leckte, um die heiße Haut zu kühlen. Sie liebte das Gefühl der heißen Haut unter der Zunge und wusste, dass sie die Macht hatte, den Schmerz zu lindern, den sie verursacht hatte.

Sie hob den Kopf, warf ihre Haare in den Nacken und schaute ihn an. Sein Gesicht wies rote Flecken auf, und die Brust hob und senkte sich heftig.

»Begriffen?«, fragte Tess.

Adam schluckte und nickte.

»Du arbeitest für Logan Waterford, nicht wahr? Callies Mann.«

Er starrte sie mit weit aufgerissenem Mund an. »Wo ...woher weißt du ...?«

Tess grinste amüsiert. »Da Callie bei mir arbeitet, lag das auf der Hand, oder? Hat Waterford dich angeheuert, seine Frau zu finden?«

»Nein ... Ich ... er ... hat einen Privatdetektiv beauftragt. Ich ... ich sollte ihm nur helfen.«

Sie lehnte sich weit über ihn, hielt seinen Kopf mit beiden Händen fest und sah ihm in die Augen. »Also, Adam«, murmelte sie, »dann ist Logan der gebildete, exquisite, maskuline Boss, für den du so schwärmst?«

Adam schloss die Augen. Schweiß tropfte von seinen Schläfen. »Es ist nur ... ich meine, er ist ...«

»Was möchtest du mit ihm tun?«, flüsterte Tess.

Adam riss die Augen auf. »Mit ihm tun?«

»Willst du ihn lutschen?« Tess öffnete die vollen Lippen ein wenig. »Er hat bestimmt einen dicken, langen Schaft. Soll er's dir damit besorgen?«

Er schüttelte den Kopf und brachte keinen Ton heraus.

»Also, ich würde ihn gern tief in meiner Pussy fühlen«, gestand Tess. Sie beugte sich wieder vor, bis ihre Brüste über seinem Mund hingen.

»Saug an ihnen«, flüsterte sie.

Adam starrte auf die steifen Warzen, bevor er sie abwechselnd in den Mund nahm und tief einsaugte. Kleine Lustschauer liefen durchs Tess' Körper. Adam saugte mit wahrer Begeisterung, und Tess ließ ihm viel Zeit. Sie spürte, wie sein Schaft ungeduldig zuckte.

Sie hockte sich über ihn und ließ sich langsam auf den bebenden Schaft sinken. Mühelos glitt er in ihre nasse Scheide. Er füllte sie köstlich aus. Adam stöhnte und bäumte seinen Schoß auf, um noch tiefer in sie einzudringen. Lächelnd ritt Tess ihn und legte an Tempo zu.

Es kam ihm nach wenigen Minuten. Sein Körper ruckte auf und ab, er wälzte sich hin und her, und der Penis pumpte tief in sie hinein.

Tess langte mit einer Hand zwischen ihre Körper und rieb ihre Klitoris, womit sie sich selbst zum Orgasmus brachte, noch ehe Adam schlaff geworden war. Sie warf den Kopf in den Nacken und genoss die ungehemmten Sensationen, die durch ihren Körper flossen.

Sie öffnete die Augen und sah Adam an, der immer noch nach Luft rang. Sie gab ihm einen sanften Kuss auf die Stirn.

»Du lieber Junge«, hauchte sie. »Ich kann dir noch so viel beibringen.«

Achtes Kapitel

Logan schob den Papierberg von sich weg und stand auf. Er hatte starke Kopfschmerzen. Er sollte zu einem Brunch gehen, zu dem einer seiner Partner eingeladen hatte, aber er musste absagen. Er hatte nicht nur keine Lust, er war es auch leid, ausweichende Antworten zu Fragen über Callies Verbleib zu geben. Er vermutete, dass einige Leute ihn schon im Verdacht hatten, an Callies Verschwinden in der einen oder anderen hässlichen Form beteiligt zu sein.

Er warf sich zwei Aspirin ein, ging in die Küche und schenkte sich einen Kaffee ein. Was für ein Durcheinander in seinem Leben. Was war eigentlich Callies Problem?

Er hatte sie noch nie so erregt erlebt wie am Freitagabend, noch nie so hemmungslos. Er wusste nicht einmal, wie das alles hatte geschehen können. Er verzog das Gesicht, als er spürte, wie sich die Hose spannte. Ja, als er sich vorgestellt hatte, wie sie mit einem anderen Mann im Bett war, da hatte er rot gesehen. Jetzt sah er sie wieder vor sich stehen, wie ihre Augen funkelten, und ihre Brüste hoben und senkten sich dramatisch, während sie ihn beschimpfte und in die Hölle wünschte.

Logan fuhr sich mit einer Hand durch die Haare und seufzte.

Er hatte nicht gewusst, dass Callie das Potenzial in sich hatte, völlig die Kontrolle zu verlieren. Und noch weniger hatte er gewusst, dass auch er dieses Potenzial besaß. Himmel, er hatte sie sogar gezüchtigt. Und dann wie ein Tier genommen. Ekel vor sich selbst stieg in ihm hoch. Er hatte zu viele Jahre gebraucht, um dieses Stadium der Selbstbeherrschung zu erlangen, um sie jetzt zu verlieren.

Aber es war ein feines Erlebnis gewesen, räumte er ein. Verdammt gut.

In seinem Arbeitszimmer schlug das Telefon an. Logan ging aus der Küche und hob nach dem vierten Klingeln ab.

»Logan Waterford.«

Es dauerte ein paar Sekunden, ehe eine Frauenstimme sagte: »Hört, hört! Ich wusste, dass ich dich eines Tages aufspüren würde.«

Angst griff nach ihm, als würden tausend eisige Finger seinen Hals würgen. Er setzte sich und redete sich ein, dass er jetzt am längeren Hebel saß.

»Elenore.«

»Oh, ich bin überrascht, dass du dich an mich erinnerst.«

»Wie könnte ich dich vergessen?«, murmelte Logan. Das Bild einer großen, schlanken Frau mit pechschwarzen Haaren tauchte wie ein Geist vor seinem Auge auf.

»Hast du meinen Brief erhalten?«, fragte Elenore Lawrence. »Ich habe ihn an die Kanzlei geschickt. Ich gratuliere übrigens. Ich habe gehört, dass du einer der besten Anwälte des ganzen Staates bist.«

»Ich habe deinen Brief erhalten«, antwortete Logan. »Wie du dir denken kannst, habe ich deine Bitte um Kontaktaufnahme ignoriert.«

»Und wie du dir denken kannst, gebe ich nicht so schnell auf.«

»Was willst du?«

»Ich will mit dir reden. Ich möchte dir ein Geschäft vorschlagen.«

»Kein Interesse.«

»Du hast meinen Vorschlag ja noch gar nicht gehört.«

»Ist mir egal. Ich bin nicht interessiert.«

Elenore schwieg einen Augenblick. »Du bist im Laufe der Jahre unzugänglicher geworden, Logan.«

»Nein, nur klüger.«

»Wirklich? Aber ich bin auch klüger geworden.«

»Gibt es sonst noch etwas?«, fragte Logan schroff. »Ich habe noch eine Menge Arbeit zu erledigen.«

»Ab kommenden Mittwoch werde ich für ein paar Wochen in Savannah sein«, fuhr Elenore fort, als hätte es Logans unfreundliche Replik nicht gegeben. »Ich bin dabei, einen Flussdampfer aus dem neunzehnten Jahrhundert neu einzurichten. Es soll ein schwimmendes Hotel und Casino werden.«

»Gut für dich.«

»Himmel, Logan, sei nicht so verdammt kurz angebunden. Wir sind alte Freunde, erinnerst du dich nicht? Du könntest wenigstens ein bisschen Interesse zeigen.«

»Ich bin nicht interessiert, Elenore.«

»Es wäre eine gute Investition für dich.«

Logan wusste alles über Elenore und Gerald Lawrences ›Investitionen‹. Zum größten Teil verwendeten sie Schwarzgeld zur Geldwäsche. Er hatte nicht die geringste Absicht, sich auf solche Geschäfte einzulassen.

»Ich habe kein Interesse, bei deinen Unternehmen dabei zu sein, und ich will auch keinen weiteren Kontakt mit dir. Rufe nicht wieder an.« Er wollte gerade auflegen, als er wieder ihre Stimme hörte.

»Ich würde das nicht so rasch abtun, Logan.«

»Was soll das heißen?«

»Übrigens, arbeitest du immer noch nebenbei, oder hast du dich ganz deiner Kanzlei verschrieben?«

Logans Blut gefror. Sie deutete ein Thema an, das ihm nicht gefallen konnte. »Ich bin Anwalt.«

»Ja, natürlich. Nun, eigentlich wollte ich nur wissen, ob man dich engagieren kann?«

»Du nicht.«

»Nun, vielleicht können wir einen Termin vereinbaren, bei dem wir das näher erörtern können.«

Logan ahnte, dass Elenore keine Ruhe geben würde, bis er sich zu einem Treffen bereit erklärte. Der Gedanke verursachte ihm Übelkeit, aber den Lawrences war alles zuzutrauen. Auch Erpressung.

»Logan ich mag es nicht, wenn man mich ignoriert«, sagte sie drohend. »Ich dachte, du wüsstest das.«

Logan rieb seinen Nacken und schloss die Augen. Wieso hatte sich in diesen Tagen alles gegen ihn verschworen? Noch vor ein paar Wochen war seine Welt heil gewesen.

»Okay, ein Treffen«, sagte er. »Aber ich sage dir sofort, dass ich dir keinen einzigen Penny anvertrauen werde.«

»Ich möchte nur, dass du dir meinen Plan anhörst«, antwortete Elenore. »Das wirst du doch nicht bereuen, oder?«

»Ich bereue schon, überhaupt den Hörer in die Hand genommen zu haben.«

Elenore gluckste. »Du hast eine Stinklaune, was? Ich habe am Mittwoch ein paar Vormittagstermine, also können wir uns am Nachmittag sehen. Gegen drei? Wir haben das Haus vor ein paar Jahren verkauft. Ich wohne in unserem Penthouse.«

»Einverstanden, Elenore.« Er legte auf, bevor sie noch etwas sagen konnte.

Er blieb noch eine Weile sitzen, ein Gefühl des Ekels im Mund und viele unangenehme Erinnerungen im Kopf. Vor fünfzehn Jahren war er so verzweifelt bemüht gewesen, sich von den Lawrences zu befreien, dass er sogar erwogen hatte, es mit schwarzer Magie zu versuchen. Aber dann hatte er den Gedanken als kindisch verworfen. Tief in seinem Innern hatte er gewusst, dass er die Lawrences nicht aus seinem Leben verbannen konnte.

Seine Gedanken kehrten zu Callie zurück. Er wollte nicht, dass sie etwas von Elenore Lawrence erfuhr. Plötzlich hatte er das Gefühl, als hätte er sich all die

Jahre eine Sandburg gebaut, die nun vom Wasser aufgefressen wurde. Und mit ihr alles, wofür er gearbeitet hatte.

Callie blickte auf die zerkratzte Haustür, zu der ein paar Betonstufen führten. Ein verblichenes Holzschild hing windschief an einer Kette. Tess packte Callies Arm und schob sie die Treppe hinauf.

»Komm schon, Callie, es ist alles in Ordnung.«

»Tess, ich war nicht bei klarem Verstand, als ich zu diesem Termin bereit war.« Wenn sie ehrlich war, hatte sie nach der Begegnung mit Logan ihre Sinne auch jetzt noch nicht beisammen.

Tess seufzte und schüttelte den Kopf. »Callie, ich weiß, dass du nicht aufhören kannst, an Logan zu denken. Wenn du dich weiter von ihm quälen lassen willst, können wir umkehren und nach Hause gehen. Aber wenn du ihn aus deinem Leben haben willst, dann kann Abiona dir helfen. Wenn du mich fragst, ist Logan ein Bastard, der mit einem Fluch belegt werden sollte, aber solche Sachen macht Abiona nicht.«

»Opfert sie vielleicht eine Ziege oder so was?«

»Nein, solche Dinge finden nur bei Gruppenfeiern statt«, erläuterte Tess.

Callie kicherte, weil sie glaubte, die Freundin hätte einen Scherz gemacht. Aber dann sah sie Tess an und wusste, dass sie es ernst gemeint hatte.

»Oh, Tess …«

Tess nahm Callies Hand und klopfte gegen die Tür. »Komm schon. Und sei offen für alles.«

Die Tür öffnete sich und gab den Blick frei auf eine massive attraktive schwarze Frau, die einen außergewöhnlich farbenprächtigen Umhang und einen Turban trug. In den braunen Augen glitzerte es fröhlich, und beim Lächeln zeigten sich Grübchen in ihren Wangen.

Callie entspannte sich ein wenig, denn die Frau strahlte Ruhe und Liebenswürdigkeit aus.

»Hallo, Pemba. Wie schön, dich wieder zu sehen.« Tess und die Frau umarmten sich.

»Kommt herein, Kinder, kommt herein.« Pemba trat beiseite und ließ sie eintreten. An den Wänden hingen afrikanische Masken, und Regale waren mit Büchern und allen möglichen Dingen gefüllt. Auf dem Boden lagen bunte Teppiche. Die Luft war mit Weihrauch angereichert.

»Du musst Callie sein.« Pemba wandte sich ihr zu und nahm Callies Hände in ihre. Sie hatte eine wunderbare Stimme, kehlig und mit einem unverkennbaren Akzent. »Ich freue mich, dich kennen zu lernen.«

Callie lächelte. »Danke. Ich freue mich auch.«

»Darf ich einen Tee anbieten?« Pemba gab ihnen mit einer Geste zu verstehen, sie sollten Platz nehmen und schenkte ihnen milchigen Tee ein. Sie setzte sich in einen Sessel den beiden Frauen gegenüber und musterte Callie.

»Meine Tochter wird gleich zu uns kommen. Tess sagt mir, du hättest Probleme.«

»Ja«, antwortete Callie. »Vor zwei Wochen habe ich meinen Mann verlassen, aber irgendwie komme ich nicht los von ihm. Und er nicht von mir«, fügte sie hinzu.

»Logan hat einen Detektiv angeheuert, um sie zu finden«, ergänzte Tess. »Er weigert sich, sie gehen zu lassen. Ich halte ihn für psychotisch. Was ist, wenn er ihr was antut?«

»Er ist nicht psychotisch, und er tut mir nichts an«, sagte Callie entschieden und fragte sich, warum sie es immer für nötig hielt, Logan zu verteidigen.

»Ich verstehe. Ich will dir was über Voodoo erzählen, Callie. Es ist nicht nur eine Religion, sondern auch eine Art Philosophie und eine Lebensanschauung. Die Gläubigen dienen den *loas*, das sind geistige

Wesen und Formen des Bon Dieu. Diese *loas* müssen geehrt werden, damit es uns gut geht. Das ist alles, was wir tun – wir dienen den Geistern.«

Callie warf Tess einen Blick zu. »Ich habe gehört, dass sie Menschen Schaden zufügen können.«

Pemba spreizte die Hände. »Ja, natürlich. Wenn jemand mit dem Bösen konfrontiert ist, muss man manchmal mit der schwarzen Magie zurückschlagen. Wir müssen das Böse erkennen, um es zu bekämpfen. Die *loa* ist ... wie soll ich es sagen? ... die vermittelnde Kraft zwischen der guten und der bösen Magie.«

»Ich will keine schwarze Magie«, sagte Callie. »Logan ist kein böser Mensch. Ich möchte nur, dass er mich in Ruhe lässt, auch in Gedanken.«

»Wenn seine Gegenwart deine Harmonie stört, musst du etwas unternehmen«, sagte Pemba. »Vergiss nicht, dass es gegen alle bösen Kräfte in der Welt einen Schutz gibt.«

Sie erhob sich mit einer für ihre Fülle erstaunlichen Anmut. »Kommt mit in das andere Zimmer. Wir werden dir helfen, diesen Mann aus deinen Gedanken zu verbannen.«

Callie folgte den anderen durch einen Perlenvorhang, der die beiden Zimmer abtrennte, und während sie sich umschaute, klickten die Perlenstränge wieder, und eine junge Frau trat herein. Callie musste sie anstarren, sie war von unglaublicher Schönheit, groß und schlank und mit einer glatten Haut in einer Mokkafarbe, dazu volle krause Haare. Sie trug einen schlichten weißen Kittel, der bis zu den Knien reichte und die auffälligen Kurven ihres Körpers umschmiegte.

»Hallo.« Sie lächelte und zeigte gleichmäßige weiße Zähne. »Tut mir leid, dass ich mich verspätet habe.«

»Das ist meine Tochter Abiona«, sagte Pemba. »Abiona, du kennst Tess natürlich, und neben ihr steht ihre Freundin Callie Waterford.«

»Ich freue mich«, sagte Callie und schüttelte die Hand der anderen Frau.

»Ich freue mich auch. Entschuldige, aber ich muss zuerst noch kurz etwas erledigen.« Sie wandte sich an ihre Mutter. »Maman, kannst du mal kommen, bitte? Es geht um Lucias *lave-tet*.«

Auch Pemba entschuldigte sich, dann waren Tess und Callie allein. »Abiona ist eine schöne Frau«, murmelte Callie.

»Ja, nicht wahr? Ich würde sie wahnsinnig gern in meine Schau Sexologie einbauen, aber ich habe Angst, sie zu beleidigen, wenn ich sie frage.«

»Und sie sind beide Mim … ich meine Mambos?«

Tess nickte. »Abiona ist inzwischen die aktivere der beiden, ihre Mutter arbeitet eher als Beraterin. Sie hilft aber immer noch bei Ritualen und Zeremonien.«

»Warum sind sie hinausgegangen?«

»Abiona sprach von einem *lave-tet*, das ist eine Reinigung des Kopfes. Sie soll allen Schmutz und allen Schund wegwaschen, damit der Geist in die Person zurückkehren kann.«

Callie bedachte Tess mit einem spöttischen Blick. »Glaubst du das alles?«

»Natürlich.« Stirnrunzelnd sagte Tess: »Warum versuchst du nicht, diesen Menschen zu vertrauen?«

»Tut mir Leid, vielleicht muss ich mich erst daran gewöhnen. Woher weißt du so viel über Voodoo?«

Tess hob die Schultern. »Ich habe viel durch Zuschauen und Zuhören gelernt. Ich war beeindruckt von dem, was Abiona für mich getan hat, deshalb wollte ich mehr darüber erfahren. Ich spiele mit dem Gedanken, Voodoo in meine nächste Schau einzubauen.«

Die Perlen klickten wieder, dann stand Pemba vor ihnen. »Bitte, kommt mir nach.«

Callie und Tess stellten ihre Teetassen ab und folgten der Priesterin in einen Raum, der das Zentrum zu sein schien. Ein hoher runder Holztisch dominierte das Zimmer. Abiona saß auf einem der hohen Stühle. An den Wänden hingen Bilder von katholischen Heiligen neben afrikanischen Idolen, und dazwischen eine Vielzahl von Votivkerzen. In einem Glasschrank wurden viele kleine Flaschen, verschiedene Kräuter und Pulver aufbewahrt.

»Setzt euch«, sagte Pemba.

Callie nahm Platz. Sie wusste immer noch nicht, was sie erwarten sollte.

»Zuerst musst du das um deinen Hals tragen«, sagte Pemba und streifte Callie einen kleinen Beutel an einem Lederband über den Kopf. »Dieser *mojo* wird dich vor deinem Mann beschützen.«

Abiona sah sie mit ihren schönen großen Augen an. »Warum brauchst du Schutz vor ihm?«

»Mein Mann ist sehr …« Callie brach ab. Wie konnte sie die Situation erklären? »Er ist sehr beherrscht«, sagte sie schließlich.

»Schlägt er dich?«

»Nein, nie.«

»Und doch willst du vor ihm geschützt werden?«, fragte Abiona und tauschte mit ihrer Mutter einen Blick.

»Ja.«

»Hast du ein Bild von ihm?«

»Ja, in meiner Brieftasche.« Callie nahm das Bild heraus und reichte es Abiona.

Sie betrachtete das Foto. »Er sieht sehr gut aus.«

»Das macht es nicht leichter, mit ihm zu leben.«

Abiona lächelte und reichte das Bild an ihre Mutter weiter. »Das glaube ich«, sagte die junge Priesterin. »Wir werden dich unter den Schutz einer bestimmten *loa* stellen.«

Pemba zündete einige Kerzen an und holte eine geschwärzte Schüssel aus einem Schrank. Sie warf das Foto von Logan hinein und besprenkelte es mit mehreren Kräutern. Sie zündete die Mischung mit einem Streichholz an und begann einen Singsang in einem unverständlichen kreolischen Haitianisch. Abiona erhob sich und stellte sich hinter Callie.

»Bitte«, sagte sie, »ziehe deine Bluse aus.«

»Bitte?«

»Wir geben dir eine Tätowierung zum Schutz«, erläuterte Abiona. »Normalerweise muss man dazu die Haut ritzen, aber ich nehme an, das wäre dir nicht so lieb.«

»Himmel, nein.« Callie fühlte sich plötzlich ganz heiß. Sie knöpfte die Bluse auf und ließ sie von den Schultern gleiten. Abiona fuhr mit den langen Fingern unter Callies Büstenhalterträger und streifte sie von den Schultern, ehe sie nach einer kleinen Schüssel mit dunkler Paste griff.

»Was ist das?«, wollte Callie wissen.

»Henna«, antwortete Abiona. »Ich lege das Tattoo auf dein Herz.«

Sie beugte sich hinunter und trug das Henna oberhalb der linken Brust auf. Callie atmete den Duft der anderen Frau ein. Sie konnte Abionas Atem auf ihrer Haut spüren. Ein kleiner Schweißtropfen rann in Callies Halsgrube.

Viel zu schnell hatte Abiona ihre Arbeit beendet und zog sich wieder zurück. Callie blickte auf die Markierung, die einem doppelten X glich, eingekreist von fünf Punkten.

Pemba fuhr mit ihrem Singsang fort, den Kopf über die Schüssel gebeugt, in der die Asche noch ein wenig qualmte. Die letzten Rauchkringel wehte sie in Callies Richtung, und damit schien das Ritual beendet.

»Du musst das hier jeden Abend, bevor du zu Bett gehst, in deine Haut reiben«, sagte Abiona und reichte ihr einen Beutel mit verschiedenen Kräutern. »Das wird dir helfen, deinen Mann während des Schlafs aus deinem Kopf zu verbannen.«

Callie nickte. »Danke.«

Abiona sah sie forschend an. »Du bist sehr im Zweifel, glaube ich.«

»Ja, ein bisschen«, gab Callie zu.

»Unterschätze die Macht der *loas* nicht, Callie«, sagte Abiona. »Sie können sehr einflussreich sein. Am Sonntagabend feiern wir ihnen zu Ehren ein Ritual. Du bist herzlich eingeladen.«

Callie sah Tess an, die nickte. »Du wirst staunen, Callie. Ich gehe jedenfalls hin.«

»Ich denke darüber nach«, versprach Callie. Sie würde gern an einer richtigen Voodoofeier teilnehmen. Sie musste grinsen, als sie daran dachte, was Logan dazu sagen würde. Sie knöpfte ihre Bluse zu und hob ihre Tasche auf.

»Ich werde kommen«, sagte sie dann. »Es ist lieb, dass du mich eingeladen hast.«

Pemba und Abiona lächelten freundlich. Abiona sah wirklich großartig aus mit ihrer cremig dunklen Haut und den großen dunklen Augen. Callie erwischte sich bei dem Gedanken, wie sie wohl nackt aussehen würde. Sie schob den Stuhl zurück und erhob sich. Sie zahlte einen Obolus an die beiden Frauen, dann gingen sie und Tess hinaus. Obwohl es draußen schwül war, fand Callie es erfrischend nach der Enge im Haus.

»Wie fühlst du dich?«, wollte Tess wissen.

Callie hob die Schultern und berührte den kleinen Beutel, den sie um den Hals trug. »Bisher unverändert«, murmelte sie. »Sollte ich mich anders fühlen?«

»Vielleicht nicht.« Tess schlang ihre Tasche über die Schulter. »Da wir gerade von Gefühlen sprechen – ich hatte gestern Abend ein kleines Abenteuer mit Adam.«

»Wirklich? Dann ist er wirklich zu deiner Vorführung gekommen?«

»Er ist nicht nur in meine Vorführung gekommen, er ist auch nach der Vorführung gekommen«, antwortete Tess grinsend.

Callie kicherte. »Tess, du bist schamlos. Bestimmt hast du dem armen Jungen Angst eingejagt.«

»Wie kommst du denn darauf? Selbst wenn – er hätte es genossen. Er hat sogar zugestimmt, bei meiner neuen Schau Sexologie mitzumachen. Er ist wirklich süß, Callie. Ich könnte ihn in die Backen kneifen und ihn lauter schmutzige Sachen tun lassen.«

»Welche Backen?«, fragte Callie amüsiert. Dann fiel ihr plötzlich was ein. »Was ist, wenn er Logan erzählt, dass er dich trifft?«

Tess hob die Schultern. »Das glaube ich nicht, aber selbst wenn, dann geht es Mister Waterford nichts an. Außerdem scheint Adam nicht nur Angst vor seinem Boss zu haben, er ist auch in ihn verliebt.«

Callie starrte sie ungläubig an. »Verliebt in Logan? Dieser Adam?«

»Ja. Er schwärmt von seiner Männlichkeit und wie sexy Logan ist.«

»Ob Logan das weiß?«

Schnaubend rief Tess: »Ich bitte dich! Wenn ihm nicht mal auffällt, was in seiner Ehe nicht stimmt, dann wird er kaum merken, dass sein Assistent für ihn schwärmt.«

Callie grinste. »Stimmt.«

»Hast du Adam schon mal gesehen?«

»Nein. Wir hatten einen lebhaften gesellschaftlichen Austausch mit Logans Partnern, aber ich kann mir nicht vorstellen, dass sich dieser Austausch bis zu den Assistenten ausdehnte.«

Sie blickte zu der Reihe geparkter Autos auf der anderen Straßenseite. Neben einem Wagen stand eine große, schlanke Figur. Callie blieb wie angewurzelt stehen, und ihr Herz fiel wie ein Stein.

»Callie?« Tess drehte sich zu ihr um. »Was ist los?«

Sie folgte Callies Blicken. »Verdammt. Ist das Logan?«

»Tess ….«, rief Callie noch, um die nächste Reaktion der Freundin zu verhindern, aber Tess war zu schnell für sie. In ihrem Lederaufzug stürmte Tess quer über die Straße und baute sich vor Logan auf. Sie gestikulierte wild und blaffte ihn an wie ein tollwütiger Pitbull.

Callie rannte ihr nach.

»Du mieses Arschloch!«, bellte Tess. »Was ist mit dir los? Bist du besessen von ihr? Sie will nichts mehr mit dir zu tun haben, kapierst du das nicht? Wenn ich dich noch einmal in der Nähe meines Ladens sehe, rufe ich die Polizei, damit sie dich ins Gefängnis werfen!«

Logan schien Tess überhaupt nicht zu beachten. Er stand da mit seinem ausdruckslosen Gesicht und sah Callie zu, die ihm entgegen kam.

»Tess!« Callie griff den Arm der Freundin und zerrte sie von Logan weg. »Tess, bitte, beruhige dich.«

»Bastard!«, zischte Tess. »Halte dich von ihr fern, verstanden?«

Callie packte Tess an den Schultern und schüttelte sie kräftig durch. »Hör endlich auf! Ich kann für mich selbst sorgen.«

Murmelnd und fluchend wich Tess ein paar Schritte zurück, aber sie ging nicht weg. Callie seufzte und presste ihre Finger gegen die Schläfen. Bis jetzt hatten die Zaubereien jedenfalls noch nicht geholfen, stellte sie nüchtern fest.

Sie drehte sich zu Logan um, der nicht vom Fleck gewichen war. Ihr ganzer Körper bebte, als sie sich daran erinnerte, wie er sie das letzte Mal genommen hatte. Sie stöhnte innerlich und versuchte, die Erinnerung auszulöschen.

Logan sah sie an. »Callie.«

»Logan, was willst du hier?«, fragte Callie. »Spionierst du mir nach?«

»Schläfst du mit dieser Wahnsinnigen?«

Callie sah ihn verstört an. »Natürlich nicht. Sie ist eine gute Freundin, und sie sorgt sich um mich. Beantworte meine Frage. Was hast du hier zu suchen?«

Er hob die Schultern. »Ich bin dir gefolgt.«

»Jetzt verfolgst du mich schon«, sagte sie anklagend. »Logan, ich möchte, dass du mich in Ruhe lässt.«

Sein Ausdruck wurde hart. »Du solltest inzwischen wissen, dass das ausgeschlossen ist«, antwortete er kühl. »Du gehörst zu mir.«

»Nein!«, rief Callie aufgebracht. Sie zwang sich zur Ruhe, obwohl sie ihn am liebsten so angegangen wäre, wie Tess es getan hatte. »Ich gehöre mir, verstehst du?«

Logan öffnete seine Autotür. »Steig ein, Callie. Du fährst mit mir nach Hause.«

Callie wich einen Schritt zurück. »Das werde ich nicht tun. Du kannst mich nicht herumkommandieren, Logan. Du hast ja nicht einmal begriffen, warum ich dich verlassen habe.«

»Mir gefällt nicht die Art, in der du gegangen bist«, sagte Logan knapp. »Ich habe immer noch keine Zeit für solche Spielchen!«

Callie seufzte. »Es ist kein Spiel, Logan. Das war es von Anfang an nicht.«

»Was tust du eigentlich in dieser Gegend?«, fragte er.

Callie beschloss spontan, es ihm zu sagen, weil sie ihn ärgern wollte. »Ich habe eine Voodoopriesterin besucht, wenn du es unbedingt wissen musst.«

Seine Brauen hoben sich ungläubig. »Callie ...«

»Fang gar nicht erst an, Logan. Was ich mache, ist ganz allein meine Sache.«

Am Voodoo wird er eine Weile zu knabbern haben, dachte sie.

»Nach meiner Erfahrung ist der Okkultismus nicht gerade hilfreich«, sagte Logan.

Callie runzelte die Stirn über seine Bemerkung. Sie hatte damit gerechnet, dass er irgendwas Spöttisches sagte. »Welche Erfahrungen hast du denn damit?«

»Wenn du glaubst, dass Voodoo mich von dir fernhält, dann irrst du gewaltig«, sagte er. »Nichts aus der Anderwelt kann dir deine eigenen Entscheidungen abnehmen.«

»Du hast doch keine Ahnung davon«, fuhr Callie ihn an. »Und du lässt mich in Ruhe, sonst erwirke ich eine gerichtliche Anordnung.«

Sie wandte sich von ihm ab und begriff, dass sie einfach nicht zu ihm durchdringen konnte. Mit Logan zu reden war, als schlüge man mit dem Kopf gegen die Wand. Sie ging zurück zu Tess, als sie plötzlich Logans Hand auf ihrem Arm spürte. Callie wurde mulmig, denn er war kräftig genug, sie gewaltsam in sein Auto zu zerren. Sie wirbelte herum und riss sich blitzschnell los aus seinem Griff.

»Rühr mich nicht an!«, sagte sie kalt. »Ich mag das nicht.«

Seine Augen wurden noch dunkler. »Seltsam, neulich abends hattest du nichts dagegen.«

Flammende Röte stieg ihr ins Gesicht. Sie wich vor ihm zurück und spürte ihr Herz wild pochen.

»Es ist mir Ernst, Logan. Wenn du mir noch einmal auflauerst, rufe ich die Polizei. Glaube nur nicht, dass ich dazu nicht fähig wäre.«

»Und glaube du nicht, dass du gewinnen wirst«, gab Logan zurück.

Seine Stimme klang so hart, dass Callie sich schüttelte. Wie konnte sie sich mit diesem Mann anlegen? Hatte sie wirklich geglaubt, sie wäre von ihm befreit, wenn sie ihn einfach verließ?

»Gewinnen?«, fragte sie. »Was soll schon zu gewinnen sein? Ich dachte, du hast keine Zeit für Spielchen.«

»Du weißt genau, was ich meine, Callie«, sagte Logan. »Meine Geduld ist zu Ende. Ich wäre froh, wenn du sie nicht weiter strapazierst.«

»Und ich wäre froh, wenn du mich in Ruhe lässt.«

Sie wich weiter vor ihm zurück, bis sie Tess' Hand auf ihrer Schulter spürte.

»Komm, wir gehen einen anderen Weg«, sagte Tess. »Ich kenne eine Abkürzung.«

Erst als sie schon ein gutes Stück von ihm entfernt waren, trauten sich die beiden Frauen zu sprechen.

»Entschuldige«, sagte Tess. »Aber ich drehte durch, als ich ihn da so großkotzig stehen sah. Nach allem, was er dir angetan hat.«

Callie lächelte dankbar. »Du hast ein gutes Bild abgegeben. Wie eine Furie. Nur schade, dass du gegen eine Wand gesprochen hast.«

Tess kicherte und drückte Callies Arm. »Keine Sorge. Der Zauberspruch wirkt offenbar nicht sofort, er braucht ein wenig Zeit.«

Callie seufzte. »Ja, offenbar.«

Neuntes Kapitel

Logan hob den Hörer auf. »Logan Waterford.«

»Süßer, ich bin's, Gloria.«

»Gloria.« Logan seufzte und stellte den Computer ab. Er hatte ganz vergessen, ihr wegen Callie Bescheid zu sagen.

»Tut mir Leid, dass ich mich nicht mehr bei dir gemeldet habe, ich war ein paar Tage in New York«, sagte Gloria. »Aber ich war schon enttäuscht, als ich keine Nachricht von dir auf dem Anrufbeantworter vorgefunden habe.«

»Tut mir Leid, Gloria. Ich bin mit Prozessen eingedeckt. Ich wollte dich anrufen, um dir zu sagen, dass ich Callie gefunden habe.«

»Ah! Wo ist sie?«

»Sie wohnt und arbeitet in einem Laden in City Market«, antwortete Logan. »Der Laden heißt Nebula Arcana.«

»Das darf nicht wahr sein! Sie wohnt in einem Laden?«

»Ja, im Obergeschoss gibt es eine kleine Wohnung.«

»Hast du Callie gesehen?«

»Ja, einige Male.«

»Und sie kommt zu dir zurück, hoffe ich.«

Logans Hand ballte sich zur Faust. »Noch ist es mir nicht gelungen, sie zu überzeugen.«

»Aber das ist doch absurd«, rief Gloria. »Ich werde selbst mit ihr reden, Logan. Sie ist jetzt weit genug gegangen. Es wird Zeit, dass sie wieder zu Verstand kommt.«

»Der Verstand scheint sie völlig verlassen zu haben«, antwortete Logan trocken. Er rief sich in Erinnerung zurück, wie er sie vor dem Haus der Voodoopriesterin erlebt hatte. Voodoo selbst hatte für ihn nichts Schockierendes an sich, schockierend war nur, dass Callie sich darauf einließ, denn das konnte nur bedeuten, dass sie wirklich verzweifelt war. Logan selbst hatte vor Jahren mal einen Hellseher aufgesucht, als er sich so tief in einem dunklen Loch befunden hatte, dass er aus eigenen Kräften nicht mehr herausfinden konnte. Schade, dass auch der Hellseher kein Mittel gewusst hatte.

»Denkt sie gar nicht an unseren Ruf?«, rief Gloria. »Die Mitglieder der Frauenliga tuscheln schon. Weiß der Teufel, welche Gerüchte sie in die Welt setzen werden.«

Logan sah auf die Uhr und stand auf. »Gloria, ich muss gehen. In einer halben Stunde habe ich einen Termin.«

»Soll ich dir heute Abend was zu essen bringen?«

»Nein, ich werde nicht zu Hause sein.«

»Ich rede morgen mit Callie«, versicherte Gloria ihm. »Keine Sorge, mein Süßer. Sie wird bald nach Hause kommen.«

Wenn sie weiß, was gut für sie ist, dachte Logan wütend, warf den Hörer auf und zog sein Jackett an. Warum hatte er sich überhaupt auf den Termin mit den Lawrences eingelassen? Jetzt wollte er ihn so schnell wie möglich hinter sich haben.

Er parkte auf der River Street und drückte die Klingel an der breiten Eingangstür des fünfstöckigen Gebäudes. Sie schwang automatisch auf, und Logan betrat die elegante Halle. Zwei Kandelaber warfen verschiedene Lichtmuster auf einen waldgrünen Teppich. Ein untersetzter Mann in dunkler Uniform saß an einem wuchtigen Schreibtisch, blickte von der Zeitung auf und sah Logan an.

»Kann ich Ihnen helfen, Sir?«

»Ja, ich habe einen Termin bei den Lawrences. Sie erwarten mich. Logan Waterford.«

»Einen Augenblick, bitte, Mr. Waterford.« Er griff

zum Telefon und tippte eine Nummer ein. Er sprach so leise, dass Logan ihn kaum verstehen konnte. Dann legte er auf und sah Logan an. »Mrs. Lawrence erwartet Sie.«

»Danke.« Logan hielt seine Aktentasche fest, ging zum Aufzug und drückte auf den Knopf.

Logan spürte seine Nerven flattern, als die Kabine sich in Bewegung setzte. Jeder einzelne Muskel seines Körpers war angespannt, aber er hatte sich so sehr in der Gewalt, dass ihm keine Nervosität anzumerken war. Die Türen glitten auseinander, Logan trat in den Flur und stand vor der Tür zum Penthouse. Er klingelte und wartete.

»Mr. Waterford?« Eine junge Frau in Dienstmädchentracht öffnete die Tür. »Bitte, treten Sie ein.«

»Danke.«

Die Eingangshalle war ganz in Marmor ausgelegt. Das Mädchen führte ihn in einen Salon, der mit viktorianischer Eleganz eingerichtet war. Blumendrucke an den Wänden, frische Schnittblumen in hohen Kristallvasen. Fotos in vergilbten Sepiafarben standen auf den Tischen und auf dem Marmorsims des offenen Kamins. Logan ging zu den Fenstern und genoss einen großartigen Blick über den Savannah River und die umliegenden Auen.

»Möchten Sie Kaffee oder Tee?«, fragte das Mädchen.

»Nein, danke«, sagte Logan. »Ich bleibe nicht lange.«

»Mrs. Lawrence wird jeden Moment zu Ihnen kommen.«

Das war typisch Elenore. Sie ließ ihn warten und glaubte, damit ihre Überlegenheit beweisen zu können.

»Logan, Liebling.«

In Logans Ohren hörte sich die seidige Südstaatenstimme wie Fingernägel an, die über eine Schiefertafel kratzen. Er wandte sich vom Fenster ab und sah sie ins Zimmer treten. Er sah die Veränderungen, die fünfzehn Jahre in ihr Gesicht gemeißelt hatten.

Sie war eine große Frau, bekleidet mit einer duftigen weißen Hülle aus Umhang und durchsichtigem Mantel, den sie wie eine Wolke hinter sich her zog. Sie trug die schwarzen Haare in einem Nackenknoten, wodurch die aristokratischen Züge ihres Gesichts und die schwarzen Augen stärker betont wurden.

Zwei silberne Strähnen zogen sich von den Schläfen durch ihre Haare. Die Fältchen um die Augenpartien waren mehr und tiefer geworden. Doch ihre Haut war straff und glatt und makellos. Natürlich sah man ihr die Jahre an, aber sie war immer noch eine attraktive Frau. Logan schätzte, dass sich fast sechzig Jahre alt sein musste.

Sie lächelte. »Himmel, was für ein Mann! Sieh dich an! Du siehst phantastisch aus. Aus dem Jungen ist ein feiner Mann geworden. Die Jahre haben es gut mit dir gemeint.«

Sie blieb vor ihm stehen und küsste ihn auf beide Wangen. Eine Wolke ihres schweren Parfüms stieg Logan unangenehm in die Nase.

»Hallo, Elenore«, sagte Logan. »Wo ist Gerald?«

Elenore trat einen Schritt zurück. Sie fasste sich mit einer Hand – die Fingernägel in Lavendelfarbe lackiert – an die Brust. »Hast du es nicht gehört? Er ist vor fünf Jahren nach einer Herzattacke gestorben. Ich vermisse ihn immer noch schmerzlich.«

Logans erste Reaktion war Erleichterung. Wenigstens brauchte er nicht mit dem alten Bastard zu verhandeln. Aber er zwang sich, sein Beileid auszusprechen.

»Danke.« Elenore deutete auf einen Stuhl. »Bitte, setz dich. Ich habe Julie gebeten, uns Tee zu bringen.«

»Ich habe keine Zeit für Tee«, gab Logan knapp zurück. »Was willst du von mir, Elenore?«

»Immer gleich zur Sache kommen, was?« Sie setzte sich und arrangierte ihr Gewand über die Beine. »Sehr gut. Wie ich dir schon sagte, starte ich ein neues Unternehmen, und dazu gehört die gründliche Restauration meines Flussdampfers. Ich glaube, es wird ein Riesenerfolg bei den Touristen sein. Allerdings sind meine flüssigen Mittel begrenzt.«

»Ich gebe dir kein Geld, Elenore.«

Sie sah ihm in die Augen. »Du solltest mich wenigstens ausreden lassen. Ich habe schon einige Investoren, aber sie haben sich nur zu Teilbeträgen entscheiden können. Da ich eine authentische Einrichtung der Neunziger Jahre des neunzehnten Jahrhunderts haben will, gibt es keine Möglichkeit, Geld einzusparen.«

Logan sah sich in ihrem Salon um. »Man sollte meinen, du hättest genug Geld, um das Schiff allein zu finanzieren«, bemerkte er trocken.

»Ja, auf den Gedanken könnte man kommen.« Elenore stand auf und ging auf ihn zu. »Unglücklicherweise ist das nicht der Fall. Gerald hat dieses Penthouse gekauft, aber viele Wertsachen habe ich nach seinem Tod veräußern müssen. Nach seinem Tod meldeten sich eine ganze Reihe von Gläubigern bei mir, und Gläubiger haben wenig Geduld.«

Logan lachte humorlos. »Und das überrascht dich? Ihr hattet doch immer eure Finger in illegalen Geschäften. Kein Wunder, dass eure krummen Touren euch irgendwann einmal einholen.«

Elenores Ausdruck wurde starr. »Das ist kein Grund zur Schadenfreude.«

Logan hob die Schultern. »Wer sich mit Haien einlässt, darf sich nicht wundern, wenn er gebissen wird. Ich kann dir nicht helfen, Elenore. Ich verleihe kein Geld.«

Um ihren Mund zuckte es. »Du meinst, du willst mir kein Geld leihen.«

»Das auch.«

Sie verschränkte die Arme vor der vollen Brust, und ihre Augen verzogen sich zu Schlitzen. »Ich habe gehört, dass du geheiratet hast, Logan.«

»Stimmt.« Logans Hände ballten sich zu Fäusten, als er an Callie dachte. Er hatte sie in der vergangenen Woche einige Male beobachtet, aber er hatte sie nicht mehr angesprochen.

Er starrte Elenore an. Sie würde es nicht wagen, etwas gegen Callie zu unternehmen. »Was hat das mit unserem Gespräch zu tun?«

»Weiß sie von deinen Eskapaden in der Vergangenheit?«

Logan musste schlucken. Er hatte immer gewusst, dass Elenore keinen schmutzigen Trick ausließ, um das zu erreichen, was sie wollte, aber offenbar hatte er wider besseres Wissen gehofft, dass sie im Alter sanfter geworden war.

»Worauf willst du hinaus?«, fragte er, die Stimme gepresst.

Sie streckte eine Hand aus, um seine Krawatte gerade zu ziehen, und schürzte die Lippen. »Nun, es wäre dir bestimmt nicht Recht, wenn die Gesellschaft Savannahs die Wahrheit über dich erführe, oder?«

Logans Blut gerann zu Eis. »Das würdest du nicht wagen«, presste er hervor.

»Glaubst du?« Elenore sah ihn mit blitzenden Augen an. »Ich will dieses Geschäft aufbauen, Logan. Dafür werde ich alles tun – und dazu gehört auch dein Ruin, wenn es sein muss.«

»Aber mein Ruin würde dir kein Geld bringen«, sagte Logan kalt. »Ich kenne die Art Leute, mit denen du zu tun hast, Elenore. Nein, von mir kannst du kein Geld erwarten.«

Sie lachte. »Wenn ich mit dir fertig bin, wirst du kein Geld mehr haben.«

»Du bist ein Luder!« Logans Selbstbeherrschung war dahin. Er war bereit, sie zu erwürgen. »Du kannst mich nicht erpressen, in dein verdammtes Casino zu investieren. Ich kenne dich. Du bist weder ehrlich zu deinen Investoren noch zu deinen Kunden. Nein, vergiss es.«

Ihr Gesicht verzog sich zu einer hässlichen Maske. »Du hast den Nerv, meine Geschäftsmethoden zu kritisieren? Nach dem, was du vor fünfzehn Jahren getan hast?«

»Meine Situation war eine ganze andere.«

»Wirklich, Logan?«, höhnte sie. »Das glaube ich nicht. Du hast etwas haben wollen und bist dabei über Leichen gegangen. Aber du hast es nie für möglich gehalten, dass es nach all den Jahren dein Leben ruinieren könnte.«

Logan fuhr sich mit einer Hand durch die Haare. Ihm war übel. Er zermarterte sein Gehirn, aber ihm fiel nichts ein, wie er dieser Frau wirksam begegnen könnte. Falls er ihr das Geld gab, würde es einen Skandal geben, sobald Elenores illegale Finanzen aufgeflogen waren. Und sein Name würde in einem Atemzug mit ihrem fallen. Aber gab er ihr das Geld nicht, würde sie die Vergangenheit ausgraben.

Er stützte sein Gesicht in beide Hände. Zum ersten Mal seit fünfzehn Jahren fühlte er sich wie ein Verlierer. Dann ging ein Ruck durch seinen Körper. Sie würde ihn nicht ruinieren. Ganz egal, was dazu erforderlich war, er würde es nicht zulassen.

»Ich konnte dich in diesem Augenblick mit meinen bloßen Händen erwürgen«, sagte er gepresst.

»Ich habe keinen Zweifel, dass es dir gelingen würde«, gab sie kühl zurück. Sie blieb vor ihm stehen, die Hände auf die Hüften gestemmt. »Du willst, dass ich den Mund halte? Gut. Ich will zwei Millionen Dollar. Du hast bis nächsten Samstag Zeit, dir deine Antwort zu überlegen.«

»Zwei Millionen Dollar? Willst du das Schiff mit Dom Perignon und Beluga Kaviar betanken?«

»Ich habe dir doch gesagt, dass ich eine authentische Einrichtung haben will«, antwortete Elenore. »Ein Team von Leuten treibt sich auf den Auktionen auf der ganzen Welt herum. Ich sammle so viele Originalstücke, wie ich finden kann. Möbel, Teppiche, Gemälde.«

»Und du glaubst, das Geld kannst du wieder hereinholen? Du bist eine lausige Geschäftsfrau, Elenore.«

»Im Gegenteil«, sagte sie. »Ich habe dich in der Hand. Jemand, der Logan Waterford das Wasser reichen kann, muss schon verdammt gut sein.«

»Ja, Erpressung ist deine Spezialität, was? Du bist noch tiefer gesunken als dein Bastard von Ehemann.«

»Oh, ich glaube, Gerald wäre richtig stolz auf mich.«

»Nun, er war immer schon ein Narr.«

Elenore kicherte. »Genug der Beleidigungen. Wie ich schon sagte, du kannst dir Zeit lassen mit deiner Entscheidung. Du kannst mir deine Antwort aber auch sofort geben.«

Sie griff unter sein Kinn und hob den Kopf, damit er sie ansehen musste. Galle stieg in Logan auf, als er den Ausdruck in ihren Augen sah. Ihre Mundwinkel zeigten nach unten. Sie schüttelte den Kopf, wandte sich ab und ging zu einem nahen Tisch. Sie hob einen dicken Strick und ein Messer hoch.

»Oh, Logan, du rutschst immer tiefer in den Treibsand hinein. Du vergisst, dass ich dich kenne.«

Sie näherte sich ihm, ein kaltes Leuchten in den Augen. Logan sah ihr uninteressiert zu.

»Du willst mit mir ins Bett, obwohl du weißt, dass ich dich verabscheue?«, fragte er.

Elenore gluckste. »Liebling, manchmal ist Hass eine sehr befruchtende Emotion, weißt du das nicht?« Sie legte Strick und Messer hin. »Übrigens rate ich dir, mich nicht zurückzuweisen. Du weißt, ich habe genug Munition gegen dich.«

Logan schüttelte den Kopf. »Ist das eine zusätzliche Drohung: Entweder du schläfst mit mir, oder ...? Teufel, du musst verdammt verzweifelt sein.«

Sie knöpfte mit fahrigen Bewegungen den Mantel auf. Elenore Lawrence hatte nichts Kokettes an sich; ihr ging es nicht um Verführung. Sie wusste, was sie haben wollte, und das nahm sie sich. Sie legte den Umhang ab und stand nur noch in Büstenhalter, Slip und Schuhen mit hohen Absätzen vor ihm. Ihre Figur war im Laufe der Jahre fülliger geworden, ihre Brüste gaben ein wenig nach, aber ihre Haltung war immer noch die einer Königin. Sie stemmte die Hände in die Hüften und schaute Logan herausfordernd an.

»Nun, Logan? Schaffst du es noch?«

Er betrachtete sie lange. Dann klickte etwas in seinem Kopf. Dies war ein Weg, ein Stück Kontrolle über sie zu gewinnen. Wortlos griff er nach dem Messer.

»Ich sehe, dass dein Geschmack sich nicht verändert hat«, murmelte er.

Elenore schaute auf den Strick. Ihre Lippen zuckten. Sie streckte eine Hand aus. »Gib mir das Messer.«

»Das könnte dir so passen.« Er trat auf sie zu. Verlangen brannte in seinem Blut, aber es war nicht das Verlangen nach dieser Frau. Es war die Gier nach Kontrolle. Er hielt die Messerspitze an Elenores Kehle. Sie hielt die Luft an, und mit einer Hand suchte sie Halt auf dem Sofarücken.

Logan fuhr mit dem Messer über ihre Haut hinunter zum Vorderverschluss ihres Büstenhalters. Mit einem Ratsch fielen die Körbchen auseinander und enthüllten die schwere Brüste. Elenore stieß ein schwaches Stöhnen aus. In ihren Augen blitzte es lüstern. Logan ließ das Messer tiefer gleiten, hinein in den Bund ihres Slips. Er zerfetzte ihn mit der Klinge. Elenore stand leicht zitternd vor ihm.

Logan wies mit der Messerspitze auf den Boden. »Runter, du Schlampe.«

Sie ließ sich auf Hände und Knie nieder. Er sah an ihrem Zittern, dass sie immer noch viel für perverse Sexspiele übrig hatte. Er schnitt ein Stück des Stricks ab und drückte ihre Handgelenke auf den Rücken. Einen kurzen Moment lang starrte er in ihre kalten Augen.

»Ich könnte dich umbringen«, sagte er.

»Du hast nicht den Mumm dazu.«

»Fordere mich nicht heraus.« Er schlang den Strick um die Handgelenke und fesselte sie. Das andere Ende des Stricks schlang er um ein Sofabein. Dann trat er hinter sie und band ihre Fußgelenke zusammen. Diesen Strick sicherte er an einem Tischbein.

Er nahm einen Schritt Abstand, um sein Werk besser würdigen zu können. Ihr voller Po drückte hoch in die Luft, und die Brüste hingen wie überreife Früchte. Logan gluckste still in sich hinein. Das war die Position, in der er Elenore am liebsten sah.

Überraschend ging er hinüber zum Barschrank, nahm eine Weinflasche heraus und schenkte sich ein Glas ein. Dann setzte er sich lässig aufs Sofa und prostete ihr zu. Sie musste ihren Hals verdrehen, um ihn sehen zu können.

»Bastard«, murmelte Elenore und zerrte an ihren Fesseln.

»Tu's nicht.«

Ihr Körper bebte vor Erregung. Er wusste, dass sie diese Situation liebte, in der sie nicht ahnen konnte, was er als nächstes tun würde. Hinzu kam noch die zusätzliche Gefahr, die aus seiner tiefen Verachtung für sie erwuchs.

Elenore verdrehte wieder den Kopf. »Du willst dich an mir rächen? Warum gibst du mir dann nicht die Peitsche?«

»Das würde dir zu großen Spaß bringen.« Er betrachtete sie stirnrunzelnd. Selbst in dieser hilflosen, gefesselten Position strahlte Elenore noch so etwas wie

Kraft aus. Wenn er die Frau nicht so verachtete, hätte er sie sogar seltsam erotisch finden können.

Elenore grinste. »Lässt deine Frau auch solche Dinge mit sich machen?«, fragte sie. »Wie heißt sie? Oh, ja, Callie.«

Logan spannte sich. »Woher kennst du ihren Namen?«

»Oh, ich finde alles heraus, was ich wissen will.«

Ärger stieg in Logan hoch. Er griff in ihre Haare und hob ihren Kopf an. »Hast du mit ihr gesprochen?«

Sie lachte. »Verdammt, eine solche Reaktion habe ich nicht von dir erwartet. Lässt sie perverse Spielchen mit sich machen? Oder treibt du es ganz normal mit ihr?«

Der Gedanke, dass Callie etwas über dieses dunkle Kapitel seiner Vergangenheit wissen könnte, gab ihm einen Stich, als wäre ein Schüreisen in seinen Bauch gedrungen. Wie er Elenore Lawrence hasste!

»Was weißt du über Callie?«

»Ich weiß, dass sie ein hübsches Ding ist, das dich kürzlich verlassen hat.«

»Wie hast du das erfahren?« Roter Dunst legte sich über Logans Augen. Er musste alles tun, dass Callie seine Verbindung zu dieser Frau nie erfuhr.

»Warum hat sie dich verlassen, Logan?«, fragte Elenore kühl. »Oder hast du sie vor die Tür gesetzt? Konnte sie deine dunklen Begierden nicht erfüllen?«

Logans Hand in ihren Haaren packte fester zu. »Hast du mit ihr geredet oder nicht?«

»Besorg's mir, Logan«, sagte sie, und wieder war dieses dunkle Glitzern in ihren Augen zu sehen, »sonst werde ich deiner süßen Frau einen Besuch abstatten.«

Bilder von Callie schossen ihm durch den Kopf, Dutzende Bilder wie in einem Film. Ihre seidigen Haare, ihr breites Lächeln, ihre braunen Augen. Die kleinen Handbewegungen, wenn sie sich über ihn ärgerte. Ihr Gesichtsausdruck, wenn sie Liebe machten. Oder wenn er ihren Widerspruchsgeist geweckt hatte. Sie lehnte sich gegen ihn auf, wie es vorher noch nie jemand gewagt hatte.

Er öffnete den Reißverschluss seiner Hose und stellte sich hinter Elenore, dann stieß er mit einer Wildheit in sie hinein, die aus der Wut geboren wurde. Sie stieß einen Schrei aus, in dem sich Lust und Schmerz widerspiegelten.

Als er draußen stand, sog er tief die Luft ein. Er hätte wissen sollen, dass Elenore ihn nicht vergessen würde. Seine Gehirnzellen schienen alle in Bewegung zu sein, um eine Lösung zu suchen. Aber ihm fiel nichts ein. Zum ersten Mal in seinem Leben wusste Logan nicht, was er tun sollte. Elenore konnte ein Scheibenschießen mit ihm veranstalten. Auf seinen Besitz, seine Kanzlei, seinen Ruf, seinen Status. Und auf seine Frau.

Nein, er würde Callie nicht wegen Elenore verlieren. Wenn, dann verlor er sie wegen sich.

Er wollte nicht zurück in die Kanzlei und fuhr nach Hause. Er stellte sich unter die Dusche. Während das Wasser auf ihn nieder prasselte, wurde ihm bewusst, dass Elenore sein ganzes zukünftiges Leben bestimmen würde, wenn ihm nicht etwas einfiel, das er gegen sie einsetzen konnte. Vielleicht wollte sie ihn regelmäßig in ihrem Penthouse empfangen. Der Gedanke entsetzte ihn.

Nach der Dusche zog er sich um, griff nach seinen Autoschlüsseln und ging hinaus. Gewöhnlich hielt er nicht viel von Okkultismus, aber wenn ihm sonst nichts einfiel … Er fuhr zu dem Haus, aus dem er Callie und Tess hatte kommen sehen. Dort wohnte die Voodoopriesterin. Als er sich dem Haus näherte, kam er sich ziemlich albern vor.

Vor der Tür blieb er stehen. Wusste er eigentlich, was er tat? Bisher hatte er seine Probleme selbst gelöst. Was war denn jetzt so anders? Als er sich gerade wieder umdrehen wollte, wurde von innen die Tür geöffnet.

»Kann ich dir behilflich sein?«

Die samtene Stimme war unwiderstehlich. Er musterte die attraktive Frau, die ihm die Tür aufhielt. Sie trug einen langen, farbenprächtigen Umhang und ein dazu passendes Haarband, das ihre mokkafarbene Haut noch betonte. Der fragende Blick ihrer Augen wurde von einem allmählichen Erkennen abgelöst.

»Ich kenne dich«, sagte sie.

Logan hob die Brauen. »Wirklich?«

Sie rieb ihre Schläfen. »Ja, ich habe dich auf einem Foto gesehen. Du bist mit Callie verheiratet.«

Logan sah sie stirnrunzelnd an. »Wo kam dieses Foto her?«

»Von Callie natürlich.«

»Warum hat sie es dir gezeigt?«

»Ah, du bist auch ein Skeptiker.« Sie schüttelte den Kopf, und ihre dunklen Augen zwinkerten. »Genau wie Callie. Ich schätze, ihr habt mehr gemeinsam, als ihr glauben mögt.«

»Callie und ich sind völlig verschieden.«

Sie hob die Schultern und streckte ihre Hand aus. »Ich bin Abiona. Möchtest du einen Moment hereinkommen?«

Logan zögerte, aber dann sagte er sich, dass er nichts zu verlieren hatte. Er schüttelte ihre Hand und folgte ihr ins Haus. Argwöhnisch sah er auf die afrikanischen Masken und die verschiedenen Fetische. Abiona beobachtete ihn eine Weile, dann schüttelte sie den Kopf.

»Deine Harmonie ist durcheinander geraten, Logan.«

»Meine Harmonie?«

»Ja, dein inneres Selbst.«

Logan wollte etwas über ›New-Age-Quatsch‹ murmeln, aber er konnte sich im letzten Moment noch zurückhalten.

»Bitte, setz dich«, sagte Abiona und wies auf einen Stuhl. »Darf ich fragen, warum du zu mir gekommen bist?«

»Es war ein Irrtum«, antwortete Logan. »Tut mir Leid.«

Abiona setzte sich ihm gegenüber und betrachtete ihn lange. »Menschen, die vor meiner Tür stehen, erliegen keinem Irrtum, Logan.«

»Kann sein. Aber bei mir war's so.«

»Nun gut. Aber dann nimm wenigstens einen Tee mit mir, bevor du wieder gehst. Dabei kannst du mir von Callie erzählen. Ich mag sie sehr.«

Logan spürte, wie Abionas samtene Stimme und die eigenartige Atmosphäre ihres Hauses den Schmutz seiner Begegnung mit Elenore wegspülten.

Abiona stand auf und verließ kurz das Zimmer, dann kehrte sie mit einer Kanne Tee zurück. Sie schenkte ihm eine Tasse ein, machte es sich ihm gegenüber gemütlich und betrachtete ihn neugierig. »Wer also bringt deine Harmonie in ein solches Durcheinander?«

Logan sah sie verdutzt an. Er hatte immer Wert darauf gelegt, dass man ihm seine Gedanken nicht von der Stirn ablesen konnte. »Und wenn es niemanden gibt?«

»Welchen Grund soll es sonst für deinen Besuch geben?«, fragte Abiona. »Oder möchtest du einen Liebestrank, dass Callie zu dir zurückkommt?«

»Dafür brauche ich keinen Trank.«

»Nein, das glaube ich auch nicht.« Sie nippte an ihrem Tee und sah ihn weiter prüfend an. »Also, um was geht es?«

Logan räusperte sich. »Warum war Callie hier?«

»Wenn sie will, dass du das erfährst, wird sie es dir sagen«, antwortete Abiona ausweichend. »Du kannst nicht erwarten, alles über sie zu erfahren. Ich schätze, sie wird auch nicht alles über dich wissen.«

»Es gibt Dinge, die braucht sie nicht zu wissen.«

»Vielleicht hat sie dich deshalb verlassen.« Abiona blickte auf die Uhr an der Wand und stand auf. »In fünfzehn Minuten habe ich leider einen Termin. Ich hoffe, du kommst später noch einmal zu mir zurück. Ein Ritual oder ein Bannspruch könnten helfen.«

»Tut mir Leid, aber ich halte nichts von solchen Dingen.«

»Man darf Welten außerhalb der eigenen nicht einfach ablehnen, Logan.« Abiona legte eine Hand in seinen Rücken und führte ihn zur Tür. »Auf Tybee Island findet am Samstag eine Voodoo-Zeremonie statt. Vielleicht kannst du dabei ein bisschen mehr über Voodoo erfahren.«

»Ich denke darüber nach. Und danke für den Tee und die Zeit.«

Auf dem Weg zum Auto fragte er sich, ob Callie bei der Zeremonie dabei sein würde.

Zehntes Kapitel

Callie zog den weißen Rock über die Hüften und knöpfte die weit geschnittene Baumwollbluse zu. Abiona hatte gesagt, sie sollte helle Farben tragen, aber sonst hatte sie nichts erwähnt, was die angemessene Kleidung für eine Voodoo-Zeremonie war. Sie ging mit der Bürste durch die Haare und betrachtete sich im Spiegel. Die Tätowierung aus Henna auf der Brust war verblasst, aber die ganze Woche hatte sie den *mojo* Beutel um den Hals getragen.

Da sie Logan die Woche nicht gesehen hatte, glaubte sie, dass Abionas Maßnahmen zu helfen begannen. Aber jetzt fragte sich Callie, ob Logan einfach aufgegeben hatte. Warum empfand sie bei diesem Gedanken so etwas wie Enttäuschung? War es nicht das, was sie gewollt hatte?

»Fertig, Callie?«, rief Tess von unten.

»Ja.« Callie lief die Treppe hinunter. »Ich weiß nicht, was ich anziehen soll.«

»Du siehst großartig aus«, versicherte Tess ihr. Adam stand in beigefarbener Hose und T-Shirt neben ihr.

»Hallo, Callie«, sagte er. Sie hatten sich in den letzten Tagen einige Male gesehen. »Ich hoffe, es stört nicht, dass ich euch begleite.«

»Natürlich nicht.« Callie sah ihn lächelnd an. Adam war ein netter Kerl, trotz seiner Verbindung zu ihrem Mann. Sie war sicher, dass er Logan nichts von ihrer Bekanntschaft erzählen würde. Dafür war seine Angst zu groß, dass Logan etwas über seine jüngsten Aktivitäten in der Sexologie-Schau erfuhr.

Zu dritt fuhren sie in Tess' Auto zu einer entlegenen Ecke auf Tybee Island. Direkt am Strand war ein großes Dach aus Holz und Palmblättern errichtet worden, gestützt von fünf dicken Holzpfeilern, vier an den Seiten und einer in der Mitte. Außenwände gab es nicht, deshalb hatte man freie Sicht aufs Wasser, und eine leichte Brise erleichterte den Aufenthalt unter dem Dach. An bestimmten Stellen waren zehn Trommeln aufgebaut worden, und an einer Seite standen fünf üppig bemalte Altäre zu Ehren der *loas*. Vor den Altären lagen oder standen Blumen, Kerzen, Flaschen mit Ölen und Alkohol.

»Das ist unser Säulengang«, sagte Tess, als sie sich der Dachkonstruktion näherten. »Dort finden die Tänze statt.«

Eine Gruppe von Frauen war damit beschäftigt, fürs leibliche Wohl zu sorgen. Es gab Unmengen von Flaschen und Karaffen, von Schüsseln und Platten mit den köstlichsten Delikatessen. Viele Gäste trugen Kostüme mit bunten Sarongs und Muschelschmuck, andere waren lässig in Jeans und T-Shirts gekleidet. Als die Dunkelheit rasch hereinbrach, zündeten drei Männer Fackeln und Laternen an.

Pemba winkte ihnen zu und empfing sie mit einem strahlenden Lächeln. Sie trug einen kunstvoll verzierten Umhang, nur in Schwarz und Weiß gehalten, dazu einen passenden Turban und weißen Schmuck.

»Hallo, Kinder!«, rief sie. »Wie ich mich freue, dass ihr gekommen seid!«

Tess stellte Adam vor, und Pemba küsste sie alle auf die Wange.

»Abiona wartet auch schon auf euch«, sagte Pemba. »Wir fangen bald an. Aber kommt und esst zuerst.«

Sie führte sie zur Futterquelle, in der man von Kokoskuchen bis Spanferkel alles haben konnte, worauf man Hunger hatte. Abiona kam ihnen entgegen. In ihrem weißen Sarong und dem weißen Haarband sah sie atemberaubend schön aus. Sie begrüßte sie fröhlich und zog Callie ein wenig zur Seite.

»Der Bannspruch«, sagte sie, »wirkt er jetzt?«

»Ich glaube ja«, meinte Callie. »Nachdem wir letzten Sonntag dein Haus verlassen hatten, wartete mein Mann auf uns, aber seither habe ich nichts mehr von ihm gesehen oder gehört.«

»Und deine Gedanken?«

Callie errötete und wich dem forschenden Blick Abionas aus. Wie konnte sie erklären, dass sie Logan nicht aus ihren Gedanken streichen konnte? Er tauchte regelmäßig in ihnen auf. Gewöhnlich waren es Erinnerungen an Szenen, in denen er diesen Panzer der Selbstkontrolle abgelegt hatte. Das war nicht oft geschehen, aber manchmal war es Callie gelungen, ihn dabei zu erwischen. Wenn er in einem Buch las oder neue Sträucher im Garten pflanzte. Oder wenn er mit ihr auf seinem Boot war und die Segel hisste. Dann sah sie seine entspannten Züge, dann war sein Körper locker. Und diesen Logan sah sie in ihren Gedanken. Und den wütenden Logan, den sie an dem Abend der Leidenschaft in Tess' Laden kennen gelernt hatte.

»Callie?« Abionas lange Finger fassten an Callies Kinn, und ihre Blicke trafen sich wieder. »Er ist immer noch in deinen Gedanken, nicht wahr?«

Callie nickte. »Aber das überrascht mich nicht. Es ist gerade mal einen Monat her, dass ich ihn verlassen habe, aber ich war drei Jahre lang mit ihm zusammen. Ich kann nicht erwarten, dass ich so schnell aufhören kann, an ihn zu denken.«

Abiona nickte. »Das stimmt.« Sie schürzte nachdenklich die Lippen und strich über Callies Haare. »Du vermisst ihn, nicht wahr?«

Die Frage verdutzte Callie. »Nun, ich vermisse nicht das Eingeengtsein, in dem ich mich bei ihm befunden habe. Aber sonst … ja, ich glaube schon, dass ich ihn vermisse.«

Abiona lächelte ihr wunderschönes Lächeln und streichelte über Callies Wange. »Deine Harmonie wird bald wiederhergestellt sein.«

»Das hoffe ich.«

Die Menschen drängten sich jetzt unter das Dach, ein Zeichen dafür, dass die Zeremonie bald beginnen würde. Abiona küsste Callie auf die Wange und lief zu den anderen.

Tess und Adam saßen nebeneinander am Rand des Säulengangs. Callie streifte ihre Schuhe ab und setzte sich neben Tess. Eine seltsame Erregung hatte sie erfasst, obwohl sie keinen Schimmer hatte, was sie von der Zeremonie erwarten sollte.

Die Trommler nahmen ihre Plätze ein und begannen mit den Händen einen langsamen, steten Rhythmus zu schlagen. Die Gäste wurden von den flackernden Flammen der Fackeln in ein gespenstisches rötliches Licht getaucht.

Ein hoch aufgeschossener Mann in einer weißen Hose und einem weiten Hemd näherte sich der mittleren Säule, eine Schüssel mit Wasser in den Händen. Er hatte auffällige Gesichtszüge mit hohen Wangenknochen und großen schwarzen Augen. Er begann zu singen, aber Callie verstand kein Wort. Der Gesang hob sich und fiel mit dem Beat der Trommeln.

»Das ist Kadja«, flüsterte Callie. »Er ist einer der Priester. Er ruft die *loas.*«

Kadja hob die Schüssel und hielt sie in alle Ecken des Peristyliums, ehe er Pemba die Schüssel reichte, die den Vorgang wiederholte. Andere Mitglieder der Gemeinde begannen einen Gesang in einem eigenartigen Mischmasch mit französischen, englischen und westafrikanischen Vokabeln. Kadja hob eine Schüssel mit Weizen- und Maismehl, nahm eine Prise zwischen Daumen und Zeigefinger und bestäubte damit den Pfeiler in der Mitte der Dachkonstruktion.

Der Rhythmus der Trommeln hallte in Callies Kopf nach. Die tiefe Tonlage des Gesangs erfüllte die Luft. Zwei Männer traten in die Mitte, gingen neben dem zentralen Pfeiler auf die Knie und küssten den Boden.

Sie brachten Speiseopfer dar, um die *loas* zu beköstigen. Pemba trat mit einem lebenden Huhn in die Mitte. Der Gesang wurde lauter.

Callie verzog das Gesicht. Sie hatte schon von den Opferungen bei Voodoo-Zeremonien gehört, aber sie hatte gehofft, dass es sich um Gerüchte handelte.

Tess beugte sich zu ihr und raunte: »Es mag ein bisschen seltsam für uns sein, aber das ist ein wichtiger Bestandteil der Verehrung der *loas*.«

Callie schluckte schwer. Kadja schritt das Viereck ab und hielt das Huhn über die Kopfe der Gäste. Ein glänzender Schweißfilm hatte sich über Kadjas Haut gelegt. Langsam ließ er das Huhn auf den Boden nieder, vor die mittlere Säule, und Callie sah zu, wie das Tier ein paar Körner pickte.

»Jetzt ist das Huhn eins mit dem Geist«, erklärte Tess. »Nun kann es geopfert werden, denn die *loas* haben es akzeptiert.«

Der Gesang wurde lauter, angetrieben vom intensiven Trommelwirbel. Die Luft vibrierte vor gespannter Erwartung. Callies Mund wurde trocken, während sie Kadja beobachtete, der das Huhn wieder in die Höhe hob. Er nahm ein Messer und schnitt ihm die Kehle durch. Das Blut floss in eine Schüssel mit Wasser. Callie wollte wegsehen, aber sie starrte in schauriger Faszination auf die anmutigen Bewegungen des Priesters. Die meisten Gäste fielen jetzt in den Gesang ein und klatschten rhythmisch.

Kadja legte das tote Huhn auf den Boden, und andere besprenkelten es mit Mehl, Kaffeemehl und Wasser.

»Das ist die letzte Opfergabe«, erklärte Tess. »Jetzt nehmen sie das Huhn weg, es wird ausgenommen und gekocht, während wir darauf warten, dass die *loa* von jemandem Besitz nimmt.«

Callie schluckte schwer. Echos der Trommeln pulsierten in ihrem Blut und weckten tief verborgene primitive Instinkte. Sie sah, wie die Menschen sich bewegten, mit den Füßen stampften und wild klatschten. Körper wanden sich um den mittleren Pfeiler. Callie schaute hinüber zu Abiona, deren Körper völlig losgelöst zu sein schien. Sie bewegte sich mit einer Anmut, die fast schon außerirdisch war. Die Tänzer schüttelten ihr Ego ab und gaben sich dem Ritual hin.

Abiona blieb vor Callie stehen. Ihre Schönheit überstrahlte alles, ihr Körper vibrierte, ihre Haut glänzte vom Schweiß. Ohne ein Wort ergriff sie Callies Hände und zog sie in die Mitte. Die körperliche Hitze der anderen übertrug sich auf Callie. Sie ließ die elektrisierende Atmosphäre in ihre Seele einkehren. Die Körper schwankten wie die Wellen des Meeres.

Callie ließ sich mitreißen, sie konnte nicht mehr denken, sie war benommen von der Dynamik des Rituals und von der Nähe von Abionas Körper. Gesichter tauchten wie Schemen vor ihr auf.

Die Trommeln verstummten so plötzlich, dass Callie kaum Zeit hatte, darauf zu reagieren. Sie spürte, dass Abiona sie mit der Hand im Gleichgewicht hielt. Callie sah die andere Frau aus weit aufgerissenen Augen an. In ihrem Kopf drehte sich alles.

»Ruh dich einen Moment aus, Callie.«

Sie nickte und kehrte zu Tess und Adam zurück. Sie ließ sich neben sie fallen und rang nach Luft. Adam beugte sich vor und reichte ihr ein weißes Taschentuch.

»Danke, Adam.« Schweiß tropfte von Callies Stirn. Sie tupfte die Haut mit dem Taschentuch ab.

»Du ... du warst sehr gut«, sagte Adam bewundernd.

»Ist alles in Ordnung?«, fragte Tess.

Callies Herz schlug immer noch stark, und es war, als stünde ihr Blut in Flammen. Sie konnte keinen klaren Gedanken fassen. Sie richtete sich schwankend auf.

»Ich … ich brauche Wasser.«

»Ich hole dir ein Glas«, bot Tess an.

»Nein, ich brauche auch frische Luft.« Callie atmete kräftig durch und ging hinüber zu den Tischen. Sie fand eine Wasserflasche, öffnete sie und trank gierig. Nach dem dritten Schluck fühlte sie sich etwas besser.

Langsam ging sie hinunter zum Strand und atmete die salzige Luft ein. Abseits der heißen Fackeln und des Lärms beruhigte sie sich allmählich, aber in sich spürte sie immer noch eine lodernde Energie. Sie drehte sich um und blickte zurück zum Peristylium, denn die Trommelschläge hatten wieder begonnen. Es war unglaublich, wie leicht sich diese Menschen einer Gewalt öffnen konnten, die viel größer war als sie selbst.

Callie ging langsam zurück. Ihre nackten Füße versanken im weichen Sand. Unterwegs spürte sie ein Zögern in sich, als ob sie nicht wirklich zurück zum Ritual wollte. Sie lehnte sich an einen Baumstamm und sah, dass der Tanz wieder begann. Es war eine Erleichterung, aus der Distanz zuzuschauen. Sie war sich des eigenen Seins bewusster denn je.

Plötzlich griff eine Männerhand an ihre Hüfte. Callie fuhr herum und sah, dass die Hand zu ihrem Mann gehörte.

Callie hielt die Luft an, als ihr Mann sich gegen ihren Rücken presste. Seine Hand glitt über ihren Bauch.

»Was …« Callies Stimme brach ab. Sie schluckte und versuchte es noch einmal. »Bist du mir hierhin gefolgt?«

»Was glaubst du?« Seine Stimme klang weich und tief und ein wenig gespenstisch in der wogenden Nachtluft.

Callie schloss die Augen. Sie spürte ein verrücktes Verlangen, ihn zu fragen, wo er in der vergangenen Woche gewesen war, aber das hätte sich lächerlich angehört, denn eigentlich sollte ihr das egal sein. Logans Hand glitt ein wenig weiter nach unten. Seine Schenkel pressten sich gegen ihren Po. Sie konnte seinen Atem im Nacken fühlen.

Vor sich sah sie die Bilder von vor einigen Wochen, als sie über den Ladentresen gebeugt gelegen und er es ihr von hinten besorgt hatte. Sie hörte sich keuchen und wimmern, sie spürte das kalte Glas und sein heißes Fleisch.

»Warum?«, fragte sie.

»Neugier.«

Callie wartete darauf, dass er ihr mit kühler, beherrschter Stimme sagte, wie sehr er sie dafür verachtete, dass sie an einer Voodoo-Zeremonie teilnahm. Zu ihrer Überraschung schalt er sie nicht.

Statt dessen fragte er nur: »Warum?« Seine andere Hand legte sich um ihre Hüfte.

»Ich wollte versuchen, dich aus meinem Leben zu verbannen«, antwortete sie.

»Es hat nicht funktioniert.« Logans Fingerspitzen glitten in den Elastikbund ihres Rocks.

»Das habe ich auch bemerkt.« Callie öffnete die Augen und schaute auf die Szene unter dem Dach. Abiona tanzte mit wilden, ausgelassenen Bewegungen, angetrieben vom Rhythmus der Trommeln, vom leidenschaftslosen Gesang und dem lauten Klatschen der Gäste. Ihre Schritte und Verrenkungen hatten jetzt etwas unverhohlen Sexuelles an sich. Ihre Brüste schwangen aufreizend.

Logans Kopf hob sich von Callies Nacken, als er ebenfalls auf die Szene schaute. »Sie ist deine Priesterin, nicht wahr?«

»Sie heißt Abiona. Sie ist jetzt von *loa* besessen. Das ist ein Geist.«

»Sie ist eine Schönheit.«

»Ich weiß.«

Logans Finger glitten weiter nach unten. Irgendein

Bereich in Callies Gedanken sagte ihr, sie sollte ihm Einhalt gebieten, aber sie brachte es nicht fertig, ihn wegzustoßen. Das Gegenteil war der Fall. Sie genoss die Wärme seines Körpers an ihrem und die Berührung seiner Finger auf ihren feuchten Haut.

Sie schloss wieder die Augen. Himmel, war sie heiß. Selbst die Meeresbrise brachte ihr keine Erleichterung. Das Tempo des Tanzes pochte in ihrem Blut.

Logans Finger spreizten sich auf ihrer Haut, der Mittelfinger drückte in ihre Pussy. Mit der anderen Hand schob er die Haare aus ihrem Nacken. Callie erschauerte, als seine Lippen ihre empfindliche Haut berührten. Da hatte er sie früher nie geküsst. Sie ließ sich leicht nach hinten fallen und spürte seine Erektion. Eine ungeheure Erregung erfasste sie.

Seine Finger hatten ihre Klitoris erreicht und massierten den fleischigen Knopf mit immer größerem Druck. Callie begann zu stöhnen und stieß mit dem Unterleib gegen seine Hand. Ihr Geschlecht war schon nass vor Erregung und der vorangegangenen Anstrengung, aber jetzt spürte sie, wie ihre Säfte flossen. Als ihr Orgasmus sich aufzubauen begann, zog er die Hand zurück und umfing ihre Brüste.

»Kein Büstenhalter, was?«, murmelte er. Seine Finger spielten mit ihren Nippeln, zupften und zogen daran, bis es Callie heiß und kalt über den Rücken lief. Sie versteifte sich und erwartete, dass er sie wegen ihres unanständigen Benehmens tadelte, aber das tat er nicht. Er schien es zu genießen, sich ausgiebig mit ihren Brüsten zu beschäftigen. Er berührte den schmalen Beutel, der um ihren Hals hing.

»Was ist das?«, fragte er.

Callie musste kichern. »Das ist mein *mojo*. Er soll mich vor dir beschützen.«

»Hm. Funktioniert auch nicht.«

»Das ist mir auch aufgefallen.«

»Ich habe dich beim Tanzen gesehen«, sagte Logan. Seine Zunge strich über ihren Nacken.

»Und?«

»Du hast mich an einen wirbelnden Derwisch erinnert.«

Callie konnte immer noch nicht glauben, dass er sie nicht kritisierte. »Es war betörend«, murmelte sie. »Es war, als wäre ich ein anderer Mensch geworden.«

»Du hast unglaublich sexy ausgesehen, calla lily.«

Dass er ihren Kosenamen aussprach, rührte ihr das Herz. Es war eine der wenigen Beweise seiner Gefühle für sie gewesen. Langsam schlug sie die Augen auf und drehte sich zu ihm um. Auf seinen Zügen spiegelte sich der Feuerschein der Fackeln wider, und neben dem schon gewohnten stoischen Blick lag da noch etwas anderes in seinen Augen. Callie erkannte es nicht. Ein Anflug von Schmerz? Von Verzweiflung?

Sie legte ihre zitternden Finger gegen seine Lippen. Es lag ihr auf der Zunge zu sagen, dass sie trotzdem nicht mit ihm nach Hause gehen würde, aber dann nahm er ihre Fingerspitzen zwischen seine Lippen. Callie starrte ihn an, verblüfft von seiner erotischen Berührung. Sie presste die Schenkel zusammen, denn sie spürte das Pochen in ihrem Geschlecht. Der Beat der Trommeln hielt unverändert an.

Sie wusste, dass der Rhythmus auch Logan ins Blut ging. Seine Muskeln waren angespannt, und sein Penis drückte sich gegen die Jeans. Er schaute sie an. Sein Blick war so intensiv, als könnte er mitten in sie hinein sehen.

Callie legte jede Scheu ab, denn sie lechzte mit allen Sinnen nach ihm. Ihre Hände griffen zum Hosenstall, und ihr Mund drückte sich auf seinen. Oh, Himmel, er küsste sie wie noch nie zuvor. Seine Zunge fuhr in ihren Mund, als wollte er seinen Besitz anmelden. Callie verlor sich in der Hitze seines Mundes. Ihre Finger arbeiteten fieberhaft mit seiner Hosenöffnung.

Die Welt der Trommeln und des Gesangs rückte in der Hintergrund, Callie hörte nur noch das ungestüme Pochen des eigenen und seines Herzens.

Mit flinken Fingern öffnete Logan die Knöpfe ihrer Bluse und brachte die Brüste an die frische Seeluft. Zu Callies Überraschung ließ er sich vor ihr auf die Knie nieder und zog den Rock über ihre Hüften. Sie hatte auf einen Slip verzichtet. Logan presste die Hände zwischen ihre Schenkel und spreizte sie. Callie stieß einen gedämpften Schrei aus, als er die Zunge in ihre Pussy gleiten ließ. Wo hatte er sich dieses Geschick erworben? Sie hatte diese Behandlung erst ein einziges Mal erfahren.

Ihre Hände griffen in seine Haare, als er sie stetig dem Orgasmus entgegen führte. Er saugte und leckte, bis Callie es nicht länger aushalten konnte und sich am Baumstamm festhalten musste. Die Spannung explodierte in ihr, sie schrie auf und zitterte am ganzen Körper. Seine Zunge strich noch einmal über die bebende Klitoris.

Keuchend blickte sie auf ihn hinunter. Das Brennen seiner Augen versengte sie. Sie sank neben ihn auf die Knie, gierig danach, seine Kleider abzustreifen und seine warme Haut unter den Fingern zu spüren. Sie zerrte an seinem Hemd und an den Jeans, bis sie seinen nackten Körper ertasten konnte. Sie strich über jeden Muskeln, berührte seinen Schaft, fühlte die kitzelnden Härchen und die Hitze seiner Haut. Es war, als ertaste sie ihren Ehemann das erste Mal.

Logan packte sie an der Taille, legte sie auf den sandigen Boden und drang in sie ein. Callie spreizte die Beine und streckte die Arme nach ihm aus. Ihr Blut rauschte in neu erwachter Ehrfurcht vor dem Mann über ihr.

Schweiß glitzerte auf seiner Stirn, als sein Schaft tief in sie hineinglitt. Er beugte den Kopf und saugte ihre Nippel abwechselnd in den Mund.

Kleine Blitze schossen von den Brüsten zu ihrem Schoß, der sich gespalten fühlte. Sie wühlte mit den Händen in seinen Haaren und labte sich an der Reibung ihrer Körper und an seinem Gewicht auf ihr.

Stöhnend stieß Logan in die seidige Spalte. Callie stieß einen Schrei aus, als er tief in ihr auf Grund stieß, sie schlang ihre Beine um ihn und beantwortete sein Stöße mit ruckartigen Aufwärtsbewegungen.

Jetzt waren die Trommelschläge das Echo – das Echo seiner Stöße und ihrer kehligen Schreie. Ihr ganzer Leib wurde aufgewühlt, sie spürte seinen heftigen Atem, und als sie sich auf der Klippe zur endgültigen Erlösung befand, drückte er seinen Mund auf ihren.

Callie, voll von ihm, umgeben von ihm, zog ihn mit aller Kraft an sich, und dann kam es ihr in gewaltigen, köstlichen Erschütterungen. Er stieß noch einige Male kräftig zu, die Zunge tief in ihrem Mund, dann bescherte er sie und ließ sich auf sie fallen.

Allmählich entspannten sich ihre Körper. Mit beiden Händen streichelte sie Logans Rücken. Er löste sich behutsam von ihr und legte sich neben sie auf den Rücken. Nach einer Weile legte Callie sich auf die Seite, stützte den Kopf mit einer Hand ab und betrachtete ihren Mann. Er war ihr bisher immer ein Geheimnis geblieben.

Niemand wurde mit starrer Selbstbeherrschung geboren oder mit dem Blick der Missbilligung im Gesicht. Was also hatte Logan zu dem Mann gemacht, der er geworden war? Oder der er bis vor kurzem gewesen war? Einen Moment lang fiel es ihr schwer, den Logan zu entdecken, den sie zu kennen geglaubt hatte.

Er schlug die Augen auf und bemerkte ihren neugierigen, verwunderten Blick. Eine Minute lang sahen sie sich an, als hätten sie sich vorher nie gesehen. Callie streckte vorsichtig eine Hand aus und legte sie auf seinen Bauch. Bis vor kurzem hatte Logan ihre Zärtlichkeitsversuche verhindert, er hatte sich abgewandt oder ihre Hand weggeschoben. Er hatte keine überflüssigen Intimitäten geduldet.

Diesmal schob er sie nicht weg. Er schaute ihr weiter in die Augen, während Callie mit seiner behaarten Brust spielte und über seine Bauchmuskeln rieb.

»Ich komme trotzdem nicht nach Hause, Logan«, flüsterte Callie. Noch während sie es sagte, spürte sie einen seltsamen Schmerz, der ihre heitere Stimmung vertrieb.

Sein Mund wurde schmal. »Ich habe nicht mit dir gevögelt, um dich zu überreden, mit nach Hause zu kommen.«

»Ich weiß.«

»Aber wenn du mal darüber nachdenken willst, kommst du vielleicht auf den Gedanken, dass sich einiges ändern würde, wenn du nach Hause kämst.«

»Wie kann sich etwas verändern, wenn du nicht einmal begreifst, was vorher nicht in Ordnung war?«

»Und du glaubst, es kommt in Ordnung, wenn du weg bleibst?«

»Ich weiß es nicht.«

Logan setzte sich auf, und Callies Hand fiel von ihm ab. Sie wusste irgendwie, dass er wieder abgeschaltet hatte. Er zog die Jeans hoch. Callie griff nach Bluse und Rock. Sie wollte ihm noch etwas sagen – aber was? Wenn sich zwischen ihnen etwas verändert hatte, dann wusste sie nicht, was es war.

»Logan ...« Callie legte eine Hand auf seinen Arm.

Er fuhr mit einer Hand durch seine zerzausten Haare und sah Callie an. »Vergiss es«, sagte er. »Übrigens, wenn du noch mehr von deinen Sachen holen willst, dann erledige das lieber so schnell es geht. Du hast auch noch Sachen auf dem Boot.«

Callie biss auf die Unterlippe und nickte. Das Wissen, dass er sie aufgab, verletzte sie mit überraschender Heftigkeit. Ja, sie hatte gewollt, dass er sie in Ruhe ließ, aber sie hatte auch gehofft, dass er sich die Zeit nahm, über ihre Beziehung nachzudenken. Offenbar war er dazu nicht bereit. Eine ungeheure Traurigkeit überkam sie.

»Okay, die Sachen vom Boot hole ich am Donnerstag ab, das ist mein freier Tag. Und an diesem Wochenende schicke ich jemanden, um die Sachen aus dem Haus zu holen.«

»Fein.« Logan zögerte einen Moment lang, als ob er noch etwas sagen wollte, aber dann wandte er sich ab.

Callie sah ihm nach, wie er hinunter an den Strand ging, dann verschwand er in der Dunkelheit. Sie schlenderte langsam zurück unters Dach. Sie hatte nicht einmal gehört, dass die Trommeln verstummt waren. Die Zeremonie schien beendet zu sein. Wer geblieben war, umlagerte die Tische mit den kulinarischen Köstlichkeiten und den Getränken. Callie fand Tess, die sich ihr Dessert auf den Teller häufte.

Adam entdeckte sie zuerst und winkte ihr zu, während er versuchte, den Teller in der einen und ein Pappbecher in der anderen Hand zu balancieren. »Hallo, Callie. Ist alles in Ordnung? Du warst plötzlich verschwunden.«

»Ja, tut mir Leid. Ich brauchte mal frische Luft.«

Tess nickte. »Das erste Mal kann es ziemlich überwältigend sein. Aber keine Bange, du wirst dich daran gewöhnen.«

Callie sah sich um. »Ist Abiona noch hier? Ich möchte gern mit ihr sprechen.«

»Ja, sie ruht sich bestimmt noch etwas aus. Sie hatte einen anstrengenden Abend.«

»Danke.« Tatsächlich fand Callie die Voodoopriesterin in einer Strandliege vor. Zwei leere Teller und ein Becher standen neben ihr auf dem Boden. Ihre Mutter hielt sich in der Nähe auf. Beide Frauen lächelten Callie an.

»Callie, wie hat dir unsere Zeremonie gefallen?«, fragte Pemba.

»Es war ein unglaubliches Erlebnis. Danke, dass ihr mich eingeladen habt.« Nervös strich sie ihren Rock glatt. »Abiona, kann ich dich sprechen?«

»Natürlich, Kind. Komm, setz dich neben mich.« Abiona wies auf einen nahen Stuhl. Sie wirkte erschöpft, aber trotzdem strahlte sie eine Kraft aus, die nie nachzulassen schien.

Callie setzte sich. Sie konnte den Blick nicht von der anderen Frau wenden. »Wie geht es dir?«

»Ein bisschen müde, aber sehr lebendig«, antwortet Abiona. »Es war Ghede, der Gott der Erotik und des Todes, der mich heute Abend besessen hat. Er war sehr fordernd, aber er ist einer der mächtigsten *loas*.«

Callie mochte diese besondere Frau nicht belügen. »Es tut mir Leid, aber ich habe die ganze Zeremonie nicht anschauen können«, gab sie zu. »Der Tanz hat mir sehr gut gefallen, aber dann wurde mir so heiß, dass ich an die frische Luft musste. Ich bin ein wenig auf und ab gegangen. Und dabei habe ich ... Nun, ich bin meinem Mann begegnet.«

Zu Callies Überraschung lächelte die Priesterin. »Ich hatte mir gedacht, dass er heute Abend kommt. Er hat mich vor ein paar Tagen besucht.«

Callie sah sie verdutzt an. »Er?«

»Ja. Er machte einen verstörten Eindruck.«

»Verstört? Oder nur wütend?«

»Nein, er war verstört. Er hat es sich nicht anmerken lassen, aber ich habe es in ihm gespürt. Irgendetwas wühlt ihn merklich auf.«

»Das ist bestimmt die Tatsache, dass ich seine Befehle nicht befolge«, sagte Callie.

Abiona schüttelte den Kopf. »Nein, da steckt noch etwas anderes hinter. Er ist wegen dir aus dem Gleichgewicht geraten, das steht außer Zweifel. Aber da gibt es dunkle Kräfte in seinem Leben.«

Callie hob die Schultern. »Vielleicht erlebt er gerade einen komplizierten Gerichtsfall.«

»Ich glaube, du solltest Mitgefühl mit deinem Mann haben«, sagte Abiona. »Er ist ein guter Mann. Vielleicht nicht immer leicht zu verstehen, aber trotzdem ein guter Mann.«

»Es ist schwierig, mit ihm zu fühlen, wenn er selbst keine Gefühle zeigt«, murmelte Callie.

»Aber natürlich hat er Gefühle, Callie. Er ist ebenso Mensch wie du. Außerdem – behandelst du alle Leute nach den Merkmalen, die sie haben? Wenn jemand voller Hass ist, hasst du ihn dann auch?«

»Nein«, hauchte Callie nachdenklich. »Aber vielleicht sollte man das tun. Auge um Auge, Zahn um Zahn.«

Abiona schüttelte den Kopf. »Aber was ist, wenn alle so denken? Die Welt wäre noch viel schlechter.«

»Ja, schon.« Callie atmete tief aus und versuchte, Klarheit in ihren Kopf zu bekommen. »Ich bin verwirrt. Ich weiß nicht, was mit Logan geschieht. Schlimmer noch – ich weiß nicht einmal, was ich will.«

»Du wirst es wissen«, versicherte Abiona ihr. »Antworten erreichen uns auf den verrücktesten Wegen. Und zu den seltsamsten Zeiten. Die *loas* geben sie uns.«

»Noch habe ich keine Antworten erhalten«, murmelte Callie. »Ich habe nur Fragen. Zum Beispiel, warum mein Mann meine Schritte verfolgt.«

»Verfolgt er dich?«

»Nein, das glaube ich nicht. Er ist ein sehr beschäftigter Anwalt, und er würde nie seine Arbeit vernachlässigen, um mich zu suchen. Aber er ist jetzt schon zweimal aufgetaucht; vorige Woche, als ich dich besucht habe, und heute war er hier.«

»Ich habe ihm von der Zeremonie erzählt. Vielleicht hatte er gehofft, dass du auch hier sein würdest.« Abiona sah Callie an. »Hattest du Sex mit ihm?«

Callie errötete. »Es ist mir klar, dass es nicht die erfolgreichste Art ist, ihn los zu werden, aber …«

Abiona lachte so unerwartet, dass Callie zusammenzuckte. Beschämt faltete sie die Hände.

»Mein Kind.« Abiona nahm Callies Hände in ihre. »Entschuldige, ich lache nicht über dich. Ich lache, weil ich glaube, dass Ghede heute Abend einen gewissen Einfluss auf dich hatte. Er hat große Macht, und er setzt sie oft ein, um andere zu verwirren.«

»Nun, das ist ihm gelungen«, murmelte Callie. Sie seufzte und rieb sich über die Stirn. Nachdem sie Logan verlassen hatte, war ihr alles so klar vorgekommen, aber jetzt hatte sich dichter Nebel in ihrem Gehirn festgesetzt. »Mir scheint das Ritual nichts genutzt zu haben.«

»Warum besuchst du mich nicht am Dienstag? Ich gebe dir einen zusätzlichen Schutz vor Logan.«

»Danke, aber ich bezweifle, ob das hilft.«

Abiona sah sie nachdenklich an. »Callie, du darfst nicht vergessen, dass jeder von *loas* bewacht wird. Wenn dein Mann von mächtigen Geistern beschützt wird, prallen viele Bannsprüche ab.«

Callie grinste. »Wenn Logan auch von *loas* beschützt wird, haben meine *loas* keine Chance gegen ihn.«

»Vielleicht haben die Geister gar nichts mit deinem Problem zu tun«, meinte Abiona. »Vielleicht liegt das Problem in dir. Darf ich fragen, warum du diesen Mann geheiratet hast?«

»Weil … weil ich ihn für einen faszinierenden Mann hielt. Und weil meine Schwester mir die ganze Zeit gesagt hat, es würde meine gesellschaftliche Stellung aufwerten, wenn ich ihn heirate.«

»Das ist alles?«

Verwirrung breitete sich in Callie aus. Sie erinnerte sich, Logan gefragt zu haben, warum er sie geheiratet hatte, aber sie hatte nie darüber nachgedacht, warum sie ihn geheiratet hatte. »Nein, ich glaube, das ist noch nicht alles. Ich nahm an, dass ich ihn liebte.«

Abiona sah sie stirnrunzelnd an. »Du nahmst es an? Du weißt es nicht? Kind, wenn du nicht einmal dein eigenes Herz kennst, kannst du nicht erwarten, deine Beziehung mit deinem Mann ins Lot zu bringen.«

»Ich weiß«, sagte Callie leise. Plötzlich war sie sich nicht mehr so sicher, ob sie überhaupt etwas wusste.

»Hat dir wirklich so viel an deinem gesellschaftlichen Status gelegen, dass du deshalb heiraten würdest?«

Callie schüttelte den Kopf. »Nein, das glaube ich nicht wirklich. Solche Dinge haben in meinem Leben nie eine Rolle gespielt. Ich muss ihn geliebt haben, oder wenigstens habe ich für ihn geschwärmt.«

»Und jetzt?«

»Ich weiß es nicht«, gab Callie zu. »Im Zusammenhang mit Logan ist mir das Wort ›Liebe‹ schon lange nicht mehr eingefallen. Er schien so weit weg zu sein, dass ich keinen Gedanken daran verschwendet habe.«

»Vielleicht solltest du noch einmal darüber nachdenken«, schlug Abiona vor. »Da könnte sich der Quell deiner Schwierigkeiten verstecken.«

Callie hob die Schultern. »Vielleicht habe ich geglaubt, ich könnte ihn ändern. Aber heute weiß ich, dass ich daran gescheitert bin.«

Abiona drückte Callies Hand. »Vielleicht hast du auch etwas in ihm gesehen, was sich allen anderen nicht erschlossen hat.«

Elftes Kapitel

Logan trat durch die Terrassentür. Die Dämmerung hatte eingesetzt. Tief atmete er den Duft der Magnolien und des frischen Grases ein. In den vergangenen Wochen war das Unkraut in den Blumenbeeten hochgeschossen, seit Callie nicht mehr da war. Sie hatte sich immer um die Blumen gekümmert.

Jetzt sprossen Gräser und Moos aus den Ritzen der Steine, und an verschiedenen Stellen hoben sich kleine Ameisenhügel. In letzter Zeit kam es Logan so vor, als wollte ihm alles in Haus und Garten vor Augen führen, dass Callie nicht mehr da war. Ein humorloses Grinsen zuckte in den Mundwinkeln, als er sich bückte und Unkraut zupfte.

Plötzlich sah er Callie vor sich, wie sie sich gestern Abend nackt unter ihm gestreckt hatte. Dann tauchte das Bild vor seinen Augen auf, wie sie ihren Körper beim Tanzen bewegt hatte. Er hatte nie gewusst, wie großartig sie war, und allmählich wurde ihm bewusst, dass es einige Dinge gab, die er von seiner Frau nicht gewusst hatte. Er wusste nicht einmal richtig, warum sie sich weigerte, nach Hause zu kommen.

Er wollte sich nach einem weiteren Unkraut bücken, als er die Türglocke hörte. Auf dem Weg zur Tür wischte er sich die Hände an den Jeans ab. Er öffnete die Tür, und sein Gesicht verspannte sich.

»Elenore.«

»Hallo, Logan.« Sie trug ihren Sonntagsstaat, ein marineblaues Kostüm, das ihr auf den Leib geschnitten war. Dazu passende Handschuhe und passenden Hut. »Darf ich eintreten?«

Logans Hand klammerte sich an den Türknopf. »Nein. Was willst du?«

»Ich bin nicht glücklich über die unfreundliche Art,

wie du dich vergangene Woche von mir verabschiedet hast«, sagte Elenore.

»Und jetzt möchtest du dich entschuldigen?« Logan schüttelte den Kopf. »Tut mir Leid, kein Interesse.«

Elenores Lippen wurden dünn wie ein Strich. »Mir gefällt nicht, wie du mich behandelst. Deine Vergangenheit ist nicht meine Schuld. Du hast die Entscheidungen getroffen, Logan, nicht ich.«

»Die meisten Entscheidungen kamen von dir«, gab Logan zurück. »Glaube mir, ich habe keine einzige vergessen.«

»Gut, dann hast du auch nicht vergessen, dass ich den Ton angebe – genau wie damals.«

Zähneknirschend zog Logan die Tür auf und ließ Elenore eintreten. Sie sah sich bewundernd um, als sie in den Salon gingen.

»Mein Gott, Logan, du hast es wirklich gut getroffen. Dein Haus ist eine Schatztruhe, einfach wunderschön. Woher hast du diese Antiquitäten?«

»Gesammelt«, murmelte er vage. Er gab sich nicht die Mühe, ihr einen Kaffee oder sonst etwas anzubieten. Er setzte sich auf die Armlehne der Couch und sah Elenore an.

»Nun, es sieht so aus, als würdest du eine kleine Investition in meinen Flussdampfer leicht verkraften können«, bemerkte Elenore, während sie sich in einen Sessel sinken ließ.

»Darum geht es nicht.«

Sie sah ihn an. »Weißt du, Logan, sogar Gerald wäre stolz auf dich.«

»Das geht mir am Arsch vorbei.«

»Ehrlich, Logan, ich weiß nicht, warum du so feindselig bist. Ich kann nachvollziehen, dass du sauer auf dich selbst bist, aber was haben wir damit zu tun?«

»Du bist eine manipulierende Bestie«, antwortete Logan. »Also, was willst du? Du hast mir eine Woche Zeit gegeben.«

Ihre Lippen wölbten sich zu einem Lächeln. »Was glaubst du, was ich will?«

Logan spürte, wie ein kalter Schauer über seinen Rücken lief. »Vergiss es, Elenore. Für deine perversen Spielchen stehe ich nicht mehr zur Verfügung.«

»Mir gefällt deine Aufsässigkeit nicht.« Sie schaute sich im Salon um. »Wer war für die Einrichtung zuständig? Deine Frau?«

»Du kannst Callie aus dem Spiel lassen«, sagte Logan. »Das hilft dir nicht weiter.«

»Warum nicht? Ist sie wieder bei dir?«

»Was, zum Teufel, geht dich das an?«, fauchte Logan. »Verschwinde, Elenore, ich habe keine Zeit für solche Sachen.«

»Es wäre besser für dich, wenn du Zeit für mich hättest, Logan«, antwortete Elenore schnippisch. »Gut, du hast Zeit bis Samstag. Dann beginnen unsere Verhandlungen neu.«

»Was soll das bedeuten?«

»Nun, mir hat unser kleines tête-à-tête neulich so gut gefallen, dass ich Hunger auf mehr habe.«

Logan lachte trocken auf. »Du willst mich vertraglich zwingen, dich regelmäßig zu vögeln? Verschwinde, du psychotische Hexe.«

Er ließ sie sitzen und ging die Treppe hoch. Erleichtert hörte er, wie die Haustür zugeschlagen wurde. Übelkeit stieg in ihm hoch, als er sich vorstellte, das Erlebnis vom vergangenen Mittwoch könnte zu einer Dauerveranstaltung werden. Eher würde er sie umbringen.

Ohne nachzudenken griff er seine Autoschlüssel und fuhr zu Abionas Haus in der Bay Street. Obwohl er von Voodoo nicht viel hielt, wollte er sie wiedersehen. Er klopfte an die Tür und wartete ungeduldig.

»Logan.« Abiona öffnete die Tür und bat ihn herein. »Ich habe dich erwartet.«

»Wieso?«

»Ich habe von dir geträumt. Du warst in einer großen Wüste und wolltest unbedingt einen Weg hinaus finden. Es war brüllend heiß, und du hattest kein Wasser bei dir.«

»Habe ich es geschafft?«

Ihre Augenbrauen trafen sich in der Mitte. Sie schüttelte den Kopf. »Nein. Du bist auf Treibsand geraten. In ganz kurzer Zeit warst du verschwunden.«

Sie sah so besorgt aus, dass Logan sich beinahe schuldig fühlte.

»Der Traum muss auf meine Arbeit anspielen«, sagte er. »Ich habe eine Menge zu tun.«

Abiona schüttelte den Kopf. »Nein, er hat etwas mit den dunklen Kräften in deinem Leben zu tun. Du musst mir sagen, was los ist, Logan. Ich sorge mich um dich und um Callie.«

Er dachte kurz nach, dann räumte er ein: »Da gibt es eine Frau, die mich zwingen will, in ihr kriminelles Unternehmen Geld zu investieren. Wenn ich mich weigere, will sie mich ruinieren.«

»Kann ihr das gelingen?«

»Ja, wahrscheinlich schon.«

»Ich verstehe.« Abiona ging zu einem Schrank und nahm verschiedene Kerzen, einen irdenen Topf und zwei kleine Puppen heraus. »Weiß Callie davon?«

»Nein, ich will auch nicht, dass sie es erfährt.«

Sie sah ihn neugierig an. »Wieso nicht?«

Logan zuckte die Achseln. Er errötete leicht, als er sagte: »Sie braucht es nicht zu wissen.«

»Aber sie ist deine Frau. So wie ich Callie kenne, würde sie es wissen wollen.«

»Es hat nichts mit ihr zu tun. Ich kannte diese Frau vor fünfzehn Jahren. Ich dachte, sie wäre längst aus meinem Leben.«

»Und jetzt ist sie wieder da.« Abiona nickte. »Dunkle Kräfte verschwinden nicht geräuschlos in die Nacht. Wie heißt sie?«

»Elenore Lawrence.«

Sie reichte ihm ein Blatt linierten Papiers und einen Bleistift. »Schreibe bitte ihren Namen zehn Mal auf diese Seite und elf Mal auf die andere Seite.«

Logan rief sich in Erinnerung, dass er nichts zu verlieren hatte. Und ihm selbst war absolut nichts eingefallen, wie er Elenore bezwingen konnte. Also setzte er sich hin und schrieb ihren Namen. Er hasste ihn sogar auf dem Papier.

»Hat diese Frau dich früher auch schon erpresst?«

»Nein.«

»Aber ihr hattet früher eine Beziehung, nicht wahr? Und keine gute.«

»Nein, keine gute.«

»Ich verstehe.« Abiona nahm das Blatt in die Hand, als Logan mit seiner Aufgabe fertig war. Sie legte es zu den anderen Dingen in einen Korb. »Komm, wir gehen zum Friedhof.«

»Zum Friedhof?«

Sie nickte ernst. »Andere können dir auf mehreren Ebenen Schaden zufügen«, erklärte sie. »Jemand hat sich gegen dich verschworen, und damit meine ich nicht Callie. Sie wollte nur vor dir geschützt sein, aber sie würde dir nie Böses wünschen. Aber andere wollen dich am Boden sehen, und sie könnten auch Callie mit hineinziehen.«

»Ja, kann sein«, murmelte er, »aber was hat das mit dem Friedhof zu tun?«

Abiona stand auf und ging zur Tür. »Auf dem Friedhof regiert Baron Samdi. Er ist der mächtigste aller Götter. Wir rufen ihn um Hilfe an.«

Logan schüttelte den Kopf. »Ich weiß deine Hilfe zu schätzen, Abiona, aber ich glaube nicht an dieses Zeug.«

Sie traten hinaus auf die Straße. Abiona sah ihn mit ihren braunen Augen an. »Du bist kein schwacher Mann, Logan«, sagte sie. »Wie sehr willst du, dass diese Frau aus deinem Leben verschwindet?«

»Ich wünsche es mir mehr als alles andere.«

»Dann solltest du nicht zweifeln, sondern mir helfen«, sagte sie und drückte seinen Arm. »Ich mache mir große Sorgen um dich und Callie.«

Es war ihr so ernst, dass Logan sich seiner Zweifel schämte. Abiona war eine schöne Frau, und sie war eine ehrliche, hilfsbereite Seele. Das genaue Gegenteil von Elenore Lawrence, dachte er. Er nickte. »Ja, ich tue, was ich kann.«

Abiona lächelte ihn an, und dieses Lächeln ging ihm ins Blut. Er hatte noch nie eine Frau getroffen, die so attraktiv war und so viel Güte ausstrahlte. Er kannte viele attraktive und elegante Frauen, aber sie alle strahlten keine Wärme aus. Abiona dagegen war so sanft.

Sie ließ ihre Hand auf seinem Arm liegen, als sie durch das Tor des Laurel Grove Friedhofs gingen. Die Grabsteine lagen in symmetrischen Reihen wie auf einem Schachbrett, einige so alt, dass die Inschrift zu bröckeln begonnen hatte. Auf einigen Gräbern standen Blumen, einige frisch, die meisten verwelkt. Logan blickte verstohlen in eine bestimmte Ecke des Friedhofs.

»Liegt jemand aus deiner Familie hier?«, fragte Abiona.

Verdammt, ihr entging nichts. »Mein Vater«, sagte er gedämpft.

»Willst du sein Grab zuerst besuchen?« Sie blieb stehen und füllte ihren Tontopf mit Wasser aus dem Kranen.

»Nein, ich habe sein Grab seit Jahren nicht mehr gesehen.«

Sie sah ihn aus traurigen Augen an. »Warum?«

Logan hob die Schultern. Er hatte nie seine Verbitterung gegenüber seinem Vater ablegen können, er schob ihm auch die Schuld dessen zu, was geschehen war.

»Du hattest keine gute Beziehung zu ihm?«, fragte Abiona. Sie blieb nun unter einer Eiche stehen und kniete sich ins Gras. Bedächtig griff sie in den Korb und nahm die einzelnen Gegenstände heraus.

»Nein, eigentlich nicht.«

Abiona schüttelte traurig den Kopf. »Logan, du tust mir Leid. Deine Beziehungen sind alle unglücklich verlaufen.«

»Nicht alle«, wandte er ein. »Nun, wenigstens habe ich gedacht, dass meine Ehe nicht unter die unglücklichen Beziehungen fällt.«

»Aber du wirst inzwischen erkannt haben, dass Callie unglücklich war. Wenn ein Partner in einer Ehe nicht glücklich ist, kann die Beziehung nicht gut sein.«

Logan wehrte sich gegen seinen aufkommenden Ärger. »Und wie kann man an einer Beziehung arbeiten, wenn die Partnerin nicht da ist?«

»Vielleicht musst du erst lernen zuzuhören.« Sie riss ein Streichholz an und hielt es an die Votivkerzen, dann legte sie die beiden Puppen davor. Sie schaute zum Himmel, an dem die dicken Wolkenschichten rot und orange leuchteten. »Das ist ein guter Abend. Der Geist von Papa Ghede wohnt auch hier. Es ist der Ort, an dem die Welt der Lebenden sich mit der Welt der Toten kreuzt.«

»Und wie kann mir dies helfen?«

»Indem wir die mächtigsten Geister herbeiflehen.« Sie wies auf einen alten, zerbröselnden Grabstein. »Von den Daten her ist das der erste Mann, der hier begraben wurde. Wir werden Baron Samdi bitten, einen *mò* zu schicken, der dich beschützen wird. Ein *mò* ist ein sehr starker Geist der Toten.«

»Hast du Callie auch hergebracht, damit sie Schutz vor mir findet?«

Abionas Augen weiteten sich. »Himmel, nein, Logan. Man darf kein Friedhofsritual gegen Familienmitglieder einsetzen. Das würde Baron Samdi sehr verübeln. Es kann sein, dass er nicht zur Hilfe bereit ist, weil er großen Wert darauf legt, dass Familien zusammen bleiben.«

Er wollte sie nicht beleidigen, deshalb sagte Logan nichts und nickte nur. Abiona legte beide Hände auf die Puppen und murmelte irgendwelche Beschwörungen, dann band sie die Puppen Rücken an Rücken. Sie zündete wieder eine Kerze an, dann hob sie das Blatt mit Elenores Namen und den Tontopf auf. Sie schloss die Augen. Ihre Lippen bewegten sich, während sie Papier und Topf in alle vier Richtungen hielt. Gegen seinen Willen konnte sich Logan ihrer Ernsthaftigkeit nicht entziehen. Ihr ganzer Körper floss mit ihren anmutigen Bewegungen, mit jeder Geste.

Abiona verneigte sich vor den vier Richtungen, dann stellte sie den Topf ab und zerriss das Blatt Papier in vier Stücke. Die Fetzen reichte sie Logan.

»Zerreiße sie noch drei Mal, dann sagst du Baron Samdi, was du willst.«

Sie sah ihn so ernst an, dass Logan nicht den Nerv hatte, sie im Stich zu lassen. Er kam sich albern dabei vor, aber er zerriss die Papierstücke in weitere Fetzen. »Ich will, dass Elenore Lawrence aus meinem Leben verschwindet.«

»Sage es noch einmal. Du musst es wirklich wollen.«

»Ich will, dass Elenore Lawrence endgültig aus meinem Leben verschwindet.« Er riss die Papierstücke ein letztes Mal durch und reichte sie Abiona.

Sie holte einen anderen Topf aus dem Korb und legte die Papierschnitzel hinein. Sie legte ein Centstück darauf, dann besprenkelte sie beides mit Kräutern und Pulvern. Sie zündete eine weitere Kerze an und ließ sie in den Topf fallen. Papier und Kräuter fingen an zu brennen, die Flamme schoss über den Topfrand. Sie reichte Logan den Topf.

»Du musst damit die vier Himmelsrichtungen

grüßen. Komm, ich helfe dir dabei.« Sie stand auf und legte einen Arm um seine Hüfte, dann führte sie ihn in alle vier Ecken des Friedhofs. Worte purzelten in einem nicht enden wollenden Strom über ihre Lippen, manchmal hörte es sich faszinierend, manchmal auch bedrohlich an. Als sie fertig war, kniete sie sich hin und nahm einen kleinen Spaten aus ihrem Korb.

Sie hielt Logan den Spaten hin. »Grabe unter dem Baum ein kleines Loch, dann zertrittst du den Topf mit den Füßen.«

Logan befolgte ihre Anweisungen. Der Topf zerbarst unter seinem Absatz. Logan bedeckte das Loch mit der restlichen Erde. Abiona sah ihm mit leuchtenden Augen zu.

»Sehr gut. Wenn wir zurück in meinem Haus sind, gebe ich dir eine Lampe, die du bei dir draußen aufhängst. Sie wird verhindern, dass das Böse bei dir eindringt.« Sie nahm ihren Korb. »In Port-au-Prince gibt es einen großen Friedhof, der Baron Samdi gewidmet ist. Viele Menschen kommen dorthin und tragen ihm ihre Anliegen vor. Nächsten Monat fahre ich nach Haiti, dort werde ich für dich und Callie beten.«

»Danke.«

Sie sahen schweigend zu, wie die verbleibenden Kerzen unter der Eiche abbrannten. Logan sah Abiona von der Seite an. Im letzten Tageslicht stellte er wieder fest, wie schön sie war. Das Kerzenlicht leuchtete ihre Haut an.

Sie sah seine Blicke und streckte eine Hand nach ihm aus. Logan nahm sie in seine. Lange, schlanke Finger und eine Berührung wie ein Flüstern. Er erinnerte sich an ihren Tanz während der gestrigen Zeremonie. Ihre sinnlichen Bewegungen hatten ihn schon halb überzeugt, dass sie von einer überirdischen Kraft beseelt gewesen war.

Er half ihr auf die Füße, dann wollte er sich bücken, um den Rest der Kerzen einzusammeln.

»Nein, lass sie da«, sagte sie. »Wir kommen zurück.«

»Ich glaube nicht, dass …«

Sie fasste ihn am Arm. »Wir besuchen deinen Vater.«

Logan zögerte. »Das möchte ich lieber nicht.«

»Wir müssen unsere Vorfahren ehren, Logan. Sie und die Geister sind es, die uns bei unseren Problemen helfen können.«

»Ich kann meine Probleme selbst lösen.«

Sie hob die Augenbrauen. »Wirklich? Warum hast du denn so viele im Moment?«

»Gute Frage«, murmelte Logan. Er ging mit ihr zum Grab seines Vaters.

Abiona schaute auf den grauen Grabstein, auf dem in kräftigen Großbuchstaben eingemeißelt stand: EDWARD WATERFORD sowie der Geburts- und Todestag. Das Grab selbst wurde von einer grauen Marmorplatte abgedeckt. In zwei kleinen metallenen Behältern an den unteren Enden standen Blumen, die fast schon verwelkt waren.

Logan stieß die Hände in seine Hosentaschen und starrte auf das Grab seines Vaters. In sich spürte er einen Hauch von Ablehnung, aber das, was er am meisten empfand, war eine riesige Leere. Abiona trat von einem Fuß auf den anderen, ehe sie eine Wasserflasche aus dem Korb nahm und ein paar Tropfen auf dem Grab verteilte. Sie murmelte unentwegt, und zum Schluss klopfte sie drei Mal auf den Grabstein.

Sie sah Logan an. »Du musst mit ihm sprechen.«

Er schüttelte den Kopf. »Ich habe ihm nichts zu sagen.«

Abiona blickte so traurig, dass Logan beinahe ihr zuliebe nachgegeben hätte, aber auch dann schaffte er es nicht, zu seinem toten Vater zu sprechen.

»Logan, vielleicht kann dein Vater dir jetzt helfen.«

»Das bezweifle ich.«

»Vielleicht glaubt er, dass er dir etwas schuldig ist für seine Fehler, die er begangen hat.«

»Er kann glauben, was er will. Ich habe ihm nichts zu sagen. Er ist tot.«

»Dann werde ich an deiner Statt mit ihm sprechen.« Abiona klopfte wieder auf den Grabstein und murmelte ein Gebet, in dem sie Edward bat, Logan bei seiner derzeitigen Krise zu helfen. Als sie fertig war, sah sie ihn wieder an. »Besucht Callie ihn?«

»Nicht, dass ich wüsste. Sie hat ihn nie gekannt.«

Sie wies auf die verwelkenden Blumen. »Jemand muss an ihn denken.«

Logan hob die Schultern. Er schaute zum Himmel, der mit einer schwarzen Decke überzogen schien, die an einigen Stellen von silbernen Sternen durchbrochen wurde. »Es wird spät. Ich habe deine Zeit schon lange genug in Anspruch genommen.«

Abiona sah immer noch traurig aus, aber sie kehrten zur Eiche zurück, wo die Votivkerzen noch brannten.

»Du tust mir Leid, Logan«, sagte sie leise. »Wenn du deinen Frieden mit den Toten nicht schließen kannst, wie willst du dann leben?«

Logan wusste nicht, was er auf die Frage antworten sollte. Sie sahen sich eine Weile an, dann hob sie eine Hand und streichelte seine Wange. Ihre Berührung war so weich wie Watte. Sein Blick blieb an ihren vollen Lippen haften, und er spürte, wie er von einem starken Verlangen nach ihr erfasst wurde.

Er hatte immer noch nichts für das ganze Voodoo-Konzept mit brennenden Kerzen und Bannsprüchen übrig, aber er war hingerissen von ihrer Ernsthaftigkeit und ihrer Hingabe. Er fragte sich, was es bedeutete, so fest an etwas zu glauben, dass es keinen Raum für Zweifel ließ.

Er strich andächtig durch ihre dunklen, krausen Haare. Sie zuckte nicht und sah ihn mit ihren schokoladenfarbenen Augen an. Logan strich mit der Hand über ihren Nacken. Die Linie eines Frauennackens hatte ihn immer schon begeistert, die sanfte Wärme, meist versteckt unter langen Haaren.

Abiona hob eine Hand auf seine Brust, während er sie an sich zog, und im nächsten Moment trafen sich ihre Lippen zu einem brennenden Kuss. Sie stöhnte leise. Ihr Körper schmiegte sich an seinen.

Ihr Körper. Logans Hände glitten über den Kaftan aus weicher Baumwolle und fuhr über die sanften runden Kurven. Innerhalb weniger Sekunden hatte sich seine Erektion aufgebaut. Er drückte ihre vollen Brüste und spürte, wie die Nippel sich unter seinen Handflächen härteten.

Oh, wie er sie in all ihrer geheimnisvollen Glorie begehrte! Niemand hatte ihn je so intensiv, so wissend angeschaut. Es war, als wüsste Abiona viel mehr, als er ahnen konnte. Lust blähte sich in seinen Adern auf, und er spürte sie auch bei ihr, er bemerkte es an ihren gespannten Muskeln und am sanften Wiegen ihrer Hüften.

Sie schlang die Arme um seinen Hals und zog ihn näher an sich heran, und dabei stieß sie die Zunge tief in seinen Mund. Logan griff den Stoff ihres Kaftans und hob ihn langsam über Beine und Po. Gedankenfetzen schossen ihm durch den Kopf. Was stellte sie mit ihm an? Er, Logan Waterford, scherte sich nicht, wo er sich befand, dass er von Leuten, die zufällig vorbei gingen, gesehen werden konnte. Er wollte nichts anderes, als in dieser unglaublichen Frau zu versinken.

Er fuhr mit seinen Fingern über die sanfte Haut der Innenseiten ihrer Schenkel und stieß von dort in die feuchte Wärme ihres Geschlechts vor.

Abiona stöhnte auf. Ihre Augen glänzten vor Erregung und Lust. Sie lehnte sich mit dem Rücken gegen den Eichenstamm und stellte sich breitbeinig hin.

Sie murmelte etwas in Kreolisch, was er nicht verstand, aber der Klang ging ihm ins Blut. Er riss die Knöpfe seiner Jeans auf. Laut atmend griff Abiona hinein und nach seinem Penis. Sie streichelte ihn mit ihren langen Fingern. Es war, als wüsste sie genau, was er fühlte und was sie tun musste, ihm größtmögliche Lust zu verschaffen. Logan schloss die Augen und legte seine Stirn gegen ihre, während er einen Finger zwischen ihren Labien forschen ließ.

Im nächsten Moment packte er sie mit beiden Händen an den Hüften an, hob sie leicht und stieß seinen Schaft in ihre feuchte Hitze. Abiona keuchte und legte die Arme auf seine Schultern. Ihre inneren Muskeln klammerten sich um ihn, als er langsam zu pumpen begann. Leises Wimmern kam über Abionas Lippen, während sie seine Stöße mit einem eigenen Rhythmus der Hüften beantwortete.

Logan musste an sich halten, sonst drohte er die Beherrschung zu verlieren. Er war so eingenommen von dieser Frau, dass er sie zu Entzückensschreien bringen wollte. Seine Finger gruben sich in ihren Po.

»Härter«, stöhnte Abiona. »Härter, bitte.«

Er stieß ungezügelter in sie hinein, und sie ruckte die Hüften vor und zurück, immer schneller, bis sie wie von einer unsichtbaren Faust geschüttelt wurde. Das Gefühl ihres zuckenden Fleisches, das seinen Schaft umklammerte, war zuviel für Logan. Er stieß noch einmal hart zu und verströmte sich in ihr, Welle auf Welle.

Keuchend hielt Abiona sich am Baumstamm fest. Logan ließ sie sanft auf den Boden sinken, während er selbst noch nach Luft rang. Abiona schlug noch benommen die Augen auf und lächelte ihn an.

»Weißt du, Logan, man sagt, dass Ghede auch ein Geist für guten Sex ist«, murmelte sie.

Mit dem Handrücken wischte er sich den Schweiß von der Stirn. »Also, das glaube ich dir sofort.«

Ihr Lachen hörte sich wie der fröhliche Klang von Glocken an. Sie richtete sich auf, stellte sich auf die Zehenspitzen und küsste ihn. »Danke.«

Logan knöpfte sich die Jeans zu und schüttelte den Kopf. Er hätte nie gedacht, zu so etwas fähig zu sein. Und dann auch noch mit einer Voodoopriesterin. Seltsamerweise fühlte er sich ganz gelassen. »Nein. Ich danke dir.«

Sie lächelte, bückte sich und blies die Kerzen aus, ehe sie sie zurück in den Korb legte. Arm in Arm schlenderten sie den Weg zurück.

»Ich glaube, es wird dir helfen, Logan«, sagte Abiona. »Das Ritual, meine ich. Aber du musst Frieden mit deinem Vater finden.«

Seine Gelassenheit war wie weggeblasen. »Das glaube ich nicht.«

Sie sah ihn fragend an. »Warum bist du ihm gegenüber so feindselig?«

»Er war unverantwortlich.«

Abiona gluckste. »Ah, das ist der Logan Waterford, den Callie verlassen hat.«

»Was soll das heißen?«

»Dass du vielschichtiger bist, als du deiner Umwelt vormachen willst.« Sie sah ihn von der Seite an. »Ich glaube, Elenore Lawrence weiß das auch. Ich wünschte nur, dass deine Frau es auch wüsste.«

Zwölftes Kapitel

»Sir?« Adams Herz pochte, als er an Logans Bürotür klopfte und eintrat. Es war spät, alle anderen hatten die Kanzlei schon verlassen. »Sie wollten mich sprechen?«

Logan blickte vom Computer auf. »Ja. Schließ die Tür und setz dich.«

Adam fuhr sich durch die zerzausten Haare und ging tiefer in den Raum hinein. Logan hatte sich wieder dem Bildschirm zugewandt und schien Adam zu ignorieren, der einige Male auf seine Uhr schaute. Es war schon nach acht Uhr, und heute fand wieder eine Vorführung statt. Er schaute Logan an, nahm die klaren Konturen des Gesichts in sich auf, das starke Kinn, die Lesebrille auf der Nasenspitze. Er liebte es, wenn Logan eine Brille trug; sie verlieh ihm was Verletzliches.

Schließlich drehte Logan seinen Stuhl, wandte sich vom Computer ab und sah Adam mit zusammengezogenen Augen an.

»Ich dachte, du wolltest mit diesen Ringen aufhören.«

Adam fasste sich an den Ring durch die Augenbraue. Tess hatte ihm diesen Ring gegeben, und er wollte nicht darauf verzichten, auf für Logan nicht. »Ja, wollte ich auch. Aber … ich meine, mir gefällt der Ring. Hat die Kanzlei was dagegen einzuwenden?«

Logan hob die Schultern. »Keine Ahnung. Wenn du wie ein Narr aussehen willst, ist das deine Sache.«

Adam rutschte unruhig auf dem Stuhl herum. »Eh … danke.«

»Ich möchte, dass du alles über ein Paar herausfindest, was für mich interessant sein könnte«, sagte Logan. Elenore und Gerald Lawrence. Sie haben fünf

Jahre in Charleston gelebt, ehe sie vor etwa zwanzig Jahren nach Savannah gezogen sind. Gerald ist inzwischen gestorben, aber Elenore wohnt in Hilton Head. Sie hat einen Flussdampfer gekauft und will daraus ein schwimmendes Hotel und Casino machen.«

»Das ist ein großartige Idee, Sir!«, rief Adam begeistert, während er sich die Informationen notierte. »Bei all den Touristen kann das eine Goldgrube werden.«

»Ich habe dich nicht nach deiner Meinung gefragt«, konterte Logan trocken. »Ich will alle Informationen über das geschäftliche Gebaren der beiden. Wenn du Unterstützung brauchst, ziehst du wieder Sam Houston hinzu.«

»Handelt es sich um Klienten?«, fragte Adam.

»Nein. Ich möchte natürlich auch alles über die Finanzen der Lawrences erfahren. Und die Ermittlungen müssen ohne Aufhebens über die Bühne gehen. Auch in der Kanzlei soll niemand etwas darüber erfahren.«

Adam nickte und sah seinen Boss an und fragte sich, warum Logan in letzter Zeit so viele Probleme hatte, die unter der Decke gehalten werden mussten.

»Sir, darf ich mich nach Ihrer Frau erkundigen?«

Logans Gesichtszüge spannten sich. »Nein.«

Adam überlegte, was er Logan sagen sollte. »Eh ... es ist nämlich so ... Ich habe mit ihr gesprochen.«

Logan sah abrupt auf. »Was? Wann?«

»Einmal nach einer Schau, die ich mir angesehen habe«, erklärte Adam. Unter dem rasiermesserscharfen Blick Logans zog er den Kopf zwischen die Schultern, aber er zwang sich, weiter zu sprechen – schon Callies wegen. »Sie ist wirklich sehr nett. Und sie scheint Sie sehr zu lieben, Sir.«

Zum ersten Mal, seit er Logan kannte, erlebte Adam ihn sprachlos und verdutzt.

»Woher willst du das wissen?«, fragte Logan heftig.

Adam schluckte ein paarmal. Vielleicht würde ihn

das lehren, in Zukunft seinen Mund zu halten. »Als … als ich mich mit ihr unterhalten habe, hat sie von Ihnen gesprochen. Ich hatte den Eindruck, sie vermisst Sie.«

»Was hat sie gesagt?«

»Wie Leid es ihr tut, dass ihre Beziehung nicht so klappt, wie sie gehofft hat.« Adam schluckte wieder und fragte sich, wie weise es wohl war, Callie helfen zu wollen. »Sie ist mir wie eine großartige Frau vorgekommen. Zu schade, dass Sie sie haben gehen lassen.«

Er zuckte zusammen, als Logan ihn stirnrunzelnd ansah. »Ich habe sie nicht gehen lassen«, fauchte Logan. »Sie hat mich verlassen.«

»Oh. Nun, sie wird einen guten Grund gehabt haben. Sie scheint mir nicht der Typ Frau zu sein, die etwas ohne Bedacht tut.«

Logans Augen verengten sich wieder. »Wie hast du das alles herausgefunden?«

»Es war eine ganz normale Unterhaltung«, antwortete Adam rasch. »Ich schwöre Ihnen, Logan, das war alles.«

Er blickte auf seine Uhr. Kurz vor neun. »Tut mir Leid, Sir, aber ich muss gehen. Ich muss bei einer bestimmten Sache heute Abend dabei sein.«

»Bei welcher Sache?«

Adam erhob sich und spürte, dass er knallrot wurde. »Es … ist so ein … Theater.«

»Eine Schau? Wie heißt sie?«

»Sie haben wahrscheinlich noch nichts davon gehört. Es ist experimentelle darstellende Kunst.«

»Wird meine Frau auch da sein?«

»Das glaube ich nicht.«

Logan stand auf und zog sein Jackett an. »Nun, ich begleite dich, dann wissen wir's.«

Oh, verdammt. »L …Logan, ich glaube, das … ist keine gute Idee. Sie … Sie werden sich das nicht ansehen wollen«, stammelte Adam.

»Warum nicht?«

Schweiß brach in Adams Nacken aus. »Es ist eine Art Sex-Schau.«

Logan runzelte die Stirn. »Eine Art Sex-Schau?«

»Ja …« Adam ging rückwärts zur Tür und betete inbrünstig, dass Logan ihm nicht folgte. »Das wollen Sie sich bestimmt nicht ansehen.«

»Im Gegenteil.« Logan steckte die Brieftasche ein und schritt durch sein Büro auf die Tür zu. »Ich fahre.«

Oh, Mann, Mann, Mann. Adams Knie zitterten, als er Logan zu dessen Auto folgte. Er konnte Tess nicht allein lassen, deshalb war eine Flucht zwecklos, aber wie konnte er auf die Bühne, wenn Logan im Saal saß? Während er Logan den Weg zum Theater wies, zermarterte Adam sich den Kopf nach einem Ausweg.

»Ich glaube, Callie arbeitet heute Abend. Die Besitzerin des Nebula Arcana ist nämlich der Star der Schau. Vielleicht sollten Sie lieber zum Laden fahren.«

Logan sah ihn von der Seite an. »Ich glaube nicht.«

»Aber glauben Sie mir. Callie wird nicht da sein.«

»Warum willst du mich unbedingt los werden?«

Adam rutschte auf dem Sitz hin und her. »Logan … eh … ich muss Ihnen noch was sagen.«

»Was?«

»Ich … mache in der Schau mit.«

Logan fixierte ihn mit einem durchdringenden Blick. »Du machst in der Schau mit?«

»Ja.«

»Als was?«

»Darsteller.«

»Und was stellst du dar?«

»Nun, es ist eine ziemlich explizite Sex-Schau.« Adam sah seine Zukunft als Anwalt zerbröseln. Er starrte in Logans hartes Gesicht. »Bin ich gefeuert?«

»Noch nicht.« Logan suchte einen Parkplatz und stieg aus.

Adam konnte kaum glauben, was er sich eingebrockt hatte. Tess wurde im Karree springen.

»Die Vorführung beginnt um zehn«, sagte er. »Ich muss mich vorbereiten.«

»Ja, gut, bereite dich vor.« Logan betrachtete das heruntergekommene Gebäude und schüttelte den Kopf.

Adam hastete zum Eingang. Sein Magen drehte sich. Logan im Zuschauerraum! Er lief hinter die Bühne und fand Tess, die sich in ihrer Garderobe schminkte.

»Tess, ich habe entsetzliche Neuigkeiten.«

Sie sah ihn im Spiegel an. »Adam, du bist ganz rot im Gesicht. Was ist passiert?«

Adam sank auf die Couch und stützte den Kopf in beide Hände. »Ich bin ruiniert. Ich habe den Fehler begangen, Logan zu sagen, ich müsste zu einer Theatervorführung. Er hat sich in den Kopf gesetzt, dass Callie hier sein würde, deshalb wollte er mich unbedingt begleiten.«

Tess' Augen weiteten sich. Sie fuhr auf dem Stuhl herum. »Callie wird hier sein, Adam! Sie will sich die spanische Inquisition ansehen.«

Adam stöhnte gequält auf. »Oh, Mann. Das wird eine Katastrophe.«

»Ich versuche, sie im Laden zu erreichen.« Tess kaute auf einem silbernen Fingernagel, während sie darauf wartete, dass Callie sich meldete. Nach einer Weile schüttelte sie den Kopf. »Sie ist nicht mehr da. Sie wollte mit Eldrich essen gehen, bevor sie zum Theater kommen.«

Adam starrte sie offenen Mundes an. »Sie kommt mit Eldrich?«

»Ja, aber er ist nur ein guter Freund.«

»Das weiß Logan aber nicht!«

»Ja, verdammt, stimmt.« Sie hob die Schultern. »Adam, schnell, zieh dich um.« Sie schlüpfte aus ihrem Umhang und band sich eine Lederschürze um. »Keine Sorge. Callie weiß, wie sie mit dem Faschisten umgehen muss.«

Adam keuchte. »So darfst du ihn nicht nennen!«

Tess verdrehte die Augen. »Ach so, ja. Entschuldige, mein Schatz. Ich habe ganz vergessen, dass er dein Schwarm ist.« Tess zog ihn an sich heran und ließ ihn die Sanftheit des Leders und die Wärme ihres Körpers spüren.

»Nein, das ist er nicht«, widersprach Adam.

»Nein?«, murmelte sie. »Es erregt dich also überhaupt nicht, wenn du weißt, er sitzt draußen und schaut dir zu?«

Ein Schauder erfasste Adam, und Tess spürte, wie sein Schaft zuckte. Sie wusste es besser als er.

»Das ist eine Katastrophe«, stöhnte Adam.

»Katastrophe oder nicht, wir haben unsere Schau zu gestalten«, sagte Tess entschlossen. Sie gab ihm einen Klaps auf den Hintern. »Zieh dich um. Ich erwarte heute Abend eine erstklassige Darstellung von dir.«

Schweren Herzens trottete Adam in die zweite Garderobe. Die anderen vier Darsteller schwirrten herum, kleideten sich in Leder, befestigten Stricke und Schnüre und Ketten.

Es war ihre beste Vorstellung gewesen. Adam hatte gezittert wie nie. Mit seinen Gedanken war er weit weg gewesen, deshalb hatte er die Peitschenhiebe kaum gespürt. Ja, er hatte sich auspeitschen lassen und war von Tess auf wunderbare Weise belohnt worden, aber vorher hatte Tess darauf gedrängt, dass er sich von Peter nehmen ließ, nachdem er von Peter an eine Art Pranger gebunden worden war.

Zu Adams Erleichterung ließ Tess ihn dann von der Bühne gehen. Er trank ein Glas Wasser in der Gemeinschaftsgarderobe und wischte sich den Schweiß ab. Der Schmerz in seinem Hintern ließ allmählich nach und ging in ein angenehmes Kribbeln über. Er warf sich einen Mantel über und beschloss, in Tess' Garderobe auf sie zu warten.

Auf dem schmalen Gang sah er schon, dass die Tür zu Tess' Garderobe weit offen stand. Er runzelte die Stirn. Tess schloss den Raum während der Vorführung immer ab. Er trat einen Schritt näher und wäre fast aus der Haut gefahren, als er Logans laute Stimme hörte. Dann vernahm er eine zweite Stimme – Callies.

»Fährst du auf so was ab? Brauchst du solche Perversitäten in deinem Leben?« Logan schrie nicht, aber man hörte, dass er wütend war.

»Wichtig ist allein, dass es sich um mein Leben handelt«, gab Callie zurück. »Ich diskutiere mit dir nicht darüber. Tess ist eine gute Freundin, und ich bin hier, sie zu unterstützen. Was sie auf der Bühne anstellt, ist mir egal. Auch du solltest dich mehr um dein eigenes Leben kümmern und weniger um das anderer Leute.«

Adam lugte durch den offenen Spalt. Logan stand da, die Hände in die Hüften gestemmt, sein Körper wie auf dem Sprung. Callie hatte die Arme vor der Brust verschränkt und starrte ihn an.

»Und außerdem«, fuhr sie fort, »bin ich es leid, dass du mich verfolgst.«

»Ich bin dir nicht gefolgt. Ich bin mit Adam hier.«

Callies Augenbrauen hoben sich. »Mit Adam?«

»Ja. Er sagte, er wäre in der Schau.«

»Und die wolltest du dir ansehen?«, fragte Callie ungläubig.

»Nein. Ich habe vermutet, dich hier zu treffen.«

»Was willst du also, Logan? Wieder mit mir vögeln? Bist du deshalb auch zu der Voodoo-Zeremonie gekommen?«

Adam riss die Augen weit auf. Logan war auch da gewesen?

»Ich wollte sehen, ob du vernünftig geworden bist«, sagte Logan.

»Bist du sicher? Weil es immer in einem Fick endet, wenn wir uns sehen. Weißt du, wenn das früher so häufig passiert wäre, hätte ich vielleicht nicht weglaufen müssen.«

Adam drückte eine Hand gegen den Mund, um nicht laut prusten zu müssen.

»Callie, ich möchte, dass du nach Hause kommst.«

Sie sah ihn an. »Warum?«

Logan sah sie verdutzt an. »Warum? Weil du meine Frau bist.«

»Und weil es deinem Ruf schadet, dass deine Frau abgehauen ist«, fügte Callie hinzu.

»Was andere Leute sagen, ist mir egal. Ich möchte, dass du nach Hause kommst, weil du dorthin gehörst.«

»Weil ich dahin gehöre? Weißt du, das ist eine Vokabel der Besitzenden, ich kann damit nichts anfangen.«

Logan stieß einen Seufzer der Frustration aus. »Ich sage nicht, dass du mir gehörst, Callie. Ich sage nur, dass ich dich gern zu Hause hätte, weil das doch der übliche Aufenthaltsort für eine Ehefrau ist.«

Sag ihr, dass du sie liebst, du Esel!, hätte Adam am liebsten geschrien. Dann hörte er den Schlussapplaus und schlich ein paar Schritte zurück, ehe er sich auf dem Gang laut bemerkbar machte.

»Tess, bist du da?«, rief er laut und klopfte an die Tür, bevor er sie aufdrückte. »Tess? Oh, Entschuldigung, ich wusste nicht, dass hier jemand …«

Logan blickte zur Tür. »Adam, du bist gefeuert.«

Adam verzog das Gesicht. »Ja, da habe ich mir gedacht.«

»Callie, ich bin es Leid, das alles wieder durchzukauen«, sagte Logan zu seiner Frau. »Überlege dir, was ich gesagt habe. Viele Chancen bekommst du nicht mehr.«

»Ich erwarte gar nicht, dass du mich verstehst.«
Glorias Unterlippe zitterte wieder. »Du willst ja
ich nicht, dass ich dich verstehe. Ich versuche es
mer wieder, aber du … du bist ein Geheimnis für
ich, Callie.«

»Hör zu, Gloria, Logan und ich versuchen, die
che zu klären.« Sie hielt dies nicht für den
igneten Zeitpunkt, ihrer Schwester zu sagen, dass
eher an das Ende ihrer Ehe mit Logan glaubte. Und
h nicht, dass dieser Gedanke sie schmerzte. »Ich
spreche, dass ich dir Bescheid sage, wenn es etwas
ies gibt.«

Callie, du musst zu ihm zurück«, sagte Gloria
leidig. »Das ist so schrecklich für ihn. Alle zer-
en sich die Mäuler über euch – und natürlich auch
mich.«

Vie schade«, murmelte Callie. Gloria hatte sich
er aufs Bett gesetzt. Callie ging zu ihr, zog ihr die
e aus und drückte die Schwester sanft auf den
en. »Ich glaube, du solltest etwas ausruhen«,
sie leise.

ria fuhr sich mit dem Handrücken über die
»Ja, das würde mir gut tun. Euer Streit nimmt
loch sehr mit.«

s kann ich gut verstehen«, versicherte Callie ihr.
f ein bisschen. Ich lasse mich in einer Stunde
sehen.«

musst mit Logan sprechen!«, rief Gloria ihr
ls Callie schon an der Tür war. »Wir müssen
sem Unsinn aufhören. Stell dir vor, Ted würde
neisterkandidat? Dann wäre dein Verhalten
dal!«

schloss die Tür und ging hinunter.
ist das deine Schwester?«, fragte Tess.
schwester. Ja. Tut mir Leid. Sie hat eine
e für James Bond und Martinis.«
luckste. »Sie kam wie eine Furie hier in den

»Was meinst du damit?«

»Ich meine, dass ich bald genug habe.« Damit schritt er aus der Garderobe.

Callie seufzte und warf Adam einen entschuldigenden Blick zu. »Tut mir Leid.«

Adam hob die Schultern und kratzte sich am Kopf. Der Gedanke, Logan nicht mehr jeden Tag zu sehen, schmerzte, aber vielleicht war es besser so.

»Schon gut. Ich glaube, ich wäre nie ein guter Anwalt geworden. Aber ich wollte nicht stören.«

»Ich bin froh, dass du es getan hast. Ich wusste nicht, dass Logan hier sein würde.«

»Bist du nicht mit Eldrich gekommen?«

»Doch«, sagte Callie, »aber als er Logan sah, hat er sich durch eine Seitentür verdrückt.« Sie lächelte wehmütig. »Du warst richtig gut heute Abend.«

Ihr Lächeln war süß. Adam hielt Logan für verrückt, nicht um diese Frau zu kämpfen.

»Gehst du zurück zu ihm?«

Callie hob die traurig Schultern. »Ich weiß nicht, warum ich zu ihm zurückgehen sollte. Er hat sich überhaupt nicht verändert.«

»Entschuldige, dass ich mich einmische, aber weiß er, dass du ihn liebst?«

Sie sah ihn verblüfft an. Genau so verblüfft, wie auch Logan ihn angesehen hatte. Offenbar war das eines der Probleme des Paares, dachte Adam.

»Dass ich ihn liebe?«, wiederholte Callie. »Warum fragst du?« Dann sah sie ihn mit traurigen Augen an. »Ich weiß es ja selbst nicht.«

Dreizehntes Kapitel

»Callie, ich bin wütend auf dich!«

Callie stöhnte laut auf, als sie die Stimme ihrer Schwester hörte. Gloria war so ungefähr der letzte Mensch, mit dem sie jetzt zu tun haben wollte. Sie legte die restlichen Päckchen mit Weihrauch ins Regal, ehe sie sich umdrehte.

»Gloria, es tut mir Leid.«

»Das sollte dir auch Leid tun!« Gloria stand in einem engen blassgrünen Kostüm und darauf abgestimmten Schuhen vor ihr, die Hände fest auf den Hüften. Die unnatürlich glänzenden Augen verrieten Callie, dass Gloria an diesem Nachmittag ein paar Martinis zuviel geleert hatte. Geschüttelt, nicht gerührt.

»Komm mit nach oben, da können wir reden.« Callie blickte hinüber zu Tess, die hinter der Ladentheke stand und grinsend auf Glorias toupierte blonde Frisur schaute und dann auf die langen Fingernägel und auf das zu enge Kostüm. »Tess, tut mir Leid, aber ich bin bald zurück.«

Gloria fuhr herum und starrte Tess mit einem durchdringenden Blick an. »Tess? Bist du es, die meine Schwester zur Sklavenarbeit in diesem Laden heranzieht?«

Tess lachte. Callie fasste Glorias Arm und zog sie zur Treppe und hinauf in ihre Wohnung.

»Hör auf, eine Szene zu machen«, befahl Callie. »Hast du denn meine Nachrichten nicht erhalten?«

Gloria hielt zwei Finger hoch, während sie über die Treppe stolperte. »Zwei Nachrichten!«, schimpfte sie. »Du bist fast einen Monat lang verschwunden und hast den Nerv, mir nur zwei lausige Sätze auf den Anrufbeantworter zu sprechen. Hast du vergessen,

dass ich deine Schwester bin? Ich hab
vorgestellt. Ich habe dich in die Frauenl
»Gloria, halt den Mund«, sagte Ca
zerrte ihre Schwester in die Wohnung u
Tür hinter sich zu. Sie setzte Gloria
bereitete Kaffee zu. »Wenn du dich
kann ich dir alles erklären.«
Gloria stand auf und strich mit beh
über ihre Frisur, dann sah sie sich r
Zimmer um. »Und hier wohnst d
Schuhkarton, und nicht mal von Gu
Sie lachte laut über ihren Witz. C
den schmalen Tisch. Kopfschmerz
ihren Schläfen.
»Hast du dich jetzt beruhigt?«
»Warum soll ich mich beruh
zurück. »Ich bin deine Schweste
mich so im Ungewissen lassen?
füllten sich plötzlich mit Träner
zitterte. »Ich habe mir solche Sor
Callie. Ich dachte, man hätte dic
stellte mir vor, wie du in der
Zigarettenkippen und leeren
schnüffelte und tupfte die Au
tuch ab. »Da wir gerade von W
was da?«
»Wir sprechen nicht von
haben keinen im Haus.« Cal
mit schwarzem Kaffee ein. »
Gloria verzog das Ges
Kaffee. Der ist nicht gesun
»Dann trinke ihn jetzt
»Also, es tut mir Leid, das
habe, dich zu erreichen, ic
Gloria verdrehte die A
»Verdammt, Callie, wer h
einen Mann wie Logan

a
in
m

Sa
ge
sie
au
ver
Ne
»
weh
reiß
über
»W
wied
Schu
Rück
sagte
Gl
Stirn.
mich
»Da
»Schla
wieder
»Du
nach, a
mit die
Bürgern
ein Skar
Callie
»Puh,
»Halb
Schwäch
Tess g

Laden. Glaubst du, sie würde in meiner Sexologie-Schau mitmachen?«

»Ich vermute, sie lebt ihre eigene Sexologie-Schau«, erwiderte Callie trocken. Sie sah auf die Uhr. »Ich habe eine Verabredung mit Abiona, die könnte ein bisschen länger dauern.«

»Du kannst dir den Nachmittag frei nehmen, wenn du morgen früh für mich einspringst«, sagte Tess.

»Gern, danke.« Sie griff nach ihren Schlüsseln und ging zur Tür hinaus. Inzwischen war es wirklich heiß geworden. Unwillkürlich drehte Callie sich nach Logan um, aber sie sah weder ihn noch sein Auto. Sie wusste, dass er sich nicht verstecken würde; wenn er sie verfolgte, dann offen.

Callie klopfte an die Tür der Priesterin. Wie immer sah Abiona phantastisch aus in ihrem farbenprächtigen Umhang und dem passenden Stirnband.

»Callie, meine Liebe.« Sie beugte sich vor und küsste sie auf die Wangen. Callie inhalierte den klaren Duft des Sandelholzes ein, der von Abionas Haut aufstieg.

Callie betrat das Haus und ließ ihre Tasche hinter der Tür stehen, bevor sie Abiona folgte und sich zu ihr an den Tisch setzte. Weihrauch hing schwer in der Luft.

»Ist deine Mutter da?«

»Nein, sie ist ausgegangen.« Abiona zündete einige Kerzen an und stellte sie auf den Tisch. »Möchtest du eine Tasse Tee trinken?«

»Gern, ja.« Callie stand auf und sah sich einen der kleinen Altäre an. In ihm befand sich eine geschnitzte Holzfigur, und auf einem Brett davor waren Blumen, Nüsse, Parfümflaschen, Seife, goldene Ringe, ein Spiegel und mehrere Kosmetikpräparate abgelegt. Obwohl sie schon an der Zeremonie teilgenommen hatte, war Callie immer noch fasziniert von den Einzelheiten des Voodookults.

»Abiona, warum bringt ihr den Geistern diese Gaben dar?«

»Die *loas* haben sehr menschliche Seiten«, erklärte Abiona. »Viele von ihnen waren früher Menschen. Sie essen und trinken so gern wie wir. Deshalb bringen wir ihnen die verschiedensten Dinge dar. Du stehst zum Beispiel gerade vor Erzulie, sie ist die Göttin der Liebe und der Schönheit, deshalb geben wir ihr Dinge, die ihrer Eitelkeit entsprechen.«

»Warst du … von ihr auch schon mal besessen?«, fragte Callie und nahm einen Schluck Tee.

Abiona nickte. »Sie ist sehr kokett. Anmut, Schönheit und Luxus sind ihre Merkmale, deshalb ist sie auch die Göttin der Liebe.«

»Liebe ist Luxus?«

Abiona hob die Schultern. »Alles, was man zum Überleben nicht benötigt, ist Luxus. Man braucht Liebe nicht unbedingt.«

»Warum sterben Menschen denn an gebrochenen Herzen?«

Abiona lächelte. »Gut, es kann sein, dass man sie fürs Gefühl braucht. Aber ich habe noch nie gehört, dass jemand an Mangel an Sex gestorben ist.«

Callies Mundwinkel hoben sich. »Stimmt.«

»Und du, Callie«, begann Abiona, legte die Ellenbogen auf den Tisch und beugte sich zu ihr vor, »brauchst du die Liebe zum Überleben?«

Die Frage verblüffte Callie. »Ich glaube ja.«

»Und liebst du deinen Mann?«

Callie seufzte und erinnerte sich daran, dass Adam ihr diese Frage auch gestellt hatte. So sehr sie auch einige von Logans Attitüden ablehnte, so sehr spürte sie auch ein starkes Empfinden für ihn, das sie so leicht nicht abschütteln konnte. »Ich glaube, ich liebe den Menschen, der er sein könnte, wenn er es versuchte.«

»Aber nicht den Menschen, der er jetzt ist?«

Callie dachte an ihre letzte Konfrontation mit ihm. Unbehagen erfasste sie, wenn sie an seine eiskalte Art dachte. Wenn sie die Gewissheit hätte, dass der Mann am Abend der Voodoo-Zeremonie, der Mann mit Wärme und Liebe, wirklich ihr Ehemann wäre, dann könnte sie ihn lieben.

»Ich weiß es nicht«, räumte sie ein. »Ich möchte den Menschen lieben, der er jetzt ist, aber ich weiß nicht sicher, wie dieser Mensch sich verhält.«

»Er war am Samstag bei mir.«

Callie hob die Augenbrauen. »Er? Das hört sich nicht nach Logan an.«

»Ich kann dir nicht sagen, was wir besprochen haben, aber nur soviel: Es gibt eine dunkle Stelle in seinem Leben.«

»Erzähle!«

»Er ist ein guter Mensch, Callie, das weißt du.«

Callie nickte und bemerkte einen besonderen Ausdruck in Abionas Augen, seit sie von Logan sprachen. Was war zwischen ihm und der Priesterin geschehen? Callie war überrascht, als sie bemerkte, dass sie sich nicht darüber aufregte. Abiona war von einer solchen Schönheit und Leidenschaft, dass Callie großes Verständnis dafür hätte, wenn Logan bei ihr schwach geworden wäre. Schließlich war auch sie von der Frau betört.

»Ich weiß, dass er ein guter Mensch ist«, sagte sie. »Ich weiß nur nicht, wer er wirklich ist.«

»Du wirst es herausfinden«, versicherte Abiona ihr.

Callie zögerte, bevor sie die nächste Frage stellte, aber sie konnte nicht widerstehen. »Kannst du mir sagen, was das für ein Gefühl ist, wenn man von einer *loa* besessen ist?«

Abiona wurde nachdenklich. »Wie kann ich das beschreiben? In den ersten Augenblicken ist es furchteinflößend, denn du begreifst, dass du die Kontrolle über deine Sinne verlierst. Ein Gefühl der

Hilflosigkeit. Als ob du deinen Körper nicht mehr bewegen kannst. Die *loa* ist in dir. Du wirst von Zuckungen heimgesucht, die dich foltern können. Deine Psyche wird eine andere.«

»Erinnerst du dich daran?«

»Nein. Danach erfüllt mich stets ein Gefühl des Glücks und der Erschöpfung, aber an das Ereignis selbst kann ich mich kaum erinnern.«

»Macht dir das keine Angst?«

»Nein, natürlich nicht. Es ist eine hohe Ehre, und ich weiß, dass meine Leute mich beschützen, falls mir etwas zustoßen sollte.« Lächelnd stand sie auf und griff nach einer Schüssel mit Henna. »Für eine Skeptikerin stellst du viele Fragen über Voodoo.«

»Ja, kann schon sein«, murmelte Callie. »Ich gebe zu, dass ich zunächst skeptisch war, aber die Zeremonie war ein sehr eindrucksvolles Ereignis.«

»Ja, du musst es beim Tanzen gespürt haben.«

»Was gespürt?«

»Dass du dich an eine andere Kraft verlierst.« Abiona stellte sich neben sie und begann, Callies Bluse aufzuknöpfen. »Ich rede nicht von *loas*, sondern vom Rhythmus der Trommeln.«

Callie nickte und gewahrte Abionas Fingerspitzen auf ihrer Haut. »Ja, das habe ich gespürt.«

Abiona lächelte. »Ich weiß.«

Sie war einfach zauberhaft, wenn sie lächelte. Callie spürte ihr Herz schneller schlagen, als Abiona sich über sie beugte und das Tattoo erneuerte.

»Arbeiten alle Voodoo-Anhänger mit Henna?«

Abiona lachte, und Callie spürte den warmen Atem auf ihrer Haut. »Nein, die traditionelle Art verlangt, dass die Haut geritzt wird, aber für Zweifelnde benutzen wir Henna. Voodoo im Süden der Staaten unterscheidet sich von dem, was in Afrika und Haiti zelebriert wird. Wir haben uns an die Gebräuche dieses Landes angepasst.«

Sie trug das Henna auf Callies Brustansatz auf. Callie sah neugierig zu und wunschte, sie könnte die Hand ausstrecken und über Abionas krause Haare streicheln. Sie überall streicheln. Der Gedanke irritierte sie nicht so sehr, wie sie erwartet hatte. Sie war von Anfang an von Abiona fasziniert gewesen. Bisher hatte sie eine Frau noch nie mit sexuellen Gedanken in Verbindung gebracht, aber bei Abiona war das anders. Ganz anders.

Abiona war mit der Tätowierung fertig, und ihre Augen begegneten sich. »So, jetzt werden wir sehen, was es bewirkt.«

Callie starrte sie einen Moment lang an und dachte, dass sie sich in der Tiefe dieser unglaublichen Augen verlieren könnte.

»Ich kann verstehen, warum Erzulie dich ausgewählt hat«, murmelte sie.

Die Priesterin lächelte. »Und ich kann verstehen, warum dein Mann dich wieder haben will.«

Überrascht blickte Callie auf. »Wirklich?«

»Du bist lieblich«, sagte Abiona lächelnd. »Du hast Mut und Selbstbewusstsein, und in dir ruhen Harmonie und Frieden, das ist eine sehr attraktive Qualität.«

»Wirklich?«, fragte Callie wieder.

»Callie«, sagte Abiona, »darf ich dich küssen?«

Callie musste über die charmant-direkte Frage lächeln. Sie konnte ihre Gefühle jetzt nicht der Wirkung der Trommeln zuschreiben; es war nur ihr eigenes Verlangen, das sie trieb. Sie wollte nichts anderes, als diese Frau zu berühren. Sie nickte.

Abiona streifte mit den Lippen über Callies Mund; es war eine delikate Berührung wie von einer Vogelfeder. Wärme stieg in Callie auf. Abionas Finger glitten leicht über die spitzenbedeckten Brüste. Die langen braunen Finger bildeten einen starken Kontrast zu Callies blasser Haut. Es war, als hätte

Abiona eine Saite gezupft, denn Callie vibrierte vor Lust und Neugier. Sie schlüpfte aus ihrer Bluse und griff hinter sich, den Büstenhalter zu öffnen.

Abionas Augen wurden noch dunkler, als sie auf die harten Spitzen von Callies Brüsten schaute. Die Priesterin richtete sich auf, fasste ihren Umhang an und streifte ihn ab.

Callie stockte der Atem. Sie hatte gewusst, dass Abiona einen wunderschönen Körper besaß, aber diese Vollkommenheit überraschte sie doch. Die wohl geformten Beine und herrlich gerundeten Schenkel gingen über in eine schmale Hüfte, und von dort glitt Callies Blick zu den großen Brüsten. Ihre Haut war makellos und hatte die Farbe von Milchkaffee. Callie lief das Wasser im Mund zusammen.

»Komm.« Abiona nahm Callies Hände und half ihr aufzustehen. Dann öffnete sie Callies Rock und ließ ihn auf den Boden fallen. »Ah. Jetzt kann ich dich richtig küssen.«

Und das tat sie.

Callie war verzückt. Abionas volle Lippen bewegten sich mit äußerster Sanftheit über ihre, während ihre Hände langsam über Callies Brüste streichelten. Nach einigen Momenten des Zögerns begann Callie, die andere Frau zu berühren. Abionas Haut fühlte sich wie Satin an. Sie ließ ihre Hände über den kurvigen Körper streicheln und erkundete fasziniert jede Einzelheit. Ihre Pobacken waren wunderbar gerundet, saftig und geschmeidig.

Während sie sich auf den Boden sinken ließen, nahm sich Callie vor, alles, jeden köstlichen Augenblick, in Erinnerung zu behalten. Dies war keine Trance, wonach ihr Kopf wie leergefegt sein würde, nein, dies waren zwei warme, pochende Körper, eine Erfahrung, die sie zuvor nie gehabt hatte. Sie legte sich auf Abiona, und die Freundin strich ihr genüsslich über den Rücken und nagte an ihrer Unterlippe.

»Eigentlich sollten wir das nicht in dem Raum machen, in dem die *loas* sind«, raunte Abiona.

»Du hast gesagt, dass sie früher Menschen waren«, murmelte Callie, rutschte ein wenig tiefer und drückte Küsse auf Abionas Brüste. »Dann werden sie uns verstehen.«

Abiona kicherte, dann sog sie zischend die Luft ein, als Callie einen ihrer Nippel zwischen die Zähne nahm. Callies Pussy war schon feucht und geschwollen, aber sie wollte diese Phase noch nicht beenden. Sie ließ sich Zeit, Abionas Körper zu erforschen, sie trank den Duft ihrer Haut ein und hinterließ mit der Zunge eine feuchte Spur. Als sie die krausen Härchen ihrer Scham erreichte, schaute Callie hoch. Abiona atmete unregelmäßig, und in den Augen lag ein Flehen.

»Ja, bitte, Callie, bitte.«

Callie ließ sich vom Instinkt leiten. Sie spreizte die Schenkel der anderen Frau und starrte in ungehemmter Faszination auf Abionas Geschlecht. Sie neigte den Kopf und drang mit der Zunge ein. Sie sammelte die Tropfen in den duftenden Falten und saugte sie auf. Callie hatte nie zuvor eine andere Frau geschmeckt. Der Duft füllte ihren Kopf wie ein Aphrodisiakum. Sie fuhr mit den Händen über Abionas Bauch und spürte die angespannten Muskeln und wie sie sich wand und drehte, während ihr Stöhnen immer lauter und dringlicher wurde.

Abiona schlang verzückt die langen Beine um Callies Rücken, ihre Hüften stießen sich rhythmisch vom Boden ab und ermutigten die Zunge zu noch tieferem Eindringen. Im nächsten Moment wurde ihr ganzer Körper rhythmisch geschüttelt, und während sie ihren Orgasmus herausschrie, hielt sie Callies Kopf fest im Griff.

Keuchend hob Callie den Kopf und lächelte über den Anblick von Abionas gestrecktem Körper, das

Gesicht ein Bild der glücklichen Befriedigung. Abiona fasste Callie unter den Schultern an und zog sie zu sich hoch, dabei schob sie ein Knie zwischen Callies Schenkel.

»Ah, Callie, ich habe dich von Anfang an für unwiderstehlich gehalten«, murmelte sie.

Ihre Finger glitten über Callies Bauch und hinunter zwischen die Falten der nassen Pussy. Callie gab sich ihren Gefühlen hin und war vollkommen entspannt. Sie lächelte träge. »Ach, ja? Ich habe das nämlich auch von dir gedacht. Gleich am ersten Tag, als ich mit Tess hier war.«

Sie barg ihr Gesicht in Abionas Halsbeuge. Ihr Atmen wurde hektischer, je höher die Erregung in ihr wuchs. Abionas Finger glitten in sie hinein, und die Daumenkuppe kreiste über Callies Klitoris. Callie schrie auf und quetschte die Schenkel zusammen, klemmte die Hand der Freundin ein. Ihr ganzer Körper vibrierte lüstern. Callie schmiegte sich an Abiona und ließ sich umarmen, bis die Erschütterungen langsam nachließen.

Abiona küsste sie wieder. »Ich glaube, wir müssen das Henna erneuern.«

Callie blickte auf die Tätowierung, die völlig verschmiert und nicht mehr zu erkennen war. Kichernd sagte sie: »Oh, ja, man sieht nichts mehr.«

Sie erhoben sich langsam, und Callie schaute zu, wie Abiona eine neue Hennapaste mit Wasser anrichtete. Es war faszinierend zu sehen, wie selbstsicher Abiona sich in ihrer Nacktheit bewegte.

»Ich wünschte, ich könnte mehr wie du sein«, gestand Callie.

Abionas Brauen hoben sich, während sie das verschmierte Tattoo mit einem Tuch abwischte. »Wieso das denn?«

»Weil du so schön und selbstbewusst bist.«

»Und du nicht?«

»Nein, ich glaube nicht.«

Abiona hob Callies Kinn und blickte in ihre Augen. »Callie, meine Liebe, du kannst nicht wirklich wünschen, eine andere zu sein. Wenn du dir selbst nicht gefällst, kann du nicht glücklich sein.«

»Nein, nein, ich mag mich«, sagte Callie schnell. »Aber du scheinst genau zu wissen, was du willst. Ich weiß das nicht.«

»Doch, du weißt es. Du hast es nur noch nicht begriffen.«

Vierzehntes Kapitel

Callie legte eine Hand über die Augen und blickte im Turner Creek Hafen auf die weißen Konturen von Logans Yacht. Wenn es eine Sache gab, die sie in ihrem Leben mit Logan genossen hatte, dann waren es die Tage auf der Yacht gewesen. Für einige Stunden hatte er abschalten und sich sogar vergnügen können, während sie auf dem Deck lagen und sich von der Sonne verwöhnen ließen. Sechs Monate nach ihrer Heirat hatte er die Yacht in The Calla Lily umgetauft.

Callie nahm die Schlüssel aus der Handtasche und ging die Rampe hinunter zu den Docks. Ja, es gab einige schöne Erinnerungen an ihre Ehe. Vielleicht waren sie ihr vor einem Monat nicht bewusst gewesen, aber es hatte Inseln des Glücks gegeben. Aber eben nur das – warme Inseln inmitten einem kalten Ozean aus Selbstdisziplin und Missbilligung.

Seufzend kletterte Callie an Bord und schloss die Tür zur Kabine auf. Das Innere war in poliertem Teak ausgestattet, und in der Einrichtung mit antiken Stücken hatte Callie sich immer wohl und sicher gefühlt. Sie setzte sich aufs Bett und sah sich um, während sie sich an einige Nächte erinnerte, in denen sie bei den schaukelnden Bewegungen auf dem Wasser einfach eingeschlafen waren.

Bedauern nagte an ihrer Seele. Sie versuchte es von sich zu schieben, öffnete den Schrank und holte ihre Kleider heraus. Es war besser so, redete sie sich ein. Logan würde sich nicht ändern, und sie konnte gewiss nicht zurück und ihr altes Leben weiter leben. Manche Dinge waren einfach zu schön, um wahr zu sein.

Ihr Herz machte einen Sprung, als sie plötzlich Schritte auf Deck hörte. Wer war ihr gefolgt? Sie lief zur Tür, als die gerade von Logan geöffnet wurde.

Callie schloss die Augen und presste eine Hand gegen ihre Brust.

»Logan! Warum hast du mir nicht gesagt, dass du heute aufs Schiff wolltest?«

»Ich habe das nicht für nötig gehalten«, antwortete er. Er trug Shorts und T-Shirt, was ein bisschen seltsam war, denn es war Donnerstagmorgen, und er hätte in der Kanzlei sein sollen. Er sah sie an. »Hast du alles gefunden?«

»Ja, natürlich.« Callie betrachtete ihn neugierig. Sie bemerkte eine ungewöhnliche Spannung in ihm. Sie legte die Wäsche, die sie auf dem Arm gehalten hatte, auf den Tisch, und wurde plötzlich nervös. »Ich dachte, du wärst in der Kanzlei.«

»Ich habe mir den Tag frei genommen.«

»Warum?«

Er hob die Schultern. »Ich dachte, ein freier Tag steht mir auch mal zu.«

»Nun, ich kann ein anderes Mal wiederkommen«, sagte Callie. Sie wusste nicht warum, aber sie hatte das Gefühl, dass sie so schnell es ging vom Schiff gehen sollte.

Logan schüttelte den Kopf und griff zum Türknopf. »Das ist nicht nötig.«

»Aber ich muss nicht ...«

»Nein, bleib, Callie. Ich will mit dir reden.«

»Ich dachte, wir hätten genug geredet«, gab Callie zurück. Sie hob ihre Tasche auf und ging auf die Tür zu, aber Logan versperrte ihr den Weg. Unbehagen breitete sich in Callies Magengegend aus. »Logan, ich sagte, ich komme später noch einmal wieder.«

Sein Mund wurde zu einem dünnen Strich. »Nein, du wirst jetzt bleiben.«

Damit trat er hinaus und schloss die Tür hinter sich ab. Callie hörte, wie das Schloss zuschnappte. Kurz darauf hörte sie das Tuckern des Motors.

»Logan!« Callie rannte zur Tür und riss wütend am

Knopf. Er hatte sie tatsächlich in der Kabine eingesperrt. »Logan, mach die Tür auf! Was, zum Teufel, bildest du dir ein?«

Sie erhielt keine Antwort, spürte aber am Rucken, dass sich das Boot bewegte. Klopfenden Herzens lief Callie zum Bullauge. Tatsächlich, sie verließen den Hafen. Callie presste die Finger gegen die Schläfen und versuchte, ihre Gedanken zu ordnen. Ihr eigener Mann hatte sie aufs Boot gelockt, um sie dann ohne Mühe entführen zu können. Himmel, war er verrückt geworden?

Callie lief wieder zur Tür und schlug mit den Fäusten dagegen. »Logan! Lass mich hier raus!«

Sie hörte nichts. Sie ging in der kleinen Kabine auf und ab, den Kopf voller Wut und Ohnmacht. Erst als das Schiff schon ein gutes Stück den Fluss hinaufgefahren war, hörte sie das Türschloss klicken. Logan drückte die Tür auf, und Callie flog ihm in Rage entgegen.

»Du Bastard!« Sie schlug ihn ins Gesicht und hinterließ einen roten Abdruck ihrer Hand. »Was bildest du dir nur ein? Wie kannst du es wagen …?«

»Callie, beruhige dich«, unterbrach er sie. Logan packte ihren Arm, als sie wieder ausholte, um erneut zuzuschlagen. Seine Finger spannten sich um ihr Handgelenk. »Du weigerst dich, nach Hause zu kommen, und ich bin dein Verhalten leid.«

»Und deshalb entführst du mich?«, schrie Callie. »Was für ein Bastard bist du eigentlich?«

»Es ist offenbar der einzige Weg, dich zu Verstand zu bringen.«

»Ich bin es nicht, der den Verstand verloren hat! Glaubst du, damit bringst du mich zurück? Nun, du Arsch, dann hast du dich gründlich getäuscht. Ich will die Scheidung.«

Sein Gesicht wurde hart. »Die kriegst du nicht.«

»Das werden wir ja sehen! Ich rufe die Polizei und

klage dich wegen Kidnapping und Gefangennahme an.«

Zu ihrem Entsetzen sah sie, wie Logans Mundwinkel sich leicht hoben. Lachte er sie aus? Sie ballte die Finger zur Faust und schlug sie gegen seinen Bauch. Der Bastard verzog keine Miene, was Callie noch wütender machte. Wie hatte sie je glauben können, diesen Kerl zu lieben?

Sie versuchte, sich an ihm vorbei zu schlängeln und zum Funkgerät zu gelangen. Dann könnte sie die Küstenwache rufen. Aber Logan hielt sie am Arm fest.

»Lass mich los!«

Logan schüttelte den Kopf. »Ich kann nicht zulassen, dass du dich an Deck zeigst und eine Szene machst.«

Callie schrie wütend auf. »Glaubst du nicht, ich habe jedes Recht, eine Szene zu machen?«

»Wenn du dich beruhigt hast, reden wir darüber.« Er schob sie zum Bett zurück und griff in die Schublade des Nachttischs.

Callie war schockiert, als sie die Handschellenpaare sah. Handschellen! Furcht packte sie, und ihr Adrenalinspiegel stieg. Sie riss sich aus seinem Griff und stürzte zur Tür. Als ihre Hand sich um den Knopf legte, hatte Logan sie wieder gepackt und aufs Bett geworfen.

»Lass mich los! Ich schwöre, Logan, du wirst dafür ins Gefängnis gehen.« Callie trat wütend zu und empfand grimmige Genugtuung, als ihr Schuh Kontakt mit seiner Kniescheibe aufnahm.

»Callie, beruhige dich.« Logan schloss eine Handschelle um ihr Gelenk, das andere Ende befestigte er am Bettpfosten.

»Ich werde mich nicht beruhigen!« schrie Callie. »Wie kannst du mir das antun? Wie kannst du deine eigene Frau auf deine verdammte Yacht locken? Du hältst dich wohl für einen Scheich, der Frauen entführen und in einem Zelt in der Wüste ausharren lässt.«

»Mir ist bewusst, dass ich kein Scheich bin«, antwortete Logan trocken. »Außerdem habe ich nicht einmal ein Zelt. Und eine Wüste habe ich auch nicht.«

Seine Selbstkontrolle steigerte Callies Rage noch. Sie trat wieder wütend nach ihm und hatte diesmal seine Weichteile im Visier, aber leider bewegte er sich im letzten Augenblick zur Seite.

»Au!« Schmerz durchzuckte ihren Körper, als sie mit dem Zeh gegen den Tisch trat. Sie ließ sich zurück aufs Bett fallen und atmete schwer. Sie streifte den Schuh ab und starrte Logan zornig an. »Siehst du, was du getan hast! Mein Zeh ist gebrochen!«

Er warf einen Blick auf ihren Fuß und wollte nach dem Zeh greifen. Callie zog den Fuß zurück.

»Untersteh dich nicht, mich zu berühren.« Sie spürte das heftige Klopfen im großen Zeh. Bevor sie Logan daran hindern konnte, hatte er den Fuß an der Ferse angefasst und nahm den Zeh zwischen Daumen und Zeigefinger.

»Tut das weh?« Er schob den Zeh hin und her.

»Ein bisschen.«

»Ich glaube nicht, dass er gebrochen ist. Vielleicht ein wenig verstaucht.« Er trat zur Seite und kam mit einer kleinen Mullbinde zurück.

»Du solltest auf die Brücke gehen, sonst drehen wir uns«, riet Callie.

»Keine Sorge. Ich habe Anker geworfen.« Logan legte die Mullbinde um ihren dicken Zeh und umwickelte ihn mit einem dünnen Verband. »Ich empfehle, dass du mit diesem Fuß nach nichts mehr trittst«, sagte er amüsiert. »Am wenigsten nach mir.«

Callie sah ihn finster an. »Ich will nicht, dass du über mich lachst. Ich habe die Nase voll von dir und deinen *loas*.«

»Meinen was?«

»Deshalb wirken die Bannsprüche nicht«, murmelte Callie. »Weil dich zu viele beschützende *loas* umschwärmen. An ihnen prallen Abionas Bannsprüche ab. Ich schwöre, Logan, das nächste Mal werden die Mambos dich mit schwarzer Magie überziehen.«

Er hob fragend eine Augenbraue. »Und wieso soll das besser wirken?«

»Es ist den Versuch wert.« Callie schlüpfte wieder in den Schuh hinein. Der Zeh zwickte noch ein wenig, aber wenn sie die Gelegenheit hatte, würde sie Logan wieder treten. »Würdest du jetzt bitte das Schiff drehen und zurückfahren? Und was soll der Unsinn mit der Handschelle?« Sie riss wütend an ihrer Fessel. »Schließ sie sofort auf, sonst schwöre ich dir, dass ich die Scheidung durchsetze.«

Logan schüttelte den Kopf. »Tut mir Leid, calla lily. Erst wenn wir mit uns im Reinen sind.«

»Wie sollen wir denn ins Reine kommen?«, rief Callie laut. »Ich bin mit mir selbst im Reinen. Du bist ein dominanter Arsch, und jetzt bist du auch noch ein verrückter Kidnapper. Siehst du, das haben wir schon geklärt, jetzt kannst du mich zurückbringen.«

Er sah sie eindringlich an. »Du hast einen anderen, nicht wahr. Dieser verdammte Punk.«

Callie sprang sofort darauf an, als wäre das die Rettung für sie. Seit der ersten bizarren Nacht mit Lyrik und Kerzenwachs hatte es nur noch platonische Begegnungen mit Eldrich gegeben, aber das brauchte Logan nicht zu erfahren.

»Ja, Eldrich und ich, wir sind ein Paar. Da hast du's. Ehebruch ist ein Scheidungsgrund.«

Logans Lippen zuckten. »Eldrich?«

»Er ist sehr romantisch.«

»Aha.«

Calle starrte ihn wütend an. »Du glaubst mir nicht? Du kannst ja Tess fragen.«

»Ha! Ist das deine zuverlässigste Informationsquelle?«

»Du wieder mit deinem verächtlichen Gesicht! Tess ist meine beste Freundin.«

»Dann wirst du demnächst wohl auch deine Haare grün färben«, antwortete Logan kühl. »Hat sie dich zu diesem Voodoo-Unsinn gebracht? Oder war es dein Punk-Liebhaber?«

»Das möchtest du wohl gern wissen, was?« Sie reizte ihn absichtlich. »Und Eldrich ist ein viel besserer Liebhaber als du.«

Logan biss sich auf die Lippen und näherte sich ihr. Callie zuckte leicht. Sie erinnerte sich noch gut daran, was das letzte Mal geschehen war, als sie seine Sexualität kritisiert hatte. Sie schluckte, als die Bilder vor ihr aufstiegen.

»Ist das so?«, fragte Logan mit sanfter Stimme. »Hast du ihn auch so ausgewrungen wie mich am vergangenen Sonntag?«

Callie wurde knallrot.

»Bastard.«

»Hast du?«

»Das geht dich nichts an«, rief Callie. »Warum willst du das wissen? Warst du mit einer anderen Frau zusammen? Würde es deine Schuldgefühle besänftigen, wenn die wüsstest, dass Eldrich und ich wirklich miteinander geschlafen haben?«

»Über mich reden wir nicht«, sagte Logan.

»Nein, natürlich nicht! Wir reden ja nie über dich. Alles ist meine Schuld.«

»Ach, jetzt gibt die Königin der Melodramatik wieder eine Vorstellung.«

Callie musste an sich halten, um nicht nach ihm zu treten. »Du hast dich immer geweigert, mit mir über unsere Ehe zu sprechen. Du bist ein Bastard!« Callie schlug mit der freien Hand zu, und wieder erwischte sie ihn im Gesicht.

Logans Miene verfinsterte sich. »Das war kein kluger Zug, Callie.«

Er griff ihre zweite Hand und die zweite Handschelle. Callie schrie wütend auf und sprang hoch, aber Logan fing sie wieder ein. Sie kratzte und trat, aber der Kampf dauerte nicht lange. Logan wollte über sie grätschen, aber dabei rammte sie ihm ihr Knie entgegen, das seinen Schoß nur knapp verfehlte. Dann saß er rittlings auf ihr und hielt das zweite Handgelenk über ihren Kopf.

»Runter von mir!«, schrie Callie. Sie wand sich unter ihm hin und her, aber es war, als wollte sie einen Frachter bewegen. Tränen der Frustration füllten ihre Augen. »Ich hasse dich!«

»Das fällt mir allmählich auch auf.« Logan befestigte die zweite Handschelle an den anderen Bettpfosten und blickte mit finsterem Blick auf Callie.

Keuchend starrte Callie ihn an. »Du gehst wirklich mit großer Weisheit vor, Logan. Dies ist genau der richtige Weg, mich zu dir zurückzuholen. Du bist ein zweiter Einstein.« Sie bäumte sich im Bett auf, wütend auf ihre Hilflosigkeit. Ihr Herz setzte fast aus, als sie beim Aufbäumen gegen die harte Beule in Logans Shorts stieß. Oh, verdammt. Plötzlich wurde sie still.

»Du brauchst nichts zu fürchten«, sagte Logan. »Ich werde dich nicht als meine Sexsklavin missbrauchen.« Seine Lippen verzogen sich leicht im Ansatz eines Grinsens. »Es sei denn, du willst es.«

»Ha!«, rief Callie. »Wenn ich eine Sexsklavin sein wollte, würde ich dich nicht als Herrn auswählen.«

»Ach? Wen würdest du denn auswählen? Deinen Punk?« Er blieb auf ihr sitzen.

»Als ob ich dir das sagen würde!«

Irgend etwas tauchte in seinem Mienenspiel auf, was Callie noch nie gesehen hatte. Er nahm ihren Kopf in seine Hände, beugte sich tief zu ihr hinab, so dass ihre Gesichter nah zusammen waren.

»Mit anderen Worten«, murmelte er, »der Gedanke, eine Sexsklavin zu sein, ist dir gar nicht so fremd.«

Callie starrte ihn offenen Mundes an. Wie konnte dieser Kerl einem die Worte nur so verdrehen. Verdammt, sein Schwanz fühlte sich wie Stahl gegen ihren Unterleib an. Sie schloss die Augen und versuchte, nicht daran zu denken.

»Wovon redest du?«, fragte sie gepresst. »Ich will keine Sklavin sein, und deine erst recht nicht.«

»Nein? Seltsam, ich hätte schwören können, dass du mich anflehst, dich wieder zu züchtigen.«

»Ich – dich anflehen? Das habe ich noch nie getan. Du warst so rücksichtslos, mich an dich zu reißen, als wäre ich ein Sack Mehl, und dann hast …«

»Ein Sack Mehl?« Logan gluckste und schüttelte den Kopf. »Du bist mir nicht wie ein Sack Mehl vorgekommen. Eher wie heißer, flüssiger Honig.«

Callie schluckte. Wie hatte dieses Gespräch so verlaufen können? Aber sie erinnerte sich jetzt, wie die Hitze in ihr Blut geströmt war, als Logan sie vor ein paar Wochen im Laden auf den Po geklatscht hatte. Sie verdrängte diese Erinnerung. Verdammt, Logan hatte sie entführt. Nein, diese Situation geilte sie nicht auf.

»Nun gib es doch schon zu«, murmelte Logan.

Noch vor einem Monat, dachte Callie, die Wangen rot, hätte sie alles darum gegeben, dass Logan so auf sie reagierte wie jetzt. Wie sehr hatte sie sich gewünscht, die Lust in seinen Augen zu sehen, seinen heißen Atem auf ihrer Haut zu spüren, seine Disziplin auf dem Rückzug. Natürlich hatte es nicht zu ihren Wünschen gehört, mit Handschellen an die Bettpfosten gefesselt zu sein.

»Dir hat es auch gefallen«, verteidigte sie sich mit heiserer Stimme. »Lag es daran, dass du Gewalt ausüben konntest? Oder daran, dass du endlich einmal die Herrschaft über dich selbst verloren hast?«

Sein Blick wurde starr, und Callie empfand einen kleinen Triumph, weil sie offenbar ins Schwarze getroffen hatte. Wahrscheinlich wollte er nicht gern daran erinnert werden. Sie mochte zwar in ihren Bewegungen eingeschränkt sein, aber mit ihren Worten konnte sie ihn noch treffen.

»Also, was war der Grund, Logan?«, setzte sie nach. »Sieh dich doch jetzt an. Nach einem Kampf mit deiner Frau, den du beendest, indem du sie ans Bett fesselst, bist du scharf geworden. Ich weiß, dass du stolz auf deine Selbstbeherrschung bist, aber ist es nicht auch ein schönes Gefühl, sich einfach mal gehen zu lassen?«

Sie wusste, dass sie ihn provozierte – mehr, als klug war. Sein Mund wurde wieder zu einem dünnen Strich, als er auf sie hinab blickte. Seine Erektion drückte beharrlich gegen ihren Bauch. Callies Herz schlug wild wie eine vibrierende Gitarrensaite. Sie war ihm hilflos ausgeliefert.

Plötzlich erinnerte sie sich an die Tarockkarten, die sie sich gelegt hatte. Sie hatte dunkle Kräfte in ihrer Zukunft gesehen – und eine Gefangennahme. Nie hätte sie geahnt, wie nah ihre Interpretation an der Realität war.

»Hast du mich deshalb verlassen?«, fragte Logan. »Du wolltest sehen, wie ich aus der Fassung gerate? Dass ich meine Selbstbeherrschung aufgebe?«

»Wenn ich das gewollt hätte, wäre ich schon viel früher gegangen«, gab sie zurück.

»Weißt du, du hast mir viele unterschiedliche Gründe für dein Weggehen gegeben«, sagte er. »Zuerst habe ich gedacht, du willst einmal richtig hart herangenommen werden. Dann hast du gesagt, du willst, dass ich aus deinem Leben verschwinde. Und jetzt sagst du, du hättest es auf meine Gefühle abgesehen.«

Er beugte sich über sie. Sein Atem streifte durch

ihre Haare wie eine heiße Brise. Callie fühlte sich erdrückt von seinem Gewicht und dem Zorn, den er ausströmte. Ihre Arme begannen von der unnatürlichen Haltung über dem Kopf zu schmerzen.

»Welcher Grund ist es denn nun, Callie?«, raunte Logan in ihr Ohr.

»Alle zusammen. Und sie stimmen alle.«

»Ach? Du wirst es nie schaffen, dass ich aus deinem Leben verschwinde.«

Er sagte das mit einer solchen Entschlossenheit, dass Callie fast der Atem stockte. Sie hatte noch nie darüber nachgedacht, was eigentlich geschah, wenn er sie nicht gehen ließ.

»Wieso? Willst du mich bis an mein Lebensende hier ans Bett gefesselt halten?«

»Nein. Obwohl ich langsam glaube, dass dir das gefallen würde.«

Callie stieß einen Fluch aus. »Himmel, du bist unglaublich! Du hast mich entführt! Du weißt selbst, welche Strafe darauf steht. Ganz abgesehen davon, dass es ein Akt der Barbarei ist.«

Er starrte weiter auf sie hinab, seine Augen waren zu einem dunklen Braun geworden. Callie spürte die Anspannung in jeder Linie seines Körpers.

»Du fährst ab auf so bizarre Sachen, was? Lockst die Männer, bis sie über dich herfallen, tanzt wie der Teufel der Sinnlichkeit auf der Voodoo-Zeremonie und wirst so richtig heiß, wenn man dir den Hintern versohlt ...«

Seine Stimme erstarb in einem heiseren Flüstern. Callie spürte, wie ihr seine Worte unter die Haut gingen. Himmel, er hatte Recht! Sie liebte die Emotionen, die sie empfand, wenn sie etwas außerhalb des Gewohnten tat, etwas von der Gesellschaft Verpöntes oder gar Verbotenes. Es stimulierte ihre Nerven, es trieb sie an. Sie presste die Schenkel fest zusammen. In ihrem Geschlecht zuckte es.

»So willst du mich also haben?«, fragte sie und hoffte, das Zittern aus ihrer Stimme fernhalten zu können. »Seit ich dich verlassen habe, behandelst du mich ganz anders.«

»Es erregt dich also.« Sein Mund wölbte sich zu einem leichten Lächeln. »Es erregt dich, wenn du weißt, ich könnte alles mit dir tun, weil du dich nicht wehren kannst.«

Callies Blut floss schneller durch ihre Adern. Sie fragte sich, ob Logan sie besser kannte als sie sich selbst.

»Das würdest du nicht tun«, sagte sie schließlich.

Er hob die Augenbrauen. »Woher willst du denn das wissen?«

Callie antwortete nicht. Sie wand sich unter ihm, um ihn von sich zu wälzen. »Logan, steh auf.« Als er sich nicht rührte, starrte sie ihn finster an. »Du kannst nicht leugnen, dass dich das erregt«, fauchte sie.

»Ich leugne gar nichts.« Er beugte sich tiefer und hauchte einen Kuss auf ihre Stirn.

Die Sanftheit der Berührung bildete einen überraschenden Kontrast zu seiner harten Erektion, die gegen ihren Körper pochte.

Callie zerrte an den Handschellen. »Logan …«

»Ich lasse dich nicht frei.«

Callie hätte gern gewusst, ob er damit die jetzige Situation ansprach, oder ob dieser Satz für alle Zeiten galt. Verwirrung und Verlangen machten sich in ihr breit. Logans Hand fuhr über ihre Brust und öffnete die Knöpfe ihres Kleids. Mit einer geschickten Bewegung öffnete er den Vorderverschluss ihres Büstenhalters und legte ihre Brüste bloß.

Callie schloss die Augen. Ein Schwall Hitze färbte ihre Haut rosig. Sie hatte sich noch nie so entblößt und hilflos gefühlt. Ihre Nerven flatterten. Logan presste die flache Hand gegen ihre Pussy. Sie spürte, wie sich die Schamlippen unter seinen Fingern öffneten.

Logan berührte ihre Lippen mit seinen. »Was soll ich mit dir anstellen? Was willst du?«

Sie schlug die Augen auf. »Schließ die Handschellen auf, dann sage ich es dir.«

»Das wäre ein schlechtes Geschäft für mich. Also gut, dann muss ich selbst herausfinden, was du willst.«

Seine Finger glitten unter den Bund ihres Slips und hinunter zu ihrem Geschlecht. Callie sog scharf die Luft ein, als der Zeigefinger sich langsam in ihre Spalte wand. Ah, sein Finger war wirklich geschickt. Ihre Klitoris pulsierte. Sie starrte ihren Mann an und fragte sich, wie er sich in den letzten Wochen so entwickelt haben konnte. Oder war er immer so gewesen, und es hatte nur in ihm geschlummert?

Sie sah zu, wie er sein Hemd öffnete. Ihre Begierde wuchs mit jedem geöffneten Knopf. Sie konnte ihn später weiter beschimpfen, dachte sie, jetzt wollte sie ihn zuerst genießen. Ihre Arme schmerzten, aber irgendwie mischte sich der Schmerz unter die anderen Emotionen, die durch ihre Adern flossen. Verwundert fragte sie sich, wieso diese Situation sie derart erregte. Ihre Haut war nass vom Schweiß, ihre Pussy tropfte vor ungeduldiger Gier. Sie wollte die Kraft von Logans Körper in sich spüren.

Er ließ sich Zeit. Er tauchte zwischen ihre Schenkel, öffnete die Falten des Geschlechts und stieß seine Zunge hinein. Callies Körper wurde starr vor Lust, sie bäumte sich auf, stützte sich auf Schultern und Fersen und ruckte ihren Leib seiner Zunge entgegen. Er leckte sie, als hätte er es schon tausendfach getan. Lippen und Zunge bewegten sich mit köstlicher Präzision, sie wirbelten um ihre schmerzvoll geschwollene Klitoris, während er einen Finger tief in sie hineinstieß.

In den drei Jahren ihrer Ehe hatte Logan nicht eine solche Leidenschaft gezeigt. Sie fühlte sich seit dem letzten Monat begehrter als je zuvor.

Logan schwang sich hoch, schob ihre klammen Schenkel auseinander und stieß in einem Zug tief in sie hinein. Sein Mund presste sich auf ihren. Sie fand den leicht salzigen Geschmack zusätzlich stimulierend. Sie stieß gedämpfte Geräusche der Lust aus, während sie die Beine um seinen Rücken schlang. Er pumpte fest in sie hinein. Sein Atem kam rasselnd, dann senkte er den Kopf und nahm abwechselnd ihre Nippel in den Mund.

Er richtete sich ein wenig auf und legte ihre Beine über seine Schultern.

»Ah …« Callie schloss die Augen und stieß regelmäßig zurück, immer schneller, um sich seinem Rhythmus anzupassen. Sie wusste, dass es ihr jeden Augenblick kommen würde.

»Komm für mich, Baby«, raunte Logan in ihr Ohr.

Seine Worte lösten den Orgasmus aus. Mit einem Schrei kam sie mit einer derartigen Gewalt, dass Callie für ein paar Augenblicke glaubte, die Welt hätte sich schneller zu drehen begonnen. Sie wurde gleich darauf noch einmal durchgeschüttelt, als Logan tief in sie hineinstieß und sich sprühend entlud. Keuchen erfüllte den kleinen Raum.

Logan stand an der Reling und schaute auf die Silhouette von Savannah. Er wusste, dass es ein Fehler gewesen war, Callie so einfach zu entführen, aber in den letzten Tagen war seine Verzweiflung gewachsen. Trotzdem, er hatte es sich selbst zuzuschreiben, wenn sie die Polizei rief. Sie konnte es jetzt tun, denn bevor er die Kabine verlassen hatte, hatte er die Handschellen aufgeschlossen. Das Funkgerät befand sich in der Kabine …

Er drehte sich um, als er Schritte hörte. Callie kam auf ihn zu, die Haare noch zerzaust, die Haut noch ein wenig gerötet. Logans Körper reagierte sofort. Sie hatte Recht, als sie gesagt hatte, sie hätten in den vergangenen vier Wochen den besten Sex ihrer Ehe gehabt.

»Keine Sorge«, sagte Callie. »Ich habe niemanden gerufen. Jedenfalls noch nicht.«

Logan lehnte sich mit der Hüfte an die Reling und sah Callie an. Weniger denn je wollte er sie gehen lassen. »Was verlangst du, Callie? Ich habe dich hergebracht, damit wir es endlich klären können. Und damit wir endlich einmal unter uns sind.«

»Und dazu musst du mich kidnappen?« Callie schüttelte ungläubig den Kopf. »Weißt du, Logan, wenn du mir auch nur mit einem Wort zu verstehen gegeben hättest, dass du endlich begriffen hast, warum ich dich verlassen habe, dann hätten wir vielleicht eine kleine Chance gehabt. Aber du bist so stur, dass du gar nicht auf den Gedanken kommst, es könnte was mit dir zu tun haben.«

»Für dich ist es aber ganz in Ordnung, dass du dich heimlich verdrückt hast, ja?«

»Okay, ich hätte vielleicht was sagen sollen«, räumte Callie ein. »Aber du weißt verdammt gut, dass ich oft genug über unsere Probleme sprechen wollte. Ich ziehe ein kurzes Kleid an, und du sagst, ich sehe nuttig aus. Ich besuche meine Schwester, und du rätst mir, ich soll mich von ihr fernhalten. Ich frage dich, warum du mich geheiratet hast, und du sagst mir, ich sei albern. Hast du eine Ahnung, wie frustrierend es ist, wenn man immer wieder diese missbilligenden Äußerungen hört und die tadelnden Blicke sieht?«

Logan dachte über das nach, was sie gesagt hatte. Er erinnerte sich, diese Dinge ausgesprochen zu haben, aber nur, weil sie ihn provoziert hatte.

Callie starrte ihn an und hielt sich an der Reling fest. »Verstehst du mich, Logan?«

»Ja, gut«, sagte er schließlich, »kann sein, dass ich

dich zu oft kritisiert habe. Aber du weißt auch, dass du mich absichtlich provoziert hast.«

»Weil ich eine Resonanz haben wollte. Manchmal hast du dich bei mir wie ein Statue verhalten. Ich habe mich oft gefragt, ob du überhaupt Emotionen zeigen kannst.«

»Trotzdem erinnere ich mich, dass du mir gesagt hast, du seist nicht unglücklich.«

»Glaubst du, ich hätte dich verlassen, wenn ich es nicht wäre?«

Logan runzelte die Stirn. »Ich habe dir alles gegeben, was du haben wolltest.«

»Nein.« Callie sackte gegen die Reling, sie wirkte plötzlich erschöpft und niedergeschlagen. »Du hast dich mir immer vorenthalten.«

»Ich weiß nicht genau, ob ich verstehe, was du meinst.«

»Natürlich nicht. Das ist der springende Punkt.« Sie blickte in die gespannten Züge seines Gesichts und sah, wie die leichte Brise an seinen Haaren zupfte. »Erinnerst du dich an den Abend der Voodoo-Zeremonie?«

»Ja.«

»Das war das einzige Mal in unserer dreijährigen Ehe, dass ich mich mit dir verbunden fühlte.«

»Sag bloß, du wärst von einem Geist besessen gewesen.«

Callie seufzte. »Nein, Logan. Und hör auf, dich über Voodoo lustig zu machen, das hört sich heuchlerisch aus deinem Mund an. Abiona hat mir gesagt, dass du sie besucht hast.«

Logans Hände ballten sich unbewusst zu Fäusten. Er wandte sich ab und ging hinunter in die Kabine. »Darüber will ich nicht diskutieren.«

Callie folgte ihm. »Logan? Warum hast du Abiona besucht?«

Er warf ihr einen finsteren Blick zu. Er wollte nicht

über sein Erlebnis mit Abiona reden. »Wir reden nicht über mich. Wir reden über dich und warum du mich verlassen hast.«

»Ich habe dich verlassen, weil wir nie über dich geredet haben!«, rief Callie. »Himmel, Logan, ich weiß nichts über dich. Nichts über deine Kindheit. Ich weiß nicht, welches Verhältnis du zu deinem Vater hattest. Ich weiß gar nichts über deine Vergangenheit.«

»Da gibt es auch nichts zu wissen«, antwortete Logan. »Ich habe nichts als schlechte Erinnerungen.«

»Und warum sprichst du nicht mit mir darüber?«

Er antwortete nicht. Wie hätte er es ihr auch sagen können? Dann würde er sie mit Sicherheit verlieren, obwohl ihm bewusst war, wie nahe er dabei war, sie auch so zu verlieren.

Callie stieß den Atem in einem langgezogenen Seufzer aus und wandte sich der Kabine zu. »Vergiss es, Logan. Es ist aussichtslos. Wenn du glaubst, mich damit überzeugen zu können, nach Hause zu kommen, bist du ein Narr.«

Sie betrat die Kabine, während Logan auf der Brücke blieb und ins Wasser starrte. Es war, als befände er sich in der Mitte eines gewaltigen Labyrinths, in dem es nichts als Sackgassen gab. Er wusste jetzt, dass er Callie in den letzten Monaten verloren hatte, und ihm wurde klar, dass er sie nur zurückgewinnen konnte, wenn er auf Risiko ging.

Wenn er ihr die Wahrheit sagte, würde sie sich vielleicht abrupt abwenden und nie wieder zu ihm zurückkommen. Aber das würde sie auch tun, wenn er nichts sagte. Offenbar war es das, was sie ihm die ganze Zeit hatte sagen wollen.

Er betrachtete die Sonne, die in roten und orangefarbenen Strahlen unterging. Er wollte für immer auf dieser Yacht bleiben, für immer mit Callie zusammen, fernab vom Rest der Welt.

Er hörte ihre Schritte und blickte hoch. Sie trug zwei

Schüsseln mit Tortellinis und reichte ihm eine. »Ich dachte, du würdest hungrig sein.«

Er sah sie überrascht an. »Du hast mir was zu essen gebracht?«

»Ich bin eine netter Mensch.«

Logan lächelte. Wenn er etwas über seine Frau wusste, dann war es das, dass sie ein netter Mensch war.

»Das weiß ich doch.«

»Nun, ziehe keine falschen Schlüsse«, murmelte Callie. »Ich bin immer noch wütend.«

Sie setzte sich neben ihn auf einen Stuhl und verzog das Gesicht.

»Geht es dir gut?«, fragte Logan.

»Ja, nur ein bisschen wund.«

Schamröte stieg in Logans Gesicht. »Das habe ich nicht gewollt. Ich würde nie etwas tun, was dich verletzt.«

»Hast du auch nicht wirklich«, sagte Callie. »Außerdem wollte ich, dass du grob mit mir umspringst. Weißt du, Logan, wenn du schon früher in unserer Ehe damit begonnen hättest, mal über deinen Schatten zu springen, wären wir nie in eine solche Situation geraten.«

»Aber ich habe nie gewusst, wie du darauf reagieren würdest.«

Callie warf ihm einen tadelnden Blick zu. »Du hättest es herausfinden können.«

Logan nickte. Ja, er hätte viele Dinge anders angehen können. Schweigend aßen sie, blickten zum Horizont und gierten nach den letzten Strahlen der Sonne.

»Eins musst du mir noch sagen«, meinte Logan schließlich.

»Ja?«

»Was will uns Tess mit ihrer künstlerischen Darstellung sagen?«

Callie gluckste. »Wenn ich das wüsste, würde ich wahrscheinlich bei ihr mitmachen. Aber ich habe keine Ahnung.«

»Und warum gehst du hin?«

»Weil sie meine Freundin ist. Manchmal muss man etwas für Menschen tun, weil du sie magst. Das trifft auf Tess zu.«

»Die Behörden werden ihre Schau verbieten, wenn sie davon erfahren. Und wahrscheinlich werden alle Teilnehmer verhaftet.«

Callie hob die Schulter. »Dann wird sie sich etwas anderes einfallen lassen. Sie ist zäh.« Sie sah ihn prüfend an. »Du wirst sie doch nicht anzeigen?«

»Nein.«

»Was ist mit Adam?«

»Was soll mit ihm sein?«

»Wirst du ihn feuern?«

Logan war irritiert. »Natürlich. Stell dir nur mal vor, einer unserer Klienten erfährt, was er in seiner Freizeit treibt. Ich kann mir leicht ausmalen, welcher Skandal da heraufbeschworen wird.« Er sah sie von der Seite an. »Adam hat mir gesagt, er hätte mit dir gesprochen.«

»Er ist ein guter Junge. Ein bisschen komisch, aber gut.«

»Komisch ist das richtige Wort«, murmelte Logan. »Wie ist er nur auf die Idee gekommen, sich in aller Öffentlichkeit zu seinem Schwulsein zu bekennen? Wirklich, das ist doch abartig.«

»Weißt du, Logan, nur weil Menschen anders sind als in deiner Vorstellung, bedeutet das noch nicht, dass sie abartig sind«, sagte Callie. »Es gibt bestimmt Leute, die das für abartig halten, was wir während der Voodoo-Zeremonie getrieben haben.«

»Das war doch was ganz anderes.«

»Es ist immer anders, wenn es dich selbst betrifft.«

Logan sah sie stirnrunzelnd an, obwohl er wusste,

dass sie Recht hatte. Er stellte seine leere Schüssel hin und trat an die Reling. »Also, was willst du von mir, Callie? Soll ich plötzlich ein Anhänger der New-Age-Bewegung werden? Nun, das kannst du dir abschminken.«

»Ich will nicht, dass du eine völlig andere Person wirst«, protestierte Callie. »Ich hab dich nicht geheiratet, um dich neu zu formen. Ich wusste von Anfang an, dass ich dich nicht von Grund auf ändern konnte.«

»Aber für mich hört es sich so an, als wenn du genau das versuchen willst.«

»Nein. Und hör auf, mir die ganze Schuld zuzuschieben. Hast in Wirklichkeit nicht du versucht, mich drei Jahre lang zu verändern?«

Er sah sie verdutzt an. »Was meinst du denn damit?«

»Du hast immer was an meinem Benehmen auszusetzen gehabt«, antwortete Callie. »Wir mussten irgendwas verkörpern, und ich musste mich deinem Standard anpassen. Wenn ich das nicht wollte, hast du meine Herkunft dafür verantwortlich gemacht.«

Verdammt, ja, das hatte er getan. Logan fuhr sich verlegen durch die Haare und seufzte. »Ich glaube, mir lag wirklich viel an dem, was wir in der Gesellschaft darstellen sollten«, gab er zu. »Aber ich hatte meine Gründe dafür. Doch ich wollte dich nicht ändern, Callie.«

»Nun, ich verlange es von dir«, gab sie zurück. »Ich möchte, dass du mir mehr Raum zum Atmen gibst. Gib es zu, Logan, selbst dir fällt es schwer, allen Ansprüchen der Gesellschaft gerecht zu werden. Und was dein eigenes Image angeht – verdammt, was kümmert es uns, was die Gesellschaft über uns denkt?«

Logan antwortete nicht und schaute hinaus auf den Fluss. Er sah plötzlich seinen Vater vor sich. Er präsentierte der Gesellschaft ein völlig anderes Bild, als das, was er in Wirklichkeit darstellte.

»Ja, stimmt. Die Zwänge der Gesellschaft können einem ganz schön zusetzen«, murmelte er.

»Ich habe nichts gegen Regularien, nichts gegen die Standards der Gesellschaft«, sagte Callie. »Aber sie dürfen dich nicht einschnüren, sie dürfen dein Leben nicht bestimmen.« Sie ging langsam auf ihn zu. »Wo kamen diese Zwänge her?«, fragte sie leise. »Von deinem Vater?«

Er sah sie überrascht an. Sie war stets einfühlsamer gewesen, als er ihr zugetraut hatte. »Zum Teil.«

»Und zum anderen Teil?«

»Das willst du nicht wirklich wissen.« Logans Hand verkrampfte sich so sehr um die Reling, dass ein Splitter in sein Fleisch rammte. Er ignorierte den leichten Schmerz, während er zu der Erkenntnis gelangte, dass es die Wirkung eines reinigenden Gewitters haben würde, wenn er Callie alles erzählte. Vielleicht würde sie ihm dann wieder vertrauen.

»Doch, ich will es wissen.«

Logan wandte sich von ihr ab; er konnte ihr nicht in die klaren braunen Augen sehen. Er rang sich die verbitterten Worte ab. »Ich werde erpresst.«

Callie zuckte zusammen. »Du wirst erpresst?«, wiederholte sie. »Von wem?«

»Von eine Frau, die ich früher mal gekannt habe.«

»Ist sie eine Klientin?«

»Nein.« Logan hob die beiden Schüsseln auf und ging zurück in die Kabine. Er konnte ihr immer noch nicht ins Gesicht sehen. Callie folgte ihm.

»Wer ist sie?«

»Sie heißt Elenore Lawrence. Sie ist eine üble betrügerische Hexe.«

»Und was will sie haben?«

»Geld. Viel Geld. Sie restauriert einen Flussdampfer aus dem neunzehnten Jahrhundert und will daraus ein Casino und ein Hotel gestalten. Sie besitzt ein Apartment in der Stadt, aber ich habe jetzt gehört, dass sie auf dem Schiff wohnt.«

»Hat sie keine Geldgeber?«

»Doch, aber sie braucht mehr.«

»Vor allem dich.«

»Richtig. Vor allem mich.«

Callie blieb in der Tür zur kleinen Küche stehen und schaute zu, wie er die Schüsseln abwusch. Logan wusste, wohin dieses Gespräch führen würde. Ihm wurde übel davon. Er riskierte einen scheuen Blick auf seine Frau. Sie musterte ihn mit Argwohn und Neugierde.

»Es ist also eine schlechte Investition?«

»Jedes Geschäft mit Elenore Lawrence ist eine schlechte Investition. Sie und ihr Mann sind oder waren Fachleute im Geschäft der Geldwäsche.«

»Sie muss reich sein, wenn sie genug Geld hatte, einen Flussdampfer zu kaufen.«

»Sie behauptet, einen großen Teil ihres Vermögens verloren zu haben«, antwortete Logan. »Ihr Mann ist vor fünf Jahren gestorben und hat ihr angeblich eine Menge Schulden hinterlassen.«

»Womit erpresst sie dich?«

Logan spürte eine innere Kälte. Er konnte es ihr nicht sagen. Er hatte diese Erfahrung vor vielen Jahren in sich verschlossen, und seither hatte er nicht mehr daran gedacht.

Callie runzelte die Stirn, als sie in sein Gesicht sah. Sie trat zu ihm und legte eine Hand auf seinen Arm. »Logan?«

»Schon gut, Callie.« Er schob ihre Hand weg und wollte zur Brücke gehen.

»Nein!« Ihr ganzer Zorn lag in diesem einen Wort. Sie folgte ihm hinaus. »Du kannst mich nicht wieder wegschieben, Logan. Du hast damit angefangen, nicht ich. Wer ist diese Frau, und was will sie von dir?«

Logans Kinn spannte sich zu einer harten Linie. Er wusste, dass Callie nicht aufgeben würde, bis sie die Wahrheit gehört hatte.

»Logan, um was geht es? Willst du mir sagen, dass du vor Jahren jemanden umgebracht hast?« Sie lächelte dünn.

Er legte seine Hände ums Steuer, und Callie sah, dass seine Knöchel weiß hervortraten.

»Sie weiß ein paar Dinge über mich, das ist alles.«

»Welche Dinge?«, fragte Callie beharrlich. »Das ist eine Ironie des Schicksals, dass diese fremde Frau mehr über dich weiß als ich.«

Er warf ihr einen verzweifelten Blick zu. »Das ist lange her. Viele Jahre, bevor wir uns kannten.«

»Was ist so lange her? Würdest du bitte mit mir reden? Du kannst mir nicht sagen, dass du erpresst wirst, ohne mir Einzelheiten zu erklären.«

Logan warf den Motor an und steuerte den Hafen an.

»Bist du wegen dieser Erpressung zu Abiona gegangen?«

Er warf ihr einen lauernden Blick zu. »Woher weißt du davon überhaupt?«

»Sie hat es mir gesagt, aber du brauchst dich nicht aufzuregen, denn sie hat mir keine Details erzählt.« Sie sah ihn neugierig an. »Aber es hat mich schon überrascht, dass du auf die Idee kommst, zu einer Voodoopriesterin zu gehen.«

»Ja, es war albern«, murmelte Logan.

»Trotzdem muss die Sache verdammt ernst für dich sein, dass du überhaupt mit dem Gedanken gespielt hast. Was weiß diese Elenore über dich, was ich nicht weiß?«

»Es ist besser, wenn du es nicht weißt.«

»Es kann nicht besser sein, wenn ich meinen Mann nicht kenne«, gab Callie aufgebracht zurück. »Begreifst du das nicht? Hat es etwas mit deinen schlechten Erinnerungen zu tun, die du mal erwähnt hast?«

Logan sah sie an. Sie betrachtete ihn mit solcher Sorge, dass es ihm ins Herz schnitt. Er wusste nicht, wie sie reagieren würde, aber er begriff, dass er es ihr schuldig war, über die Vergangenheit zu reden. Er atmete tief ein und starrte hinaus auf die leichten Wellen des Flusses.

»Nach der Universität bin ich in die Kanzlei meines Vaters eingetreten«, begann er. »Um es milde auszudrücken, mein Vater war ein Bastard. Er war ein krakeelender Alkoholiker und süchtiger Spieler. Seine Prozesse gewann er durch Einschüchterung und Bestechung. Nach drei Monaten wusste ich, dass er die Kanzlei in den Ruin führte. Er hatte das Privatvermögen bereits verspielt und griff nun die Reserven der Firma an. Zwei seiner Partner entdeckten seine Griffe in die Kasse und sagten mir, sie würden ihn anzeigen, wenn wir die Summe nicht innerhalb eines Jahres zurückzahlen könnten. Ich wusste, dass es unmöglich sein würde, das Geld durch Klienten aufzubringen, deshalb habe ich mich nach einem anderen Job umgesehen.«

Callies Augen verdüsterten sich. Sie ahnte, dass sie jetzt etwas wenig Erfreuliches hören würde. Sie trat näher an ihn heran. »Was für ein Job war das?«, flüsterte sie.

»Elenore Lawrence gehörte zu den Klienten meines Vaters«, sagte Logan, bemüht, die Erregung aus seiner Stimme zu halten. »Sie hatte von unseren finanziellen Problemen gehört und kannte einen Weg zum schnellen Geld. Ich sollte als Begleiter arbeiten.«

»Begleiter?«

»Ein harmloses Wort für eine männliche Nutte«, erklärte Logan. Wenn sie die Wahrheit hören wollte, sollte sie die ganze Hässlichkeit des Gewerbes hören. »Ich habe für Geld gefickt.«

Callie starrte ihn voller Entsetzen an. »W ...wie ... lange hat das gedauert?«, stammelte sie.

»Über ein Jahr. Ich habe bei einer Agentur angefangen, und danach haben Elenore und ihr Mann mich dafür bezahlt, dass ich bei ihnen wohnte.«

»Das hast du getan?«

»Sie boten mir mehr als genug Geld, um meinen Vater und die Kanzlei zu retten. Dieses Geld hätte ich mit keinem anderen Job aufbringen können.«

Callie sah ihn verdutzt an. »Was hast du da tun müssen?«

Er sah sie unsicher an. »Es gibt nichts, was ich nicht getan habe. Er stand auch auf Männern, und Elenore hatte eine Schwäche für derben Sex, sie ließ sich bereitwillig fesseln und schlagen. Ihrem Mann genügte es oft, wenn er zuschaute, aber er hatte auch eine sadistische Ader. Er schlug sie oft, bis sie blutige Striemen hatte.«

»Und das hat sie sich bieten lassen?«

»Bieten lassen? Sie fuhr darauf ab.« Er schüttelte den Kopf, als könnte er damit die bizarren Bilder los werden, die sich in seine Gedanken drängten. »Danach war ich meistens dran.«

»Er hat dich auch geschlagen?«

»Ich sagte schon, Gerald Lawrence war ein Sadist. Deshalb hat er mir die Position in seinem Haus angeboten. Er wollte mich brechen, denn er wusste, dass ich seine Frau befriedigte, und das führte bei ihm zur Eifersucht.«

»Er wollte dich brechen, indem er dich züchtigte?«

Logan lächelte schwach. Sie wusste nichts über diese Art der Sexualität. Ihm wurde bewusst, dass er ihr diese Geschichte auch deshalb hatte ersparen wollen, um ihre Unschuld zu beschützen.

»Glaube mir, calla lily, es ging um viel mehr als nur ums Züchtigen. Wann immer dem alten Bock danach zumute war, fesselte er mich, er behandelte mich wie einen Sklaven.«

»Warum bist du nicht einfach gegangen?«

Logan hob die Schultern. Wie oft hatte er sich diese Frage selbst gestellt. »Ich hatte einen Vertrag unterschrieben, und ich brauchte das Geld. Wenn ich die beiden Partner nicht auszahlen konnte, wäre die Kanzlei ruiniert, und mein Vater müsste ins Gefängnis. Das Schlimmste an dieser miesen Geschichte ist aber, dass er wusste, womit ich das Geld verdiente.«

Callie sog geräuschvoll die Luft ein. »Dein Vater hat es gewusst?«

»Er kannte die Einzelheiten nicht, aber er wusste, dass ich als männliche Hure arbeitete. Man sollte annehmen, dass ihn das geändert hätte.«

»Er hat sich nicht geändert?«

»Nein.« Die tiefe Abneigung gegen seinen Vater stand in Logans Gesicht.

»Logan, es tut mir Leid. Es muss schrecklich für dich gewesen sein.«

Logan sah sie an, sah den Ausdruck des Schmerzes und der Sympathie in ihren Augen, und keinen Hinweis auf Verachtung, was er befürchtet hatte.

»Ich habe der ganzen Sache zugestimmt«, sagte er. »Aber das bedeutet nicht, dass es mir Spaß bereitet hat.«

Callie sah forschend in seine Augen. »Gar nichts davon?«

Logan hob die Schultern. »Nun, natürlich hatte ich meine sexuelle Befriedigung. Sie achteten sogar darauf, weil sie sich dann einreden konnten, dass ich auch meinen Spaß hatte.«

»Warum hast du mir nie davon erzählt?«, fragte Callie.

Sie hörte sich so verletzt an, dass er sich sofort schuldig fühlte. Er trat auf sie zu, zögernd, als wollte er keine Abfuhr riskieren. Aber sie wich nicht zurück und hatte hunderte Fragen in den Augen.

»Oh, Callie, das war eine hässliche Episode in meinem Leben, und keine, auf die ich stolz bin.«

»Hast du geglaubt, ich hätte kein Verständnis für dich gehabt?«

Logan schob eine Haarsträhne aus ihrem Gesicht; ein Vorwand, um sie berühren zu können. »Verdammt, ich habe ja selbst kaum Verständnis dafür.«

»Und damit erpresst dich diese Elenore nun?«

Logan nickte. »Sie weiß, es könnte mich ruinieren.«

Ärger blitzte in Callies dunklen Augen auf. »Das kann sie doch nicht tun! Es muss etwas geben, womit wir das verhindern können!«

»Wir?«

»Nun, wir sind noch verheiratet«, sagte Callie. »Ich will dir helfen, wenn ich kann.«

Logan schüttelte den Kopf. Er konnte nicht glauben, dass dieses einmalige Wesen seine Frau war. Nach allem, was er getan hatte, wollte sie ihm helfen. »Du kannst nichts tun. Das ist mein Problem.«

»Deine Probleme sind auch meine«, sagte Callie. »Kannst du ihr nicht einfach das Geld geben?«

»Nein, denn diese Investition würde meine Reputation auch ruinieren.«

Logan blickte wieder hinaus auf den Fluss. Ihm war noch nie so deutlich geworden, warum er Callie geheiratet hatte. Nachdem er sich zehn Jahre lang mit coiffierten, berechnenden Frauen der Gesellschaft eingelassen hatte, war ihm Callies Offenheit und Natürlichkeit aufgefallen. Es mochte sein, dass es ihm damals nicht bewusst gewesen war, aber das Unterbewusstsein musste für seine Entscheidung gesorgt haben. Und dann hatte er versucht, sie in der erstickenden Atmosphäre seiner Kreise einzuengen, um den Menschen zu imponieren, für die er nicht viel übrig hatte.

Er sah hinüber zu Callie. Jetzt mochte er sie noch viel weniger gehen lassen. Aber er wusste nun auch, dass er sie gehen lassen musste, wenn sie es so wollte.

»Es tut mir Leid«, sagte er.

»Ich bin froh, dass du es mir endlich erzählt hast«, antwortete Callie. »Natürlich bin ich schockiert, aber wenn du es mir vor drei Jahren erzählt hättest, wäre ich trotzdem deine Frau geworden.«

»Und warum wolltest du nicht meine Frau bleiben?«

»Weil du mir so viel vorenthalten hast. Gibt es sonst noch Geheimnisse, die ich wissen sollte?«

»Keine in diesem Umfang.« Logan steuerte das Schiff an seinen Liegeplatz. »Ich setze dich an Land ab«, sagte er. »Ich möchte eine Weile hier draußen bleiben.«

»Was wird jetzt aus uns?«, fragte Callie.

»Du weißt, dass ich dich wieder bei mir haben möchte«, antwortete Logan. »Aber ich will nicht, dass du mit in diesen Schlammassel mit Elenore hineingezogen wirst.«

Callie wandte sich zur Kabinentür. »Ich muss darüber nachdenken«, murmelte sie. »Ich will uns nicht so leicht aufgeben, Logan, aber ich möchte wissen, ob du begriffen hast, warum ich dich verlassen habe.«

»Es wird mir allmählich klar.«

Callie legte eine Hand auf seinen Arm. »Ich verstehe dich allmählich auch, und das ist alles, was ich gewollt habe.«

Fünfzehntes Kapitel

»Callie, hast du den Karton mit der Algenseife zurückgegeben?«, fragte Tess. »Erinnerst du dich, sie hat wie faulende Kartoffel gestunken, die man mit Jod überschüttet hat.«

Callie sah von ihrem Buch auf und kratzte sich am Kopf. »Ich … glaube ja.«

Tess sah sie genauer an. »Du bist irgendwie anders heute. Geht es dir nicht gut?«

»Es geht mir gut, mal abgesehen von leichten Kopfschmerzen.«

»Die Wurzeln von Kavapfeffer sind gut gegen Kopfschmerzen, Callie«, meldete sich Adam zu Wort. Er war dabei, die Schmuckvitrine zu reinigen. »He, Tess, wir sollten Kräuter ins Sortiment aufnehmen.«

»Keine schlechte Idee, schöner Mann.«

Callie musste lächeln, als sie das glückliche Gesicht Adams sah. Tess hatte ihn angestellt, nachdem Logan ihn gefeuert hatte, und Adam schien sich bei ihnen wohl zu fühlen. Jeans und T-Shirts standen ihm besser als die steifen Anzüge. Er hatte sich von Tess die Lippe und das Ohr piercen lassen.

»Hast du in letzter Zeit was von Logan gehört?«, fragte er.

Callie schüttelte den Kopf. Sie war noch nicht bereit, darüber zu sprechen, was zwischen Logan und ihr vorgefallen war. Sie wusste auch nicht, wie sie ihm helfen konnte. Wenn Logan bisher nichts eingefallen war, Logan mit seinen Verbindungen und seinen finanziellen Möglichkeiten, dann würde ihr bestimmt auch nicht die Erleuchtung kommen. Aber sie hatte seit diesem Nachmittag auf der Yacht immer an ihn und sein Schicksal denken müssen.

Sie begriff, wie seine Persönlichkeit davon geprägt

sein musste. Wenn er ein Jahr lang diese Erniedrigungen hatte ertragen müssen, war es kein Wunder, dass er emotional so verschlossen war. Er hatte seine Gefühle unterdrücken müssen, sonst hätte er das Jahr nicht heil überstanden.

»Ja, wir haben miteinander geredet«, sagte Callie schließlich. »Aber die Dinge sind immer noch etwas kompliziert.«

»Und wie geht es ihm?«

Callie erinnerte sich, dass Tess ihr von Adams Schwärmen für Logan verraten hatte. Sie lächelte. »Es geht ihm gut. Arrogant natürlich, aber es geht ihm gut.«

»Arrogant war er immer«, murmelte Adam versonnen.

Das Telefon neben der Kasse klingelte. Callie hob ab. »Nebula Arcana, Callie am Apparat.«

»Callie, hier ist Gloria. Ich habe gerade deine Nachricht abgehört, dass du mit mir sprechen willst.«

»Hallo, Gloria.« Callie schloss für einen Moment die Augen und überlegte, ob sie einen schweren Fehler beging. Aber ihr fiel sonst niemand ein, der ihr vielleicht helfen konnte. »Ja, ich möchte mit dir reden. Können wir uns in der Mittagspause irgendwo treffen?«

»Ja, klar. Ich bin in einer Stunde in dem Café gleich neben deinem Laden.«

»Ja, danke.« Callie legte den Hörer auf und presste die Fingerspitzen gegen die Schläfen. Sie hatte auch überlegt, noch einmal zu Abiona zu gehen, sich dann aber dagegen entschieden. Sie wusste, dass Rituale und Bannsprüche jetzt nicht mehr helfen würden. Sie musste sich was Konkreteres einfallen lassen.

Eine Stunde später betrat Callie das Café. Ihre Schwester wartete schon auf sie und saß bei einem Glas Eistee an einem Fenstertisch. Callie musterte Gloria, als sie auf den Tisch zu ging und war erleichtert, dass die Augen ihrer Schwester klar blickten. Jedenfalls noch.

Gloria winkte. »Hallo, Süße. Bist du schon zu Logan zurückgegangen?«

Callie schüttelte den Kopf und setzte sich an den Tisch. »Nein, und bitte keine weitere Lehrstunde. Wir haben ein Problem.«

Glorias gezupfte Brauen hoben sich. Sie beugte sich vor und raunte: »Welches Problem?«

»Ich kann dir keine Einzelheiten sagen, nur so viel – Logan wird erpresst.«

»Erpresst? Logan?« Gloria griff nach dem Tee.

»Ja, da gibt es eine Frau, die Geld von ihm will, und er ist nicht bereit dazu. Sie hat gedroht, ihn zu ruinieren, wenn er sich weigert.«

»Wie, um alles in der Welt, kann man Logan ruinieren?«

»Nun, sie weiß ein paar Dinge über ihn«, murmelte Callie vage.

Neugier leuchtete in Glorias Augen auf. »Wirklich? Du willst sagen, Logan hat Geheimnisse?«

»So scheint es«, murmelte Callie. »Ich weiß nicht, was ich tun soll, Gloria. Er hat mir erst gestern davon erzählt, aber es läuft schon über eine Woche. Er kannte diese Frau vor fünfzehn Jahren, und jetzt ist sie wieder da.«

»Wer ist sie?«

»Sie heißt Elenore Lawrence.« Callie spürte eine wilde Wut auf diese Frau, die sie gar nicht kannte, und auch – völlig überraschend – einen Stich der Eifersucht, weil sie einen verborgenen Teil von Logans Leben gekannt hatte, der ihr bis jetzt verborgen geblieben war. »Ihr Mann ist vor fünf Jahren gestorben und hat ihr eine Menge Schulden hinterlassen. Jetzt will sie Logans Geld.«

Gloria schürzte die Lippen. »Hm. Und er kann nichts dagegen tun?«

»Ich glaube nicht. Jemand versucht was über sie herauszufinden, aber es sieht so aus, als hielte sie alle Trümpfe in der Hand.«

»Wie faszinierend. Das muss das erste Mal sein, dass dein Mann nicht alles unter Kontrolle hat.«

Callie kommentierte das nicht. »Ich brauche deine Hilfe, Gloria, aber ich will nicht, dass Logan davon erfährt. Er wäre wütend, wenn er wüsste, dass ich zu dir gegangen bin. Du weißt, wie sehr er bemüht ist, seine eigenen Probleme selbst zu lösen.«

»Wieviel Geld will diese Frau haben?«

»Zwei Millionen Dollar.«

Glorias Brauen hoben sich wieder. »Verdammt! Und wozu?«

»Sie will einen Flussdampfer zu einem Casino und Hotel umbauen lassen.«

»Sie allein?«

»Das weiß ich nicht.«

»Warum gibt er ihr nicht einfach das Geld?«

»Das habe ich ihn auch gefragt. Er sagt, das könnte ihn genauso ruinieren, weil die Lawrences sich mit Geldwäsche befasst haben. Außerdem hasst er es, erpresst zu werden.«

»Hm.«

Callie konnte fast hören, wie die Rädchen sich in Glorias Kopf drehten. Der Kellner kam und fragte nach ihren Wünschen. Callie bestellte einen Salat, sie war zu nervös für ein richtiges Essen. Wenn Gloria nicht helfen wollte oder konnte, war sie mit ihrem Latein am Ende.

Gloria nippte an ihrem Tee und breitete die Serviette über dem Schoß aus. »Ich weiß nicht, Callie. Das ist eine Menge Geld.«

»Ich weiß.«

»Weiß du, wo die Frau wohnt?«

»Logan sagt, dass sie zur Zeit auf dem Flussdampfer lebt.«

»Ich will mit ihr reden, bevor ich irgendwelche Entscheidungen fällen kann.«

Callie nickte, erleichtert, dass Callie nicht sofort nein gesagt hatte. »Ich komme mit. Ich selbst will diese Frau auch sehen.«

»Aber Callie, falls ich zustimme, dir und Logan zu helfen, dann nur unter einer Bedingung.«

»Bedingung?«

Gloria nickte. »Ich will, dass du zu Logan zurückkehrst.«

Callie starrte ihre Schwester an. »Du machst Witze.«

»Nein. Ich habe genug von diesem Unsinn. Und Logan auch.«

»Großartig. Jetzt erpresst du mich auch. Himmel, Gloria, was für eine Schwester bist du denn?«

Gloria runzelte die Stirn. »Ich erpresse dich nicht. Ich habe nur dein Verhalten satt, deshalb stelle ich eine Bedingung. Und du weißt genau, dass ich dir eine gute Schwester gewesen bin.«

»Und umgekehrt«, stellte Callie fest. Ihre Gedanken überschlugen sich. Sie wollte, dass Gloria ihrem Mann half, denn sie wollte ihn nicht in der Position des Geschlagenen sehen. Aber sie hatte sich noch nicht entschieden, ob sie wieder zu ihm zurückkehren wollte.

»Das weiß ich«, sagte Gloria. »Und es ist mir schrecklich, dich so zerrissen zu sehen, weil du nicht weißt, wohin du gehörst. Du gehörst zu Logan, meine Liebe. Du hast ihn geheiratet, und es ist höchste Zeit, dass ihr eure Probleme löst. Und das kannst du nur tun, wenn du zu ihm gehst.«

»Ich habe versucht, unsere Probleme zu lösen.« Callie sah sich um, weil sie nicht wollte, dass jemand zuhörte. »Daraufhin hat er mich entführt«, flüsterte sie zischend.

Gloria riss die blauen Augen weit auf. »Er hat dich entführt?«

»Ja. Er hat mich auf seine Yacht gelockt und mich dann mit Handschellen ans Kabinenbett gefesselt. Kannst du dir das vorstellen?«

Gloria starrte ihre Schwester einen Moment lang an, dann prustete sie los.

»Gloria!«

»Tut mir Leid, Süße, aber ehrlich, ich halte das für wunderbar. Die Hälfte der Frauen in Savannah würde ihren Erstgeborenen dafür hergeben, von ihrem Ehemann gekidnappt zu werden.«

»Das spricht nicht für die Hälfte der Frauen von Savannah«, sagte Callie trocken.

Glorias Augen leuchteten. »Er hat dich ans Bett gefesselt. Das muss köstlich gewesen sein.«

»Nein, war es nicht.« Aber noch während sie es leugnete, lief ein erregender Schauer über Callies Körper. Sie erinnerte sich mit auffälliger Klarheit an die Einzelheiten.

»Ach, hör doch auf! Du kannst mir nicht erzählen, dass ein solches Verhalten dir nicht ein kleines bisschen schmeichelt.«

Callie starrte sie verärgert an. »Nein! Ich bin ihm immer noch böse. Für wen hält er sich denn? Und bin ich sein Eigentum?«

»Nun, wenn du so wütend auf ihn bist, warum willst du ihm dann helfen?«, fragte Gloria. »Du kannst dich zurücklehnen und in aller Ruhe zusehen, wie er untergeht, wenn du ihm gegenüber so feindselig bist.«

»Nein, das möchte ich nicht«, murmelte Callie. »Er ist immer noch mein Mann. Ich habe nie gewollt, dass ihm was Schlechtes widerfährt.«

»Genau. Er ist immer noch dein Mann. Und wenn ich zustimme, dir zu helfen, kehrst du zu ihm zurück. Einverstanden?«

Callie rieb über einen Kratzer auf dem Tisch und versuchte, in sich hineinzuhören. Was empfand sie? Nun, am stärksten nahm sie das Gefühl wahr, Logan von den Fesseln seiner Vergangenheit zu befreien. Sie wollte ihn nicht länger leiden sehen. Dafür wollte sie alles tun.

Logan konnte sie zur Weißglut bringen, aber in diesen letzten Wochen hatte sie Bruchstücke seines Charakters entdeckt, von deren Existenz sie vorher nichts geahnt hatte. Sie konnte nur hoffen, dass er sich anschließend nicht wieder in sein Schneckenhaus verkroch.

Sie nickte. »Okay, einverstanden.«

Gloria lächelte entzückt. »Großartig, Süße. Wir besuchen deine Furie und knöpfen sie uns vor. Und mach kein Gesicht, als hätten sie dich schon ins Gefängnis geworfen. Logan ist ein guter Mann, das weißt du.«

»Ja, das weiß ich«, antwortete Callie. »Ich bin nur verwirrt. Ich meine, ich habe ihn verlassen, weil ich mit ihm nicht reden konnte, aber in den letzten Wochen habe ich mehr über ihn erfahren als vorher in den drei Jahren. Ich bin auch überrascht, wie sehr mir daran liegt, ihn zu beschützen.«

»Ich verwette alles, was ich habe, dass er genau das auch über dich denkt.«

Callie sah die Schwester forschend an. »Glaubst du?«

Gloria nickte. »Ich weiß es.«

»Manchmal zweifle ich immer noch, ob er überhaupt etwas für mich empfindet«, murmelte Callie. »Oder ich glaube, er will mich nur zurück haben, weil das für sein Ego gut wäre.«

Gloria schüttelte den Kopf. »Wenn er auf sein Ego bedacht wäre, hätte er dir wohl nichts von der Erpressung erzählt.«

»Stimmt.« Callie stützte seufzend den Kopf in beide Hände. »Es stimmt, Gloria, ich habe den Eindruck, dass er sich selbst und mich besser versteht. Selbst auf dem Schiff hatte ich das Gefühl, dass er mir zuhört, und vorher hatte ich dieses Gefühl nie. Aber es ist alles so verwirrend.«

»Natürlich«, sagte Gloria. »Liebe ist immer verwirrend.«

Callie sah sie verdutzt an. »Liebe? Wer hat denn was von Liebe gesagt?«

»Oh, ich bitte dich. Wenn du nicht in ihn verliebt bist, dann bin ich keine Sexgöttin.« Gloria lächelte. »Und wir beide wissen, dass selbst Aphrodite neidisch auf mich ist.«

Gloria puderte die Nase und legte Lippenstift nach, bevor sie ihre Handtasche schnappte und hinunter lief. »Ted?«

»Ich bin hier, Liebling.«

Gloria blieb in der Tür stehen. Er sah sich bei einer Flasche Bier ein Footballspiel im Fernsehen an. Nach einem kurzen Blick auf sie stieß er einen Pfiff aus.

»Du siehst gut aus.«

Gloria lächelte und drehte eine Pirouette, damit er ihr neues violettes Kostüm mit den farblich abgestimmten hochhackigen Schuhen und der Handtasche bewundern konnte. Das Kostüm umschmiegte ihre Figur, und der Ausschnitt ließ mehr als nur eine Ahnung ihrer vollen Brüste zu.

»Du siehst so gut aus, dass man an dir naschen möchte«, sagte Ted. »Warum kommst du nicht her, damit ich mal probieren kann?«

Kichernd ging Gloria auf ihn zu. Sie beugte sich zu ihm und küsste ihn, wobei ihre Finger leicht über seine Hose fuhren. »Das würde ich gern tun, Süßer, aber ich habe eine Verabredung.«

»Mit wem?«

»Mit meiner Schwester. Ich muss sie und Logan retten. Wirklich, die beiden stecken ganz tief im Schlammassel.«

»Und was musst du tun?«

Gloria küsste ihn wieder und zog seine Unterlippe zwischen ihre Zähne. »Darüber reden wir später, ja? Wenn ich heute Abend zurück bin, können wir uns vielleicht Octopussy anschauen, und dabei werde ich auf dein Angebot zurückkommen.« Sie spürte, wie sich unter ihren Fingern etwas regte. »Halt ihn für mich bereit.«

Sie war schon im Flur, als es klingelte. Callie stand in einem Kostüm vor der Tür. Sie wirkte nervös.

»Gloria, vielleicht ist das gar keine so gute Idee«, sagte sie. »Ich meine, was wird, wenn …«

»Zu spät für Zweifel«, antwortete Gloria. Sie nahm ihre Schwester an die Hand und schritt mit ihr zum Auto. »Du kannst nicht zulassen, dass Menschen deinen Mann derart behandeln. Also, wenn diese Hexe meinem Ted so etwas zumutete, glaubst du, ich würde seelenruhig zuschauen?«

»Ted ist nicht Logan.«

»Als ob ich das nicht wüsste«, murmelte Gloria. »Also, keine Bange, Süße. Ich werde die Sache in die Hand nehmen. Ich hoffe, sie weiß, dass wir kommen.«

»Ja, ich habe sie gestern Abend angerufen. Sie war nicht gerade erfreut.«

Gloria gluckste. »Sie hat auch keinen Grund, erfreut zu sein. Das wird sie erfahren, wenn wir mit ihr fertig sind.«

Sie fuhr Richtung Wilmerton Island und parkte im Hafen. Viele kleinere Boote und exklusive Yachten lagen in den Docks, aber Elenore Lawrences Schiff, The Over Easy, war eine Klasse für sich. Vier Decks hoch, musste das Schiff wenigstens dreihundert Fuß lang sein, und am Heck prangte ein riesiges rot gestrichenes Schaufelrad. Das Schiff strahlte Eleganz und Schönheit aus.

Callie schüttelte den Kopf. »Himmel! Kein Wunder, dass sie viel Geld braucht.«

Sie näherten sich der Planke, die den Flussdampfer mit dem Ufer verband. Ein bulliger Mann stand davor, die Arme vor der Brust gekreuzt. Er nickte, nachdem sie ihre Namen genannt hatten.

»Mrs. Lawrence erwartet Sie in den Offiziersquartieren.«

Die Renovierung hatte schon begonnen. Auf dem Vorderdeck war ein Salon mit angeschlossenem Barraum eingerichtet. Mahagonimöbel und kristallene Kronleuchter sorgten für ein edles Ambiente.

Bevor Gloria und Callie sich weiter umschauen konnten, öffnete sich eine Tür am anderen Ende des Raums, und eine Frau in einem langen blauen Chiffonkleid und einer dreifachen Perlenkette um den Hals trat heraus. Ihr Haar war streng nach hinten gebürstet. Sie wirkte sehr selbstsicher, als sie auf die beiden jüngeren Frauen zu schritt.

»Hallo.« Sie streckte die Hand aus. »Ich bin Elenore Lawrence.«

»Ich bin Gloria Harper«, sagte Gloria mit süßer Stimme, überrascht von der selbstsicheren Aura dieser Frau. »Dies ist meine Schwester Callie.«

Callie nickte.

»Sehr erfreut«, murmelte Elenore und musterte Callie rasch von Kopf bis Fuß. »Bitte, kommen Sie herein. Entschuldigen Sie das Durcheinander, aber wie Sie wissen, muss hier noch viel gearbeitet werden. Zum Glück sind die Offiziersquartiere schon fertig.«

An den Wänden hingen Gemälde und Modelle von historischen Flussschiffen. Hinter der Mahagonibar stand ein gut aussehender Barmann. Elenore wies auf zwei Polstersessel vor einem marmornen Kamin.

»Bitte, nehmen Sie Platz. Darf ich einen Drink oder einen Kaffee anbieten?«

»Einen Martini bitte«, antwortete Gloria und lächelte dem Barmann zu. Sie sah Callie an und merkte, dass ihre Schwester sich eher unbehaglich fühlte, was Gloria nicht überraschte. Elenore Lawrence und ihr großartiger Flussdampfer waren eine Nummer zu groß für Callie.

»Danke, ich möchte nichts«, sagte Callie.

»Sie haben ein wunderschönes Schiff«, bemerkte Gloria. Sie sah die andere Frau abschätzend an, sah die fülligen Linien ihres Körpers, den Schwung ihrer Brüste. Nicht schlecht für eine Frau ihres Alters, dachte Gloria, denn Elenore musste mindestens zwanzig Jahre älter sein als sie.

»Danke.« Elenore ließ sich in einem Ledersessel nieder. »Es ist ein aufregendes Unternehmen. Wir haben gerade eine Orgel mit Dampfantrieb gefunden, und wir sind dabei, die ersten Angebote für Ausflüge zu berechnen. Wir werden fast einhundert Zimmer für die Gäste haben. Es soll der schönste Flussdampfer der ganzen Staaten werden. Auf dem Promenadendeck wird ein Casino entstehen.«

»Faszinierend«, murmelte Gloria. »Und werden Sie auf dem Schiff wohnen?«

»Nein, ich wohne in Hilton Head. Ich werde das Penthouse in Savannah bald verkaufen.«

»Und damit finanzieren Sie die Restaurierung des Schiffs?«

Elenore verengte die Augen und sah von Gloria zu Callie. »Berichtigen Sie mich, falls ich mich täusche, aber ich nehme an, Sie wissen schon, wie ich mir die Finanzierung gedacht habe.«

Callie nickte. Ihre Augen blitzten hasserfüllt. »Was Sie meinem Mann antun, ist einfach widerlich.«

Gloria verzog das Gesicht, und Elenore lachte.

»Glauben Sie?«, fragte Elenore. »Das tut mir aber Leid.«

»Würden Sie uns einen Moment entschuldigen, bitte?« Gloria stellte das Martiniglas ab und fasste Callie am Ellenbogen. Sie zog ihre Schwester hinaus und schloss die Tür hinter sich.

»Callie, so kannst du mit der Frau nicht reden«, zischte sie.

»Warum nicht?«, fragte Callie. »Ich hasse sie.«

»Ich weiß, aber du musst ein Spiel mit ihr spielen.« Sie dirigierte Callie auf die Planke zu. »Hör zu, du wirst jetzt nach Hause gehen und dort auf mich warten. Ich rede allein mit dieser Frau.«

»Aber ich will ...«

»Du willst ihr die Augen auskratzen, das weiß ich«, unterbrach Gloria sie. »Aber wenn du willst, dass ich für euch eine Lösung finde, dann musst du mich das allein machen lassen. Glaube mir, Callie, ich weiß, wie man mit solchen Frauen umgeht.«

»Ich möchte dich nicht mit ihr allein lassen«.

»Das schaffe ich schon.« Gloria schob Callie sanft auf die Planke. »Geh nur. Ich rufe dich an, sobald ich zurück bin.«

Sie wartete, bis Callie wieder festen Boden unter den Füßen hatte, dann strich sie sich den Rock glatt und kehrte in die Offiziersquartiere zurück. Elenore wartete mit einem Glas Scotch in der Hand. Sie hob fragend die Augenbrauen, als Gloria wieder eintrat.

»Es tut mir Leid«, sagte sie, als sie sich wieder gesetzt hatte. »Meine Schwester sagt manchmal Dinge, ohne nachzudenken.«

»Ich dachte, sie hätte Logan verlassen.«

»Ach, das war nur vorübergehend.« Gloria machte eine wegwerfende Handbewegung. »Logan und Callie lieben sich sehr.«

Sie sah mit Genugtuung, wie etwas Boshaftes in Elenores Augen aufblitzte. Es gefiel ihr also nicht, dass Logan so sehr an seiner Frau hing.

»Das überrascht mich zu hören«, sagte Elenore. »Callie scheint gar nicht Logans Typ zu sein.«

Die Atmosphäre wurde eisig. Gloria nippte am Martini und schlug die Beine übereinander. »Und Sie wissen natürlich, was sein Typ ist.«

»Das möchte ich gern glauben.«

»Dann haben Sie sich aber geirrt, nicht wahr?, sagte Gloria. »Sie können sich natürlich denken, dass Logan auch der Grund meines Besuchs ist. Wie Callie so wenig verbrämt sagte, ist sie nicht glücklich mit dem, was Sie mit ihrem Mann treiben.«

»Seltsam. Denn ich war sehr glücklich, wie er es mit mir getrieben hat.«

Gloria betrachtete ihr Gegenüber aus zusammengekniffenen Augen. »Bevor wir das weiter verfolgen, möchte ich gern erfahren, was zwischen Ihnen und Logan vorgefallen ist. Nach meinen Informationen erpressen Sie ihn, aber ich habe keine Ahnung womit.«

Elenore kicherte. »Ich kann mir vorstellen, dass unsere kleine Callie das auch nicht weiß.«

»Im Gegenteil. Sie weiß es.«

»Wirklich? Was weiß sie denn?«

Gloria hob die Schultern. Sie wollte nicht eingestehen, dass Callie sich ihr nicht anvertraut hatte. »Warum geben Sie mir nicht Ihre Version?«

Elenore erhob sich und ging hinüber zur Bar. Sie nahm das frisch gefüllte Glas Scotch entgegen und schickte den Barmann hinaus. Als er die Tür hinter sich schloss, wandte Elenore sich wieder Gloria zu.

»Meine Version wird sich von seiner nicht unterscheiden«, sagte sie. »Er war ein Gigolo.«

Gloria versuchte erst gar nicht, ihren Schock zu verbergen. Sie starrte Elenore an und griff nach ihrem Martiniglas. »Logan Waterford?«

Elenore schürzte die Lippen und lächelte. »Schockierend, nicht wahr? Ein Mann mit einer solchen Reputation. So ein leuchtender Charakter. So aufrecht und moralisch. Aber er hat seinen Lebensunterhalt damit verdient, seinen Schwanz zu verkaufen.«

»Das darf nicht wahr sein!«

»So wahr, wie ich hier stehe. Ich kann ihn ruinieren,

denn mein Mann und ich haben ihn dafür bezahlt, dass er ein Jahr bei uns lebte. Ich muss sagen, wir haben ihn fürstlich dafür bezahlt, und er hat vorzügliche Dienste geleistet.« Ein verträumter Blick trat in ihre Augen. »Sehr vorzügliche Dienste.«

Gloria schüttelte den Kopf. Wenn es sich um einen anderen gehandelt und wenn ihre Schwester nicht betroffen gewesen wäre, hätte sie ihre Freude an dieser Geschichte gehabt. Auch jetzt empfand sie klammheimliche Bewunderung für Elenore Lawrence. Sie war eine Frau, die genau wusste, was sie wollte – und wie sie es bekam.

»Himmel«, murmelte Gloria. Sie hatte damit gerechnet, dass Logan in irgendwelche finanzielle Verstrickungen geraten war – aber ein Gigolo? Ob Callie die Einzelheiten kannte? Sie sah plötzlich ein Bild von Logan mit Eleonore vor sich, ein Bild mit allen Einzelheiten. Sie sog scharf die Luft ein. In ihrem Schoß zuckte es.

»Es ist Ihnen doch klar, dass ich Logan in der Hand habe«, sagte Elenore und strahlte Gloria an.

»Ja, das muss ich zugeben, und für Sie muss das eine sehr befriedigende Position sein.«

»Stimmt. Und welche Rolle spielen Sie in dieser Angelegenheit?«

»Ich trete an Logans Stelle. Ich gebe Ihnen das Geld, das Sie von ihm verlangen, aber ich stelle natürlich die Bedingung, dass Sie ihn und Callie in aller Zukunft in Ruhe lassen.«

Misstrauen blitzte in Elenores Augen auf, während sie über Glorias Vorschlag nachdachte. »Und was haben Sie davon?«

»Ich habe meine Gründe«, sagte Gloria nur.

»Ein nobler Akt, sich für den Schwager zu opfern.«

Gloria hob die Schultern. »Sie mögen mich für nobel halten, aber ich fühle mich nicht wie ein Opferlamm.«

»Was bringt Sie auf den Gedanken, ich könnte auf meine Kontrolle über Logan verzichten?«, fragte Elenore plötzlich.

»Weil Ihnen das Geld wichtiger ist als Logan«, gab Gloria zurück. Sie betrachtete die andere Frau mit einem listigen Lächeln. »Ich kenne Frauen wie Sie, Elenore. Sie wissen genau, wenn Sie versuchen, Logan aufs Kreuz zu legen, wird er sein ganzes Leben lang kein anderes Ziel haben, sich an Ihnen zu rächen. Wollen Sie mit dieser Bedrohung bis ans Ende Ihrer Tage leben?«

Zum ersten Mal sah Gloria so etwas wie Beklommenheit in Elenores Blick, aber nur einen Wimpernschlag lang. Dann nahm sie einen Schluck Scotch und grinste. »Wissen Sie, ich hatte Logan noch eine Bedingung gestellt.«

Gloria hatte keinen Zweifel, worum es bei dieser Bedingung ging. »Und die wäre?«

»Er soll es mir besorgen, wann immer ich es will.« Elenore sah Gloria herausfordernd an. »Wie wollen Sie ihn bei dieser Abmachung vertreten?«

»Was soll ich tun?« Gloria sah, wie Elenores Blicke an ihrem Ausschnitt kleben blieben. Ihre Pulsfrequenz erhöhte sich. Sie hatte einige wenige Erfahrungen mit Frauen, aber die würden nicht zählen, wenn es um Elenore Lawrence ging. »Mir fehlt ein gewisses Stück, um die Bedingung erfüllen zu können.«

Elenores Augen leuchteten. Sie zog die Schublade des kleinen Tischs vor dem Kamin auf. »Dem können wir abhelfen.«

Gloria starrte offenen Mundes, als Eleonore einen Doppeldildo aus der Schublade nahm und auf den Tisch stellte, zwei Gummistäbe, die sich gegenüber standen, in der Mitte durch einen Ball verbunden. Gloria spürte, wie ihr Mund trocken wurde. Elenore warf das Gerät in Glorias Richtung und sah die jüngere Frau herausfordernd an.

»Nun? Sie kommen mir wie eine Frau vor, die weiß, was sie will. Wie weit sind Sie bereit zu gehen?«

»So weit es sein muss.« Sie hob das Spielzeug auf und fuhr mit den Fingern darüber. Macht war immer wie ein Aphrodisiakum für sie gewesen, und Elenore Lawrence hatte Macht, sie strahlte sie aus. Gloria hob den Blick. »Ich will, dass wir unsere Vereinbarung schriftlich festhalten.«

So etwas wie Respekt lag in Elenores Blick. »Kluge Frau.«

Sie trat an einen Schreibtisch und nahm ein Blatt Papier. Rasch hatte sie die relevanten Punkte notiert, dann reichte sie Gloria das Blatt. »Es ist zwar von keinem Notar besiegelt, aber zunächst müsste das reichen, oder?«

»Einverstanden«, sagte Gloria. »Morgen können wir einen Notar hinzuziehen.«

»Dann komm her.« Elenore stand da, die Hände auf den Hüften, jeder Zentimeter die Frau, die ans Befehlen gewohnt war.

Fast zwei Stunden später lagen sie beide schwer atmend auf der breiten Couch.

»Gloria, das war unglaublich. Ich muss sagen, dieser Tausch ist gar nicht so schlecht.«

Gloria erhob sich und schenkte sich einen weiteren Martini ein. Ihr Körper pulsierte noch von den Emotionen, die Elenore durch ihre kundigen Finger und Lippen hervorgerufen hatte. Und durch das verrückte Spielzeug. Was für eine köstliche Möglichkeit, Mann und Frau zu kombinieren. Sie nippte am Martini und sah hinüber zu Elenore.

»Ich sollte dir sagen, dass ich nicht bereit bin, auf deinen Pfiff hin anzutanzen«, sagte sie. »Deine Vereinbarung mit Logan interessiert mich nicht. Ich werde mich gern wieder mit dir einlassen, aber ich habe nicht die Absicht, mich von dir kommandieren zu lassen.«

Zu ihrer Überraschung lachte Elenore. »Oh, Gloria, das habe ich auch nicht von dir erwartet. Du bist deine eigene Herrin. Glaube mir, ich kenne dich, denn du bist mir ähnlich.«

Gloria lächelte. Sie schenkte Elenore einen Scotch ein und ging wieder zur Couch zurück. Sie mochte diese Frau, Erpresserin oder nicht. Plötzlich sagte sie: »Übrigens, am Freitag gebe ich eine Dinnerparty. Du kannst gern kommen, wenn du möchtest.«

Elenore hob die Augenbrauen. »Du lädst mich zu deiner Dinnerparty ein?«

»Natürlich, warum denn nicht?«, erwiderte Gloria. »Glaube nicht, ich lade dich aus lauter Menschenfreundlichkeit ein. Ich will sicher gehen, dass meine Investition was abwirft. Es werden einige Leute da sein, die dir in deinem Geschäft helfen könnten. Je erfolgreicher du bist, desto besser sind meine zwei Millionen angelegt.«

Elenore verzog die Lippen. »Ich mag dich, Gloria. Du bist zwar ein Luder, aber ich mag dich.«

Sechzehntes Kapitel

Logan drückte auf den Knopf, um das Tor zu öffnen. Als er in die Einfahrt bog, fiel sein Blick auf ein Auto, das vor der Garage parkte. Stirnrunzelnd fragte er sich, wieso Callie im Haus war. Er ging hinein und ließ seine Aktentasche gleich neben der Haustür liegen.

»Callie?« In der Küche war sie nicht. Achselzuckend ging er in den Salon. Er trat an die Terrassentür, die weit offen stand. Ein frischer Wind blähte die Gardinen auf.

Er ging auf die Terrasse und sah seine Frau im Garten. Sie kniete neben einem Blumenbeet und zupfte Unkraut zwischen den Stiefmütterchen. Sie trug verschmutzte Jeans und eines seiner alten Hemden. Logan grinste. Nie hatte sie besser ausgesehen.

»Callie.«

Sie schaute hoch und schob mit dem Handrücken eine Haarsträhne aus dem Gesicht. »Logan, du hättest wenigstens das Unkraut in den Blumenbeeten jäten können, während ich weg war«, sagte sie vorwurfsvoll.

»Während du weg warst?«

Callie warf eine Handvoll Unkraut in den Eimer und richtete sich auf. Sie wischte die Hände an den Jeans ab und blickte ihm entgegen.

»Ich bin wieder da«, sagte sie.

»Für immer?« Er konnte es nicht glauben. »Was hat dich dazu gebracht?«

»Ich wusste, dass du mich das fragen würdest«, sagte Callie. »Und ich habe lange überlegt, was ich dir darauf antworten soll. Ich habe überlegt, ob ich dich anlügen soll, aber das wäre ein schlechter Start in den Neubeginn.«

»Stimmt.« Logan rieb über einen Dreckspritzer an ihrem Kinn. »Was ist also der wahre Grund?«

»Gloria.« Sie sah ihn an, wie er die Augenbrauen hob. »Ich habe ihr von Elenore Lawrence erzählt. Ich habe ihr keine Einzelheiten genannt, aber schon, dass sie dich erpresst. Gloria hat sich bereit erklärt, dir zu helfen.«

Logans Gesichtsmuskeln verhärteten sich. »Du hast es deiner Schwester erzählt?«

»Sei mir nicht böse. Du musst zugeben, dass du keinen Ausweg kennst. Ich wusste, dass Gloria sich was einfallen lässt.«

»Was, zum Teufel, hat sie getan?«

»Sie ist zu Elenore gegangen. Ich weiß nicht genau, was da passiert ist, denn sie hat mich weggeschickt, aber Tatsache ist, dass sie eine Vereinbarung mit Elenore getroffen hat. Gloria gibt Elenore das Geld – aber nur unter der Bedingung, dass sie uns in Ruhe lässt.«

Logan sah sie immer noch voller Entsetzen an. »Und Elenore hat zugestimmt?«

»Ja, jedenfalls hat Gloria mir das erzählt.« Callie sah ihm in die Augen. »Es tut mir Leid, dass ich dich nicht vorher gefragt habe, ob ich es Gloria erzählen dürfte, aber ich wusste, dass du das nicht zulassen würdest. Ich wusste mir sonst keinen Rat, und ich wollte dir unbedingt helfen.«

Logan setzte sich auf eine Terrassenstufe und versuchte zu begreifen, was Callie ihm gerade mitgeteilt hatte. »Ich kann es nicht glauben.«

»Aber es stimmt. Gloria hat mich gestern Abend angerufen. Sie und Elenore treffen sich heute bei den Anwälten.«

»Aber warum soll Elenore so einfach ihre Kontrolle über mich aufgeben?« Er hatte damit gerechnet, dass er bis an ihr Lebensende nach ihrer Flöte tanzen musste.

»Vielleicht hat sie eingesehen, dass sie deine

Millionen nicht sicher hat«, meinte Callie. »Und bei Gloria kann sie sicher sein.«

»Und warum hast du das getan?«

»Weil ich dir helfen wollte. Ich war wütend auf dich, aber ich wollte dich nicht ruiniert sehen. Trotz allem bist du immer noch mein Mann. Es geht mich an, was dir widerfährt.«

Logan schüttelte immer noch den Kopf, zu verblüfft, um die Tragweite zu begreifen. »Unglaublich«, murmelte er.

Callie ging auf ihn zu und setzte sich neben ihn. »Gloria hat eine Bedingung an ihre Hilfe gestellt. Sie wollte, dass ich zu dir zurückkehre.«

»Du meinst, du bist hier, weil sie dich gezwungen hat?«

»Zum Teil ja«, gab Callie zu. »Aber ich nehme an, sie hätte auch geholfen, wenn ich mich geweigert hätte, auf ihre Bedingung einzugehen.«

»Und warum bist du dann trotzdem hier?«

Callie hob die Schultern. »Unsere Beziehung ist weit davon entfernt, perfekt zu sein, Logan, aber ich will noch nicht aufgeben.« Sie sah ihn von der Seite an. »Obwohl ich noch wütend bin, weil du mich entführt hast.«

»Begriffen«, murmelte Logan. »Ich … ich wollte nur mit dir reden. Vorher haben wir nie ungestört reden können. Wir wurden immer von jemandem unterbrochen. Aber ich wollte dich zu nichts zwingen.«

»Manchmal sah es aber so aus«, antwortete Callie. »Ich habe dich auch deshalb verlassen, weil du zu große Kontrolle über mich ausgeübt hast. Ich will nicht wieder aus diesem Grund gehen müssen.«

»Ich weiß.« Logan stieß einen langen Seufzer aus. Er drückte den Nasenrücken mit Daumen und Zeigefinger und schloss die Augen. Hoffnung stieg in ihm auf, aber noch wollte er nicht glauben, dass seine Probleme so schnell gelöst waren.

»Logan.« Callie legte eine Hand auf seinen Schenkel. »Gloria gibt heute Abend eine Dinnerparty. Sie möchte, dass wir beide daran teilnehmen.«

»Ich möchte wirklich nicht …«

»Wir sind es ihr schuldig«, erinnerte sie ihn. »Und sie hat auch gesagt, dass Elenore da sein wird. Ich glaube, es ist nur richtig, wenn du mit ihr redest.«

»Ich habe mit dieser Frau nichts zu bereden.«

»Ich weiß. Aber wenn du diese Frau für immer aus unserem Leben haben willst, musst du es ihr sagen.«

Logan fiel auf, dass Callie von ›unserem‹ Leben gesprochen hatte. Er schlug die Augen auf und betrachtete sie lange. Ihre braunen Augen sahen ihn mit einer Emotion an, die er nicht zu deuten wusste.

»Es tut mir Leid«, sagte er schließlich. »Ich bin fast verrückt geworden, nachdem ich begriff, dass du mich verlassen hattest. Ich hasse es, in diesem Haus ohne dich zu leben.«

Callies Finger schlangen sich um seine. »Logan, ich werde dir jetzt eine Frage stellen.«

»Schieß los.«

Callie zögerte. Ihre Hand umklammerte seine. »Warum hast du mich geheiratet?«

Logan brauchte über die Antwort nicht mehr nachzudenken. Er sah seine Frau an. Er hätte ewig in diese Augen schauen können. »Ich habe dich geheiratet, weil du der einzig gute Mensch in meinem Leben warst, und ich wollte dich nicht mehr gehen lassen. Ich bereue nur, dass es so lange gedauert hat, bis mir bewusst wurde, wie sehr ich dich liebe.«

»Hallo, ihr Süßen!« Eine leicht beschwipste Gloria öffnete ihnen die Tür und strahlte Callie und Logan an. »Kommt herein. Logan bekomme ich einen Kuss dafür, dass ich deinen Arsch gerettet habe?«

Logan gab ihr einen Kuss auf die Wange.

Callie grinste ihn an. »Dir ist doch klar, dass wir uns das bis ans Ende unseres Lebens von ihr anhören müssen.«

Gloria kicherte. »Keine Sorgen, meine Lieblinge, ich erwarte nichts anderes, als dass ihr miteinander glücklich seid. Das Zauberwort heißt ›miteinander‹.«

Sie führte sie in den Salon, wo etwa zehn Gäste saßen und tranken und an den Kanapees knabberten. Logans Blick fiel sofort auf Elenore Lawrence, die am Fenster in einem Sessel saß. Neben ihr hockte ein Mann mit silbergrauen Haaren und hing an ihren Lippen. Elenore brach den Blickkontakt mit ihrem Bewunderer und sah Logan an.

Callie drückte Logans Arm. »Ich unterhalte mich mit Ted«, sagte sie. »Komm zu mir, wenn du fertig bist.«

Logan nickte, durchquerte das Zimmer und blieb vor Elenore stehen. Zum ersten Mal empfand er nicht eine Welle der Verachtung, als er sich ihr näherte.

»Elenore.«

Sie streckte ihre Hand aus, als erwartete sie einen Handkuss. »Logan, hallo. Das hier ist mein neuer Freund Daniel Franklin.«

Logan und der ältere Mann tauschten einen Händedruck, dann wandte er sich an Elenore. »Ich möchte gern mit dir sprechen.«

»Natürlich«, entgegnete sie freundlich. »Daniel, entschuldigen Sie uns einen Augenblick?«

Er nickte und ging zur Bar, wobei er Logan einen feindseligen Blick zuwarf. Logan setzte sich. »Ist er das nächste Opfer, das dir auf den Leim geht?«

Sie lachte. »Kaum. Aber er scheint sich bei mir wohl zu fühlen. Also, was hast du mit mir zu besprechen?«

»Ich habe gehört, dass du einen anderen Investor gefunden hast.«

Elenore blickte hinüber zu Gloria. »Ja. Callie und ihre Schwester sind fast das genaue Gegenteil, nicht wahr?«

»Sie sind Halbschwestern«, erklärte Logan. »Und sie kommen aus unterschiedlichen Verhältnissen.«

»Ich muss zugeben, dass Gloria mir sehr gut gefällt«, sagte Elenore. »Ich hatte keine Gelegenheit, Callie so gut kennen zu lernen, aber sie scheint süß zu sein. Nicht die Art Frau, die ich für dich ausgesucht hätte, aber süß.«

»Welche Art Frau hättest du mir denn zugetraut? Eine wie dich?«

»Möglich.«

Logan lachte. »Das wäre einer der größten Witze des Universums gewesen.«

»Wirklich, Logan, glaubst du nicht, dass du Callie geheiratet hast, weil sie das Gegenteil des Frauentyps ist, mit dem du in der Vergangenheit zu tun hattest? Das war doch eher der gebildete Typ aus bestem Haus.«

»Mag sein, dass das Grund war, warum ich mich zuerst zu ihr hingezogen fühlte«, räumte Logan ein. »Aber das ist nicht der Grund, warum ich sie geheiratet habe. Wie sich herausgestellt hat, ist sie gebildeter als alle Frauen, die ich vor ihr gekannt habe, und ihre Erziehung überragt alle anderen. Frauen wie du können sich nur wünschen, ein bisschen mehr von Callie zu haben.«

Elenore hob die Augenbrauen. »Verdammt, Logan, du brauchst mich nicht gleich zu demütigen. Ich hätte Glorias Angebot nicht annehmen müssen, weißt du.«

Logan sah sie aus verengten Augen an. »Das heißt, du hast es wirklich getan?«

»Unsere Anwälte haben den Vertrag schon aufgesetzt«, antwortete Elenore. »Wie Gloria sagte, ist mir ihr Geld sicher, während ich mir bei dir nicht so sicher war. Du bist schrecklich halsstarrig.«

»Das bedeutet, dass du mich jetzt nicht mehr ruinieren willst?«

»Logan, ich bin nicht nachtragend. Ich hatte nie was

gegen dich«, behauptete Elenore. »Du hast mir und meinem Mann viel Vergnügen bereitet. Natürlich waren wir verärgert, als du gegangen bist, aber ich habe nicht fünfzehn Jahre gegrübelt, wie ich mich rächen kann.«

»Nun, die Erpressung war schon schlimm genug.«

»Ich wollte dein Geld.« Elenore nippte an ihrem Glas und hob die Schultern. »Ich wusste, du würdest es mir nicht freiwillig geben, deshalb musste ich mir was einfallen lassen. Ich wusste nicht, an wen ich mich sonst wenden konnte.«

»Hast du wirklich geglaubt, du würdest zwei Millionen von mir bekommen, damit du die Vergangenheit ruhen lässt?«, fragte Logan kopfschüttelnd.

»Logan, warum sieht du deine Vergangenheit so negativ? Du hast getan, was du tun musstest. Du brauchst dich nicht dafür zu schämen.«

Logan biss auf die Zähne.

Diese Episode in seinem Leben war so erniedrigend gewesen, dass er wünschte, er könnte sie für immer aus seinem Gedächtnis streichen.

»Logan?« Elenore sah ihn forschend an. »Du schämst dich doch nicht? Wirklich, dafür gibt es keinen Grund.«

»Wie meinst du das?«

»Der Verkauf von Sex ist doch auch nur eine Form des Handels mit einer Ware. Du wurdest gut bezahlt dafür«, sagte sie lächelnd. »Vergiss nicht, dass du auch deinen Spaß hattest. Oder ist es das, was dir zu schaffen macht?«

»Nichts macht mir zu schaffen, Elenore. Es ist der Teil meiner Vergangenheit, die ich gern vergessen würde.«

»Wir alle tun, was wir tun müssen«, erinnerte sie ihn. »Und du kannst deine Vergangenheit nicht vergessen, weil sie ein Teil von dir ist. Sie hat dich so geformt, wie du heute bist.«

Logan sah sich nach Callie um. Er fragte sich, ob das zutraf, was Elenore über die Vergangenheit gesagt hatte. Als er das verhasste Jahr bei den Lawrences hinter sich gehabt hatte, war er entschlossen gewesen, sich nie wieder so erniedrigen zu lassen und nie die Kontrolle über sich zu verlieren. Das hatte er so verinnerlicht, dass neben ihm kein Platz mehr war, nicht einmal für seine Frau.

Elenore legte eine Hand auf seinen Schenkel. »Wenn du deine Vergangenheit nicht abstreifen kannst, wirst du nie frei sein.« Sie sah ihn an. »Ich fahre nächste Woche nach Hilton Head zurück. Ich nehme an, du bist an einem kleinen Treffen vor meiner Abreise nicht interessiert?«

Logan schüttelte den Kopf. »Nein. Wir sind fertig, Elenore. Und wenn du mir noch einmal drohst, wirst du es bereuen.«

Elenores Lippen schürzten sich zu einem Lächeln. »Du bist noch attraktiver, wenn du so entschlossen bist. Aber keine Sorge. Gloria und ich haben uns verständigt.«

»Gut, dann haben wir beide uns ja auch verständigt. Mach's gut, Elenore.« Logan stand auf und ging hinüber zu Callie.

»Logan, was hat sie gesagt?« Gloria fing ihn ab.

»Nichts von Belang, Gloria. Aber ich weiß, dass ich dir ewig Dank schulde. Ich verspreche, dass ich das nicht vergessen werde.«

Gloria lächelte und wies auf Daniel Franklin, der sich wieder neben Elenore niedergelassen hatte. »So sehr ich es schätze, deinen Dank zu hören, Süßer … aber ich glaube, meine Rolle in diesem kleinen Drama wird nicht so groß sein, wie ich zunächst geglaubt habe.«

»Wie meinst du das?«

»Daniel Franklin. Er ist Eigner mehrerer Schiffe, ist bestimmt eine halbe Milliarde schwer, und offenbar fährt er auf Elenore ab. Mit meiner Hilfe können wir ihn vielleicht dazu bringen, in ihr Unternehmen zu investieren. Auf diese Weise behalte ich mein Geld, und ihr seid sie trotzdem los.«

»Gloria, mein Respekt vor dir wächst immer mehr.«

Sie lachte laut. »Sag so was nicht, du untergräbst ja meinen Ruf. Ich halte dich auf dem Laufenden, Süßer.«

Logan küsste sie auf die Wange und ging weiter zu Callie. Lächelnd sah sie ihm entgegen, trotz der Sorgenfalten auf der Stirn.

»Wie ist es gelaufen?«

»Ganz gut. Ich glaube, sie wird uns nicht mehr behelligen. Nächste Woche fährt sie zurück nach Hilton Head.«

»Bist du okay?«

Logan legte einen Arm um Callies Hüften und zog sie an sich. Er würde es nicht ertragen, sie noch einmal zu verlieren. Es hätte nicht viel gefehlt, und sie wäre für immer aus seinem Leben gegangen. Er drückte die Lippen auf ihre Stirn. »Was hältst du davon, wenn wir uns verdrücken?«

Callie nickte, und Minuten später saßen sie im Auto und fuhren nach Hause. Als sie die Treppe zur Haustür hinauf gingen, fragte Callie wieder: »Was hat Elenore gesagt?«

»Nicht viel, calla lily.« Logan schloss die Tür auf. »Sie hat mir einzureden versucht, mich meiner Vergangenheit nicht zu schämen.«

»Vielleicht hat sie Recht.«

Logan hob die Schultern, während sie hinauf ins Schlafzimmer gingen. Er war erleichtert, als er sah, dass sie schon einige ihrer Sachen ausgepackt hatte, obwohl es ihn mit Sorge erfüllte, dass sie von der Schwester zur Rückkehr gezwungen worden war. Er streifte Jackett und Schuhe ab, dann knotete er die Krawatte auf.

»Deine Schwester sagt, sie hofft, dass sich was zwischen Elenore und Franklin entwickelt«, sagte Logan.

Callie kicherte. »Sie ist die geborene Kupplerin. Und sie weiß immer, wie sie die Dinge zu ihrem Vorteil dreht.«

Sie zog ihr marineblaues Seidenkostüm aus, darunter trug sie nur einen schwarzen Slip. Logan sah ihr begeistert zu, wie sie auf ihn zu kam. Silberschmuck glitzerte auf ihrer blassen Haut, die Nippel hatten sich versteift.

Logan spürte, wie er von einem Augenblick zum nächsten hart wurde. Er hatte Callie immer schon für eine attraktive Frau gehalten, aber erst seit ein paar Wochen wusste er ihre Schönheit wirklich zu schätzen.

Callie stellte sich auf die Zehenspitzen und drückte ihre Lippen auf seinen Mund.

Seine Frau. Sie war wieder zu Hause. Logans Hände glitten über ihre kleinen Brüste und hinunter zu den Hüften und zu den strammen Pobacken. Er drückte ihren Körper gegen seinen. Callie hielt den Atem an, als sie seine Erektion spürte, die gegen ihren Unterleib drückte. Sie lächelte und griff an die harte Beule.

»Mir gefällt deine schnelle Reaktion«, murmelte sie. »Aber diesmal will ich nicht, dass du was tust, okay?«

Er nickte.

Sie fuhr mit der Zunge zwischen seine Lippen und drang in seinen Mund, während sie begann, sein Hemd aufzuknöpfen. Ihre warmen Hände streichelten über seine Haut, und die Finger drückten die flachen Nippel. Logan schaute ihr fasziniert zu. Es war wunderschön, wie ihre Haut langsam einen rosigen Ton annahm, während sie ihn so zärtlich und doch ein wenig aggressiv berührte. Ihm wurde bewusst, dass er alte Erinnerungen nicht zu fürchten brauchte, denn sie hatten nichts mit Callie zu tun.

Sie schob sein Hemd von den Schultern und zog mit der warmen Zunge einen feuchten Pfad über seinen Brustkorb. Die Erregung pulsierte in seinem Blut. Er spürte ihren heißen Atem auf seiner Haut. Callie griff an seine Hose; sie öffnete sie und schob sie mit den Shorts hinunter, dann ließ sie sich auf die Knie nieder und nahm seinen Schaft in die Hand.

Logans Körper versteifte sich. Es erregte ihn, sie vor ihm knien zu sehen, ihren hungrigen Blick in den dunklen Augen zu sehen, aber dies war auch der Moment, in dem die Erinnerungen wiederkehrten.

Callies Zunge schob sich zwischen die leicht geöffneten Lippen, als sie zu ihm aufschaute. »Ich weiß, du hast nie gewollt, dass ich das tue, Logan, und jetzt verstehe ich auch, warum das so war. Aber ich habe nichts mit ihnen gemeinsam.«

Logan fuhr mit beiden Händen durch ihre Haare. Sein Penis pochte. Er wollte es. Ja, er wollte, dass seine Frau ihn in den Mund saugte. Er nickte. »Ich weiß.«

Callies Lippen wölbten sich. Sie zog ihn näher an ihren Mund heran. Warme, feuchte Hitze umschloss Logan, als Callie den Schaft in den Mund nahm. Ihre Zunge glitt über die empfindliche Unterseite. Logans Finger krallten sich in ihre Haare. Die Hitze der Gefühle verbrannte ihn. Er hatte nie gewusst, mit welcher Finesse sie dieses Spiel genoss. Mit einer Hand griff sie an den Beutel, in dem die Hoden schaukelten, während sie den Schaft tiefer in den Mund nahm, so tief, dass er sich von ihr völlig eingenommen fühlte. Vereinnahmt.

Nein, das hatte nichts mit den erzwungenen Erlebnissen bei den Lawrences zu tun. Dies war es, was er wollte und brauchte. Callie nahm den Kopf zurück und behielt nur die Kuppe zwischen den Lippen. Sie saugte und leckte daran, ehe sie den festen, harten Stab wieder ganz schluckte. Sie wiederholte die Bewegungen, und Logan stöhnte lüstern auf.

»Callie, warte«, ächzte er.

Sie blickte hoch zu ihm. »Ist es nicht gut?«

»Oh, Himmel, Baby, es ist verdammt gut. Aber ich will nicht ...«

Callie unterbrach ihn und schüttelte den Kopf. »Aber du sollst doch gar nichts tun, Logan, hast du das schon vergessen?«

Ihre Augen leuchteten, als sie sich wieder vorbeugte und den Penis erneut in den Mund nahm. Logan biss die Zähne zusammen, als sie ihn immer stärker saugte. Er spürte das Grollen in seinen Hoden, der Druck nahm zu, schien die Kraft eines Vulkans zu haben. Seine Hüften ruckten vor und zurück. Der ganze Körper lechzte danach, von Callies Mund umschlossen zu sein.

Ihre Lippen bewegten sich schneller und nahmen die ruckenden Bewegungen seiner Hüften auf, mit denen er sich dem Orgasmus entgegen trieb. Er ergoss sich wuchtig in ihren Mund. Callie verzog keine Miene, sie zog ihn nur noch tiefer hinein und trank gierig jeden Tropfen. Dann erst zog sie den Kopf ein wenig zurück und strich mit der Zunge über die pralle Eichel, ehe sie ihn sinnlich anlächelte.

»Sehr schön«, murmelte sie. »Ich mag es, wenn du mich machen lässt, was ich tun will.«

Logan keuchte schwer und ließ sich aufs Bett sinken. Die schönsten Emotionen flossen durch seinen Körper. »Ich könnte mich daran gewöhnen«, sagte er.

Callie streckte sich neben ihm aus und fuhr mit den Händen über die Haare auf seiner Brust. Ein zufriedener Ausdruck lag auf ihrem Gesicht. Wie eine Katze, die an der Milch genascht hat, dachte Logan.

Er legte sich auf die Seite und stützte den Kopf mit einem Arm ab, um sie besser betrachten zu können. Er nahm eine Brust in seine Hand und spielte mit den steifen Warzen. Es überraschte ihn nicht, dass sein Penis wieder zu zucken begann.

»Nein, nein«, erinnerte Callie ihn. »Du bist noch nicht dran. Du sollst gar nichts tun.«

»Ich denke, jetzt bin ich dran.«

»Noch lange nicht.« Sie pellte den Slip über die Hüften.

Logan legte eine Hand auf ihren Oberschenkel und hoffte, dass sie ihr Diktat vergessen würde, aber Callie schob seine Hand weg. Sie schloss die Augen und streichelte ihre kleinen festen Brüste. Als sie die harten Knospen mit den langen schmalen Fingern berührte, schaute Logan gebannt zu, den Mund geöffnet und trocken. Callies Hände wanderten ohne Hast hinunter zu ihrer Pussy, sie spreizte die Beine und fuhr mit dem Zeigefinger in die nassen Falten.

Logan konnte den Blick nicht wenden, gefangen von den langsamen Bewegungen ihrer Finger und vom sanften Wiegen ihres Körpers. Seine Hand glitt zu seinem Schoß und packte den dicken Schaft.

Callie öffnete die Augen und beobachtete ihn. Sie lächelte, als sie seine stramme Erektion sah. »Hast du vor, damit etwas anzustellen?«

»Ich hoffe, dass du eine Verwendung für ihn hast.«

Callie kniete sich hin und drückte ihn auf den Rücken, dann setzte sie sich rittlings auf seine Hüften. Sein Penis reckte sich ihr entgegen. Callie rutschte ein wenig höher, bis sie sich am Schaft reiben konnte. Sie drückte ihre Handflächen auf Logans Brust, massierte seine Muskeln und rieb die Nippel.

Logan griff an ihre Brüste. Sie füllten seine Hände. Callie lehnte sich weiter vor, damit er sich nicht zu strecken brauchte. Lüstern begann Logan, die harten Nippel zu reizen und zu zupfen.

»Mach schon«, raunte sie heiser. »Du weißt, was zu tun ist.«

Logan schloss die Lippen um den rechten Nippel. Callie sog scharf die Luft ein, als seine Zunge über die Spitze wischte. Sie stützte sich mit einer Hand neben seinem Kopf ab, schloss die Augen und genoss sein Lecken und Zupfen und Saugen.

Seine Hüften stießen ungeduldig hoch, und seine gespannte Eichel drückte beharrlicher gegen ihre Pussy. Logans Herz begann schneller zu schlagen, als Callie sich ein wenig aufrichtete, den Schaft in die Hand nahm und zwischen die feuchten Labien rieb.

Langsam ließ sie sich auf ihm nieder und beugte sich wimmernd vor, um sich auf seiner Brust abzustützen, während sie sich auf und ab zu bewegen begann. Wie nasse Seide fühlte sich ihr glitschiges Gewebe um Logans Schaft an. Himmel, wie er dieses Gefühl liebte, total in ihr vergraben zu sein. Er packte ihre Hüften, und sie ritt voller Lust auf ihm. Ein Bild, das er nie vergessen würde, ihre leicht schwingenden Brüste und ihr Gesicht, vor Geilheit schön.

Schweiß brach auf Callies Haut aus, als sie sich in heller Verzückung hüpfend auf seinem Schwanz bewegte, härter und schneller, bis sie aufschrie und die Fingernägel in Logans Brustkorb grub.

Das Gefühl, wie sich ihre inneren Muskeln um den Schaft klammerten, ließ bei Logan den Damm brechen. Er bockte mit den Hüften hoch, bis er die Entladung spürte, die tief in Callies Schoß sprühte.

Callie warf sich über ihn, zuckend und bebend. Sie suchte seine Lippen und presste ihren Mund darauf, während Logan über ihren Rücken streichelte.

Callie hob den Kopf und sah ihn an. »Siehst du? Manchmal kann es wunderschön sein, einen anderen die Arbeit tun zu lassen.«

»Amen«, murmelte Logan. Er fuhr mit den Fingerspitzen über ihre vollen Lippen. »Heißt das, du bleibst?«

»Hast du es wirklich ernst gemeint, als du gesagt hast, du liebst mich?«

Logan nickte. »Ich habe es ernst gemeint, auch wenn ich weiß, dass ich es wahnsinnig schlecht ausdrücken kann. Ich wäre nur dann nicht froh über deine Rückkehr, wenn Gloria es war, die dich dazu gezwungen hat.«

Callie wälzte sich von ihm und starrte einen Moment lang an die Decke. »Ich habe dich nie aufgeben wollen, Logan. Ich bin gegangen, weil ich keinen anderen Weg wusste, dich zum Zuhören zu bewegen.«

»Glaubst du, es hat geholfen?«

»Glaubst du?«, fragte sie zurück.

»Ja«, sagte Logan. »Ich bin stur, dickköpfig, diktatorisch und ein eingebildeter Arsch. Das habe ich begriffen.«

Callie lächelte. »Du hast also begriffen, warum ich gegangen bin?«

»Ich weiß, dass ich ein Esel sein kann, calla lily. Aber es war mir auch ernst, als ich sagte, ich will dich nicht wieder verlieren.«

Callie richtete sich halb auf und blickte auf ihn hinab. »Manchmal musst man weit gehen, um den Weg nach Haus zu finden.«

Siebzehntes Kapitel

Vom Ozean wehte eine frische salzige Brise, als Callie die Schuhe abstreifte und mit den nackten Füßen über den Sand ging.

Das Meer entlang des Strandes schien ein Spiegel des schwarzen, sternenübersäten Himmels zu sein. Unter dem Peristylium waren die Leute mit der Vorbereitung der Zeremonie beschäftigt.

»Es ist nicht so abgelaufen, wie ich es mir vorgestellt habe«, sagte Callie. Sie aß ein Stück des Kartoffelkuchens und sah Abiona an. »Ich muss erst auch noch verarbeiten, was er mir über seine frühen Jahre erzählt hat. Manchmal frage ich mich, ob ich das jemals schaffen werde.«

Die Voodoopriesterin lächelte. In ihrem weißen Umhang und dem weißen Turban sah sie hinreißend aus, und ihre Haut leuchtete im starken Kontrast. »Du wirst es schaffen, mein Kind. Du bist stärker, als du glaubst. Ich glaube, das ist auch der Grund, warum dein Mann dich so dringend braucht.«

Logan brauchte sie? So hatte Callie das noch nie gesehen. Sie hob die Schultern. »Ich weiß, es wird nicht einfach sein. Seit Jahren hat er sich in sich zurückgezogen, er wird sich schwer umgewöhnen können. So locker wie während der Trennung habe ich ihn vorher nie erlebt, aber seit ich zurück bin …«

»Callie, ich glaube nicht, dass Logan es noch einmal riskieren wird, dich zu verlieren«, sagte Abiona. »Die Zeit war für ihn die Hölle, die wird er nicht wieder erleben wollen.«

»Ich auch nicht«, erwiderte Callie. Nun, einige Erlebnisse vielleicht ausgenommen. Ein wohliger Schauder lief über ihren Rücken.

»He, Callie, hast du den Weihrauch mitgebracht?«

Adam stolperte durch den Sand auf die beiden zu. »Ich wollte ihn Kadja zeigen.«

»Ja, in meiner Tasche.« Callie nahm das Päckchen heraus und reichte es Adam.

»Seid ihr jetzt wieder richtig zusammen?«, fragte Adam. »Du und Logan?« Er klang zugleich erfreut und ein wenig verloren.

Callie nickte. »Ja.«

»Arbeitest du nicht mehr im Geschäft?«

»Doch, natürlich.«

»Wenn du wieder bei Logan bist, dann musst du herausgefunden haben, dass du ihn liebst«, sagte Adam.

Wärme durchflutete sie, als sie an Logan dachte. »Ja«, sagte sie wieder, »das habe ich herausgefunden.«

Adam sah sich um. »Ist Logan mitgekommen?«

»Er treibt sich irgendwo hier herum«, sagte Callie und lächelte über die Bemühungen des jungen Mannes, seinen Eifer zu dämpfen. »Er möchte dich bestimmt gern sehen.«

»Wirklich? Glaubst du?«

Callie entdeckte ihren Mann; er unterhielt sich mit einem der Drummer. »Logan!«, rief sie. »Hast du einen Moment Zeit, bitte?«

Er blickte hoch, sah sie und kam auf sie zu. Callie wartete, bis Logan das Gesicht Adams gemustert hatte, gepierct an Ohren, Augenbrauen, Nase und Lippe. Zu ihrer Erleichterung verbiss Logan sich einen Kommentar.

»Hallo, Adam.«

»Logan ... eh, Sir.« Adam errötete und hielt seine Hand hin. Logan schlug ein.

»Ich wollte mich bei Ihnen für die Schau und so entschuldigen«, sagte Adam.

Logan hob die Schultern. »Es gibt keinen Grund, sich zu entschuldigen. In deiner Freizeit kannst du machen, was du willst.«

Adam starrte ihn offenen Mundes an. »Sie meinen, Sie sind nicht verärgert über mich?«

»Nun, ich glaube nicht, dass ich mir einen weiteren Auftritt von dir zumute, aber nein, verärgert bin ich nicht.«

»Gut«, sagte Adam, und man sah ihm die Erleichterung an. »Denn es tut mir Leid, dass ich vorher nichts davon gesagt habe. Es hätte der Firma schaden können.«

»Schade ist, dass du kein Anwalt wirst«, sagte Logan. »Du hast das Zeug zu einem guten Anwalt.«

Adam strahlte ihn an. »Wirklich? Danke. Aber es macht Spaß, im Laden zu arbeiten. Tess ist großartig.«

»Ja, das glaube ich gern.« Logan sah hinüber zu Tess, die Portionen der Kasserolle verteilte. »Ist sie immer noch ein bisschen neben der Bahn?«

»Logan!« Callie sah ihn tadelnd an.

»Oh, ja, Sir, aber deshalb mag ich sie ja so sehr.«

Callie gluckste, und ein Lächeln huschte über Logans Gesicht. Er drückte Adams Schulter. »Viel Glück, Adam. Du und Tess müsst mal zum Abendessen zu uns kommen.«

Adam himmelte ihn an. »Ja, sehr gern, danke, Sir. Das wäre wunderbar exquisit.«

Er trottete davon.

Logan sah Callie an. »Wunderbar exquisit?«

Callie grinste. »Adam hält große Stücke auf dich, falls du das noch nicht bemerkt hast.«

Die Trommeln begannen mit einem einfachen Rhythmus, und die Gäste bewegten sich langsam auf die überdachte Fläche zu. Abiona begrüßte Logan.

»Ich bin froh, dass ihr euer Problem gelöst habt.«

Logan sah Callie an. »Ich auch. Danke für deine Hilfe.«

Abiona lächelte und gab ihm einen Kuss auf die Wange, bevor sie zum Peristylium ging.

Callie sah ihr nach und wandte sich dann an Logan.

»Du hast mir nie gesagt, warum du zu ihr gegangen bist.«

Logan hob die Schultern. »Ich nehme an, es war Verzweiflung. Ich stellte mir wohl vor, sie hätte mir bei Elenore helfen können.«

»Und hat sie geholfen?«

»Zumindest hat sie es versucht.«

Callie vermutete, dass da noch etwas war, was er ihr vorenthielt, aber sie bedrängte ihn nicht weiter. Sie konnten ihre Geheimnisse nicht alle auf einmal enthüllen. Sie klopfte sich den Sand vom Rock, und gemeinsam gingen sie und Logan zu den anderen unters Dach. Die Trommelschläge wurden lauter, die Luft begann zu vibrieren.

Logan zog Callie an sich und drückte seine Lippen auf ihre Haare. »Wirst du für mich tanzen?«

Sie lächelte. »Ja. Ich bin froh, dass du mich heute Abend begleitet hast.«

»Hier ist es spannender als auf der Dinnerparty, an der wir hätten teilnehmen sollen.«

»Alles ist spannender als das«, sagte sie.

Logan grinste. »Stimmt.« Seine Hände glitten über ihre Hüften. Er zog sie noch fester an sich, beugte den Kopf und küsste ihren Mund. »Ich liebe dich.«

Callie lächelte wieder. Er hatte ihr das in letzter Zeit schon oft gesagt, als wollte er die vergangenen Jahre vergessen machen. Callie schlang die Arme um ihn. Sie war dankbar für ihre neue Beziehung, die auf Liebe und Vertrauen basierte. Sie wusste, dass sie noch an ihrer Ehe zu arbeiten hatten, aber er war offener, ehrlicher und bereiter zum Zuhören als je zuvor.

Ja, dachte Callie, der Logan, den sie jetzt kannte, war der Mann, den sie so bereitwillig geheiratet hatte. Sie lehnte den Kopf an die Brust ihres Mannes und lauschte dem Rhythmus der Trommeln, der sich langsam in ihr Blut schlich.